给点阳光，我便灿烂

雁芦雪 著

中国华侨出版社

图书在版编目（CIP）数据

给点阳光，我便灿烂 / 雁芦雪著. —北京：中国华侨出版社，2015.10
ISBN 978-7-5113-5727-4

Ⅰ.①给… Ⅱ.①雁… Ⅲ.①长篇小说—中国—当代 Ⅳ.①I247.5

中国版本图书馆 CIP 数据核字（2015）第 247605 号

给点阳光，我便灿烂

著　　者	/ 雁芦雪
策划编辑	/ 周耿茜
责任编辑	/ 文　蕾
责任校对	/ 王京燕
封面设计	/ 一个人·设计
经　　销	/ 新华书店
开　　本	/ 880 毫米×1230 毫米　1/32　印张/9.5　字数/200 千字
印　　刷	/ 北京中印联印务有限公司
版　　次	/ 2015 年 11 月第 1 版　2015 年 11 月第 1 次印刷
书　　号	/ ISBN 978-7-5113-5727-4
定　　价	/ 28.80 元

中国华侨出版社　北京市朝阳区静安里 26 号通成达大厦 3 层　邮编：100028
法律顾问：陈鹰律师事务所
编辑部：(010) 64443056　64443979
发行部：(010) 64443051　传真：(010) 64439708
网　　址：www.oveaschin.com
E-mail：oveaschin@sina.com

目录
Contents

第一章 暗恋，未曾出口	001
第二章 滢滢，让我爱你	024
第三章 决裂，无家可归	049
第四章 收留，温情淡淡	071
第五章 保护，听见心跳	094
第六章 同桌，从天而降	117
第七章 高考，父亲入狱	141
第八章 大学，崭新开始	168
第九章 弟弟，母亲托付	187
第十章 谣言，病毒无敌	208
第十一章 筹款，天阳消息	226
第十二章 情变，原来如此	247
第十三章 真相，如此温暖	271
尾声	294

第一章 暗恋,未曾出口

苏灿灿终于做完了作业。

一进入高三,这日子就不是人过的了。双休日变成了单休日不说,难得一个单休日,也基本上贡献给了作业。老师们只恐学生有一分钟的休息时间,语文、数学、外语、历史、地理、物理、化学……各科的作业,没有最多,只有更多。

苏灿灿懒懒地伸了伸胳膊,扭了扭脑袋,揉了揉眼睛,然后迫不及待地打开了电脑。

最新配置的电脑,开机速度飞快。登录QQ,点开好友王滢的头像,得意扬扬地输入:"我做完作业了,你做完没?"

"早做完了。在等着你呢,我以为,今天数学的最后一题你肯定不会,所以在等着你求助呢!"在这句话的后面,是一个非常讨打的笑脸。

"去你的！！！！！"苏灿灿怒不可遏，打了一串感叹号。

想想还不够，就再发一个愤怒的表情，在自己的头顶上冒出了一朵大大的火焰。

王滢回了一个笑脸，上面的一颗大牙掉下去又长出来，长出来又掉下去。

然后王滢发了一句话。

"今天我又看见慕雪儿给超然发传单了。"

"发传单？你确定？"

王滢说的"发传单"不是普通的发传单，是指对方给梁超然送情书。梁超然高大帅气，单恋他的女生真不少。不过在王滢与苏灿灿强力封杀下，再动人的情书也只能落得与传单一样的下场，所以王滢就将情书称为"传单"。

"我确定。一周以来已经是第四次了，超然都不理她还非要硬凑上来。她还抢过超然的手机，将自己的号码给输进去。你说怎么办？"

"成。等下咱们将她的手机号码贴上布告栏。"苏灿灿咬着牙打字，"咱非叫她换号码不可！"

梁超然是苏灿灿的"跟班"，或者说，梁超然是苏灿灿与王滢两个人的"跟班"。

同在县委家属大院里长大，后来又搬到同一个小区居住，苏灿灿、王滢与梁超然从小感情不同寻常。小学阶段，苏灿灿同学德智体美劳全面发展,尤其是在打架技巧方面,不但压了身为普通女孩的王滢一头,就连身为男孩的梁超然也被压得死死的。于是苏灿灿同学成了理所当然的大姐头。性格比较内向的梁超然同学在苏灿灿同学的"淫威"之下,毕恭毕敬、俯首帖耳,尽心尽力地完美演绎了"跟班"这一角色。别说翻身农奴把歌唱了,就是偶尔伸出小爪子露露峥嵘也做不到。当然,也可以换一种说法,有道是大树底下好乘凉,在苏灿灿同学这只老母鸡的保护下,王滢同学与梁超然同学再也不用担心被其他同学欺负,所以王滢同学与梁超然同学,也算是乐在其中。

到了初中之后,梁超然渐渐长大,成绩与个子一起上来了,性格也开朗了许多,再加上清秀的五官,于是就成了女生们狂追的对象。于是苏灿灿义不容辞,又担当起护草使者的职责——拿着梁妈妈"不许早恋"的鸡毛,对那些敢给梁超然发"传单"的女生们一路追杀。

当然,粗枝大叶的苏灿灿,向来是后知后觉的,情报工作向来不行,这个还需要王滢在一边协助。

"但是,灿灿啊,你不觉得这样做,对超然太残忍了吗?"王滢打字速度飞快,显得没心没肺,"你是19岁的老姑娘了,我与超然也18了啊18。都是成年人了,还这么坚决地扼杀超然恋爱的权利,你不应该啊。"

苏灿灿愣了一愣。才打了一个省略号,王滢又发了消息过来:"灿灿啊,你不觉得咱们这样做,是扼杀人权吗?不但扼杀慕雪儿的人权,也扼杀了超然的人权啊。"

苏灿灿目瞪口呆地看着王滢在刷屏。

王滢的字号设计成 18 号，极大。没几个字就刷满一屏幕。苏灿灿只觉得头昏眼花。

火大了，苏灿灿直接开通语音，对王滢吼过去："滢滢，你到底想要说什么？"

"没啥啦。"王滢的声音慢悠悠的，显然是气定神闲、智珠在握："灿灿啊，最近我看了一些关于心理学的书，都说 18 岁是恋爱的年纪啦。我想呢，咱们和超然都大了，也该恋爱了。所以我想啊，肥水不流外人田，超然啊，就咱们俩内部消化吧。你反正是不打算谈恋爱的，那我明天就找超然表白去了啊，你可不要追杀我啊。"

一个雷声在苏灿灿头顶上炸响，苏灿灿头晕目眩两眼无光。头脑中又像是中了一种超级病毒，苏灿灿不大的硬盘全数被"超然"两个字塞满。

苏灿灿险些"死机"。

片刻之后她才气若游丝地说道："嗯，你如果真的喜欢超然，那就去做吧。"

意兴索然，苏灿灿打算关机。

"你可要祝福我们啊。"王滢又改用打字，貌似她很喜欢刷屏的感觉，"我先找找超然，试试谈恋爱的感觉。如果感觉不错，那就继续谈下去。如果不行，那就分手，到时候你不许追杀我……"

一个逗号一行，满屏幕的字在跳，在飞，在舞蹈。像漫天的萤火虫像苏灿灿扑过来。

不,那不像是漫天的萤火虫,那像是漫天的火把,耀花了苏灿灿的眼睛,又像是漫天的雪花从屏幕里飞出来,让苏灿灿的心一瞬间有些冰凉。

苏灿灿手在发软,实在发不出声音。但是看到最后一行,却不知从哪里来的气力,她直接敲了两个字回去:"你敢!"

似乎觉得两个字一个感叹号力度不够,苏灿灿又打了一堆感叹号上去。

然后王滢就发了一堆省略号上来。

王滢继续打字:"你也知道,高中生谈恋爱多半是没结果的,但是我们不能因为这个就抛弃了最美丽的过程是不是?如果感觉不对就分手,那是实话实说,灿灿,你不能因此就生气。男人如衣服,姐妹如手足,咱们是好姐妹,是不是?"

苏灿灿头痛欲裂,直接吼道:"你敢!"

"有什么不敢的啊。灿灿啊,如果你看上了超然呢,就直接告诉妹妹我啦,妹妹我坚决为你鼓掌为你加油。如果你看不上呢,我就上了,反正就一个原则,肥水不流外人田!"

"超然不是肥水!"

"超然当然不是肥水,超然是一块肥肉,被无数色狼觊觎。灿灿啊,再好的肥肉,也要吃进你的肚子里才算是一块好肥肉。要不,这样吧,咱们pk,摆个比武招亲的擂台,谁赢谁去向超然求爱,好不好?"

"你真的是在胡闹!"苏灿灿发出这三个字,手指头竟然有些发酸、发软。但是鼠标却对准了游戏图标——

QQ闪啊闪,王滢又在絮絮叨叨:"灿灿啊,我错了,我口误,我选错了PK方式,游戏里你34级我18级,我实在没有取胜的希望啊。要不,咱们另外选个方式PK一下?比如比赛一下网聊速度?从现在开始,我们在这个对话框里码字,等一分钟后看看谁说的话多谁获胜,好不好?我可真的不愿意将超然让给你,超然与你,那真的是极乐鸟配雄孔雀,帅得一塌糊涂啊……"

苏灿灿的嘴角勾起了笑容。一种软软的感动在心中弥散开来,她已经知道王滢这么做的原因了。

没有理睬王滢,她很郑重地在对话框里打下三个字:谢谢你。

那边王滢停止了刷屏。

片刻之后,话筒边,王滢的声音响了起来:"灿灿。"

她的声音很郑重。

苏灿灿轻轻地答应了一声。一时不知该说什么。

王滢的声音继续:"既然喜欢他,那就将这些都捅破吧。我为你加油,真的。"

然后,王滢的头像迅速灰了。

苏灿灿看着面前的对话框,一种轻柔的温暖迅速将她整个心脏都包围起来,指尖轻轻地在对话框上抚过,她的眼睛里已经是满含着泪水。

父亲苏明德的声音在门外响起来:"好了,灿灿,咱们去江南春酒楼吃饭去!给你庆功!"

在刚刚过去的月考中,苏灿灿考了年级第34名。

苏灿灿上的高中是本市最好的高中。前50名已经是极优秀的成绩。只要高考的时候正常发挥,一个重点是逃不了。

母亲李明岚大喜,拿着苏灿灿的成绩单在小区里炫耀了许多回。又去江南春酒楼订了一桌子菜,一家三口定在今天给苏灿灿开了一个小型的庆功宴。

苏明德一边喷着酒气,一边拿牙签来剔牙,向苏灿灿许诺:"好好读,继续进步!只要能考上重点!你爸爸还有些钱,去给你买两套房子做嫁妆!"

李明岚忍不住笑:"你那点钱,将来不都是留给女儿的吗。说什么嫁妆不嫁妆。喂,你还有钱买房子?"

苏明德确实醉了,趴在桌子上,呼噜呼噜睡觉了。

看着父母脸上那灿烂的春光,苏灿灿的心也醉了。

这样的日子,连空气里都浸透着幸福的芬芳。

周日下午返校,因为晚上6点半要上晚自习。返校路上,苏灿灿与王滢还要做一件大事。

在布告栏上贴电话号码。

"你们两个在做什么？不许乱张贴小广告！"后面蓦然传来一声尖利的大叫，一个戴着红袖章的老大妈冲了过来。

老当益壮，虎虎生威。

苏灿灿和王滢对望了一眼，撒腿就跑。两个人很默契地一左一右，朝着两个方向跑。

老大妈迟疑了一下，放弃王滢，专追苏灿灿。

苏灿灿沿着围墙跑了一阵，很快就找到了一段比较低矮的围墙。这是学校众所周知的秘密，几乎所有想要逃学打游戏的男生，都从这里出去。

围墙下面有一堆断砖，那是男生们从各地搜集过来的。聚沙成塔，集腋成裘，人多力量大，这里的断砖就渐渐形成了规模。围墙顶上的玻璃碴子，也已经被细心的男生给弄平整。

围墙上刷着几个大字："严禁攀爬、注意安全"。

苏灿灿曾对8个大字进行了精辟的点评："看着这个，我心中真的充满温馨。上面的8个大字，足以说明学校领导是知道这个爬墙点的，但是还是很通人性地提醒我们'注意安全'。"

只要爬进围墙里，那大妈就不能逮住自己。苏灿灿将书包往围墙里一甩，爆发出了前所未有的潜力，对着断砖一跃而上，抓住了围墙顶，身子一翻，就爬上了围墙。

伊人已上围墙去，此地空余几块砖。

管卫生的老大妈骂骂咧咧，看着苏灿灿无比潇洒的背影，无奈叹息。苏灿灿就笑了。

事实证明，笑到最后才是笑得最美的，苏灿灿不该笑得太早。

乐极生悲。

潇洒地跃下围墙时，苏灿灿听见"刺啦"一声。

苏灿灿的裤子撕破了。

现在人安全了，可是苏灿灿的裤子破了。

苏灿灿发了整整一分钟的呆。后面是围墙，前面是梧桐树林。这个地方是冷僻，但是再过一阵，天黑下来，这里将迎来无数爬墙的男生。怎么办？

苏灿灿手忙脚乱地摸出手机。还好，手机没丢。给王滢打电话，谁知那家伙竟然关机。没办法，苏灿灿只能打给梁超然。已经6点，梁超然应该到校了。

梁超然没有关机。可是接通了电话，苏灿灿又不知该说什么。只听见那边传来超然清朗的声音："灿灿，到底什么事？"

苏灿灿努力吸了吸鼻子，然后很镇定地说："超然，你知道不？学校西边有一段围墙，比寻常地方矮一点，我在那儿附近。你过来，将你的长风衣带来，好不好？"

"长风衣？"梁超然疑惑了，"带长风衣去那边做什么？灿灿，马上高考了，你可不能爬墙出去玩，你得多看点书了。"

"我不爬墙出去玩！"苏灿灿听他絮絮叨叨，忍不住打算抓狂，

"我只要风衣,我只要风衣!能盖住屁股的风衣!你听明白了没?"

"听明白了。"梁超然后面一句话让苏灿灿崩溃成一团烂泥,"可是,我的风衣洗了,现在还在干洗店里,要周末才能去拿回来!"

"那……你去借!借一件风衣回来……我只要风衣,大衣也成……"说到后面,苏灿灿声音里已经带着哭腔。

"风衣?"梁超然重复了一句,终于福至心灵,恍然大悟地来了一句:"你爬墙,将裤子给勾破了?"

苏灿灿捂住脸,不敢搭腔。各种混乱各种崩溃纷至沓来。

话筒里隐隐约约传来其他人的笑声,有说"超然,你家灿灿真够剽悍"的。那是超然的死党,张扬。张扬的成绩也极其出色,与梁超然不相上下,也是能争夺全校第一名宝座的人物。张扬与梁超然同住一个寝室,还是苏灿灿的同桌。不过苏灿灿向来以男人婆的形象示人,每次与张扬说话,没上三句就抬高嗓子抢白,所以张扬对苏灿灿,向来是敬而远之。

只是没有想到今天竟然在张扬的嘴边听到了这么一句话。

苏灿灿心中暗恨梁超然没脑子,一边却又想着张扬那句"你家灿灿"。喜怒忧惧一起上来,于是系统混乱,险些死机。

在苏灿灿险些望穿的秋水里,梁超然终于来了。

在烟水一般的暮色里,在有些寒意的风里,梁超然略略单薄的身影,就像一幅山水画。他的眉眼很清秀,眉宇之间隐藏着几分倔强的执着。鼻梁上架着一副眼镜,斜斜的太阳从他身后照过来,在他的脸上镀上了一层淡淡的光辉，嘴唇上几根细细的绒毛也就显得异常柔嫩可爱。

手肘上搭着一件风衣。那露出来的手，手指修长，骨节分明。

梁超然将手递到苏灿灿跟前："给你，风衣。"

不知怎么的，苏灿灿竟然有几分慌乱。伸手接过风衣，指尖却碰在他的手指上。

触手微凉。

苏灿灿的手指尖微微一颤，风衣就飘落下来。

苏灿灿的脸就红了，急忙躬身去捡。梁超然也蹲下身子，伸手去抓。

宽大的手掌盖住了小小的手背。

一种温暖的摩挲。

苏灿灿的手上一硬。

梁超然手上也是一僵。

苏灿灿慌乱地抬起眼睛来，就看见梁超然的脖颈。天气还是非常寒冷，梁超然却没有穿高领衣服，围巾也只是虚虚挂着，露出了喉结上一片白皙的皮肤。那白皙的皮肤微微有些发红，有几个毛孔，大约因为受寒的缘故，微微有些暴起。

莫名其妙地，苏灿灿就说道："你是不是有些冷……"

这话很突兀。

梁超然略怔了怔，手就停在那里，片刻才说："出来慌忙了……"

周围的空气似乎有些燥热了。

然后这些燥热都如潮水一般退去。

苏灿灿猛然想起自己的屁股上的裂缝。方才这么一蹲……苏灿灿一声尖叫,腾地站起,抓住衣服就往身上披。梁超然慌忙转过身去,说道:"其实我什么也没有看见……"

苏灿灿相信超然说的是真的,因为苏灿灿一直背对着围墙。只是苏灿灿依然感到了危险,于是面红耳赤,不敢接嘴。只是手忙脚乱地套袖子,但是越忙越找不到袖子口。

梁超然就说:"我先走了,去上课了。"就大步往前面走,那急急匆匆的样子,竟然无端端地让苏灿灿有些受伤。苏灿灿摸摸自己的脸蛋,为自己默哀三秒钟,自己的外貌虽然不算倾国倾城,但是好像也不算恐龙。

可是在这一刻,苏灿灿无比怀疑自己是恐龙。

苏灿灿相信王滢的话了,她曾很诗人很哲理地向苏灿灿叹息:"恋爱中的女人总是缺乏自信。"

夜色浓重起来了,风很轻。两人一前一后,走出树林。

身上裹着梁超然的大衣,鼻尖就嗅到了浓重的男孩气息。衣服很温暖,似乎还留着超然的温度。

春风很轻也很温柔。很温柔的春风,带来了远处花儿开放的馨香。

一种温暖的摩擦,紧紧地包裹着苏灿灿的身体,也紧紧地包裹着苏灿灿的笑容。

一种温柔的甜蜜，以心脏为圆点，向四周散发，与风衣所带来的温暖互相碰撞，形成了一种新的热度。

苏灿灿低下头，脸上蓦然飞起红潮。

苏灿灿不知道为什么要脸红。

就在这时，不远处来了一束刺眼的闪电，接着是一声怒喝："站住！你们在做什么？"

来的是"灭绝师太"。

苏灿灿很后悔今天出门不看黄历，所以接连遭遇不利。

两人被安排在"灭绝师太"的办公室里。

"灭绝师太"何许人也？乃是学校的政教主任，姓花。政教主任平时没啥课务，她最喜欢做的就是拿了手电筒满围墙乱转，然后做些棒打鸳鸯之类的恶心事儿，并乐此不疲。

当手电筒照到苏灿灿脸上的时候，苏灿灿心中才有些恍然大悟的冰凉。难怪已经到了爬围墙的高峰时段，这里还不见人影呢，原来是学校的爬墙高手们，都得到了"灭绝师太"要查校园的消息。

只是悲催的苏灿灿，带累了无辜的梁超然。

梁超然本来是可以跑的，可是他看着苏灿灿被"灭绝师太"揪住，于是就很仗义地转身回来。

说实话，看见他转身回来的一瞬间，苏灿灿既有一种恨铁不成钢的愤怒,又有一种说不清道不明的窃喜。就像是远山上的一缕岚气,似有若无,轻轻地将苏灿灿的心缠住。

跟着"灭绝师太"去办公室的那几步路,苏灿灿就像是走在云端里。

"给我说!这到底是怎么回事儿?""灭绝师太"拍着桌子,满脸都是愤怒,"你与我说,到底是怎么一回事?一个女孩子家家的,裹着男生的大衣?赶紧脱下来!你还继续裹着男生的衣服?脱下来,你不怕丢脸?你们在树林里究竟在做什么,你是女孩子家,你要自爱知道不知道?你不说话?你是女孩子啊!你到底是怎么一回事,你说啊……"

公正地评价一句,"灭绝师太"的骂人言语不算难听,但是她有一个长处,就是能将几句话不断地重复,造成了与复读机一般的效果,让人头昏脑涨只想将它关机又偏生不能关机。

于是头昏脑涨之下,无数学生就莫名其妙地向"灭绝师太"举手投降。

于是学生们就有了一种错觉,那就是"灭绝师太"口才极好,即便是江河也会因她断流,顽石也会因她点头。

怎么说?苏灿灿知道"灭绝师太"是误会了,苏灿灿与超然之间的关系,比那刚刚格式化过的硬盘还要干净。苏灿灿是有些念想,但是这个念想还没有来得及冒芽呢。

可是解释了,"灭绝师太"会听吗?"灭绝师太"的最擅长的本事，就是自以为是，不会让人解释。

再说了，苏灿灿也不愿意将风衣脱下来，露出屁股上的一道裂缝。

可是纯洁的超然，依然试图解释："花老师，我们没有谈恋爱。不是你想的那样……"

"你们没有谈恋爱？没有谈恋爱两个人偷偷跑到树林里去讨论数学问题？讨论语文问题？还是讨论外语问题？你没有谈恋爱，有话不会在教室里说？梁超然，我认得你，上学期期末，你考了年级段第三名是不是？你是好学生，现在已经是高三了，你得好好学习，你不能被这个……你叫什么名字？"

"灭绝师太"已经给苏灿灿定罪了，苏灿灿有气无力地报告名字："我叫苏灿灿。"

"灭绝师太"点头，又看着梁超然："你是好学生啊你是好学生！你得努力学习，明年考上好的大学！你这么好的基础，如果考不上那几个重点，丢的是我们学校的脸，你知道不？考上好的大学才能有好的前途，你也知道，我也不用啰唆，现在到社会上找工作，人家都要看你的文凭！从现在开始，不管苏灿灿怎么找你，你都要记住，现在学习最紧要！"

梁超然依然无力地解释："花老师，不是这样的。是灿灿的裤子破了……"

他说出来了。这个傻瓜！苏灿灿无力地呻吟了一声，瘫软在桌子上，就像一根下了锅的面条。

"裤子破了？你们居然将裤子都扯破了！""灭绝师太"气得发抖了，"这是校园，这是校园，这是校园！你们……我不说了，我请你们家长来，让家长来说！"一边说着，一边就去抓桌子上的电话筒，"你们家里什么电话号码，报上来！我只能请家长了，现在的学生啊……"

苏灿灿当然不肯给。看着苏灿灿坚持不给，梁超然也不给。

"灭绝师太"将两人留在办公室里，将门给锁上，去找他们的班主任要电话号码去了。

苏灿灿和梁超然坐在椅子上，面面相觑。梁超然终于扯出一个苦笑："没事，灿灿……你还没有告诉我，你干吗要去爬墙？"

苏灿灿继续翻白眼："我不告诉你。"却蓦然想起他坚持不懈向"灭绝师太"解释"我们没有谈恋爱"的情景来，心中蓦然笼上了一层云翳。

我能告诉他，我是为了他去追杀情敌而被管卫生的老大妈追了吗？

当然不能说。

于是苏灿灿保持沉默。

梁超然轻轻地叹了一口气，正要说话，却见头上的日光灯一闪。接着，灯灭了。

整个校园的灯都灭了。

停电了？

短暂的不适应之后，苏灿灿看见了窗前的月光，如牛奶一般流泻了一地。窗户前的梁超然棱角分明，如同剪影。

看着那个剪影，苏灿灿的心，软软地有些欢喜。却听见外面各种杂乱的声音响了起来，尖叫声，脚步声，还有老师的声音："别慌，别乱，大家排队有序……"

苏灿灿舔了舔嘴唇，嘶声问道："失火了？"心却一瞬间变得冰凉。

失火了！

梁超然点头，前去拉门。可是门却被严密锁了，教导主任办公室的门锁可是不同一般，不但要防贼，还要防着里面的学生跑出去！

鼻子闻到了一股淡淡的烟味，梁超然身子一震，连忙去将窗户关严实了。转身告诉苏灿灿："不用担心，也许过一阵就好了，不知花老师的办公室里有没有水？"

外面嘈杂依旧。银白色的月光下，少年忙乱的身影，在苏灿灿的视界中逐步扩大，然后充斥着整个视屏。

各种慌乱像奔忙的马群奔腾而来，奔腾而去。喧嚣过后的原野特别安静，慌乱过后的心情，当然也特别平静。

苏灿灿伸手，从后面搂住了他。

超然的后背有片刻僵硬，随即松软了下来。他就保持着这样一个姿势，让苏灿灿抱着。

苏灿灿闻着他脖子上留着的洗发水的清香，用脸颊摩挲着他脖子上的肌肤。

他的肌肤是如此温暖，带着让人安定的力量。他脖子上的肌肤略略有些凸起，随即平顺下来。苏灿灿听见他的呼吸，由急促转向悠长。

梁超然的心跳，与苏灿灿的心跳。慢慢合成了一个频率。他的心跳不再紧张，她的心跳也不再忙乱，苏灿灿就这么偏着头，感受着那心跳的节奏。周围的喧嚣如轻烟一般在耳膜外袅袅消散，苏灿灿的心，平静得像是远古的荒原。

外面也许会烧起来，也许不会烧起来。我们俩也许会被烧死，也许一点事儿都没有。这当口，我还惊慌什么呢，我有什么好惊慌的呢？——苏灿灿想着，心中藏着隐隐的欢喜。

也不知过了多久。超然轻轻挣开，转身，拉住苏灿灿的手来到椅子旁边，说道："灿灿，放心，没事，你先坐着，我看见那边有热水瓶，那边还有毛巾。"他的声音很稳定，稳定里带着让人迷醉的力量。

苏灿灿只是点头，乖乖地坐在椅子上，看着他忙碌。

银白色的月光，银白色的剪影。

一瞬之间，苏灿灿真的希望，这个世界，能黑暗到天长地久。

苏灿灿张了张嘴，想要说出那句在肚子里转了几千遍的话。那句话就像是一股温暖的泉，已经滋润了苏灿灿很久；但是等真的张嘴了,却一个字也发不出来。

说出来,那种甜美或许就会离我而去……

苏灿灿有些患得患失地想。

然后,灯突然亮了。与之前突如其来地陷入黑暗一般,这个世界突如其来地变明亮了。

一种淡淡的怅惘就像是烟雾一般,将苏灿灿的心笼罩住了;随即又有了松一口气的欣喜。

灯亮了,那句话,没有机会说了。

校园内外的喧嚣声都已褪去,门口传来脚步声,然后是妈妈愤怒的声音:"你差点将我们孩子给烧死了是不是?我孩子谈恋爱不会死人,你将她与超然反锁在屋里,却差点死人!幸好没起大火……否则我与你没完!"

又听见梁妈妈安静的声音:"算了,明岚。没有起大火……"

苏灿灿的妈妈李明岚,声音依然是愤愤的:"我女儿18岁了,成年了!哪条法律规定我们孩子不能谈恋爱?再说了,超然这么优秀的男孩子,我女儿真的去追求超然,我高兴都还来不及!花老师,我告诉你,今后我们孩子的事儿,你少管!"

苏灿灿浑身冷汗,将头埋进手掌里,作鸵鸟状。

苏灿灿听见梁超然发出一些奇怪的声音。就像是一个不大严实的水龙头开关一般,虽然关上了,却还在滴答滴答地漏水;梁超然虽然努力忍着笑,却依然不可避免地发出一些奇怪的声音。

听见奇怪的声音，苏灿灿又愤怒了，凶神恶煞地看着他，说道："不许笑！"

梁超然忙牢牢地咬着自己的嘴唇，做害怕状。

看着他这副模样，苏灿灿倒是憋不住了。

门锁开了。打败了教导主任为孩子争得恋爱权利的梁妈妈与苏妈妈，得意扬扬、趾高气扬地进来，教导主任就在后面，毕恭毕敬。

今天闹了一场失火风波，学校已经没法继续进行自习。所以允许学生回家，前提是必须有家长前来带领。一群人又去了学生宿舍，苏灿灿换了件裤子，顺路将王滢叫了出来。一群人坐上了梁妈妈的新车，离开了校园。

因为父亲工作的关系，三人现在还住在同一个小区。

两位妈妈都没问什么。也正因为如此，更让苏灿灿觉得，车子的气氛平静得让人有些恐惧。苏灿灿不安地挪动了一下身子，却看见边上梁超然那似笑非笑的目光。

苏灿灿狠狠地剜了他一眼，目光铮亮。

梁超然举手做投降状。

王滢努力捂嘴，不让自己笑出声音来。

苏灿灿所想不差，车厢里的平静是暂时的。一进家门，李明岚就原形毕露。甚至还来不及打开门，李明岚就迫不及待地问苏灿灿："你果然与超然谈恋爱了？超然甚至将你的裤子也扯破了？"

什么与什么啊。我是打算追求超然,可是我还没有开始好不好。苏灿灿捂脸,气若游丝地告诉妈妈:"没。我裤子裂开了,就叫超然给我送一件大衣来,好遮遮丑。没想到闹出偌大风波。妈妈,你要相信你女儿,你女儿绝对不是不自爱的人。"

听罢,李明岚的劝告如三峡之水,惊涛骇浪连续不断,苏灿灿被淹得差点窒息。

正当这时候,门铃响起。苏灿灿如逢大赦一般,一跃而起,笑着说道:"老爸回家了!"前去开门。

门口不是老爸。门口是一群穿着制服的人。领头的一人,将一张纸片递到苏灿灿面前:"我们是纪委的,来调查苏明德同志的经济问题。这是搜查证。"

边上还有两个社区大妈。

简简单单的几个字,却像是电脑上的一个"格式化"的指令。

苏灿灿这台电脑,一瞬之间空白了。

李明岚瘫倒在地上。苏灿灿机械地走上去,扶着母亲。

李明岚的眼睛渐渐聚焦,终于看见女儿了,猛然之间搂住女儿,大声哭起来:"不对不对,灿灿,不对的,你爸爸的钱都是我管的,家里也就这么一套房子,哪里来多余的钱?他不可能有经济问题的,不可能的,是不是?"

苏灿灿反手将妈妈抱住,眼泪扑簌簌落下,哽咽说道:"妈妈,你放心,爸爸绝对没有经济问题的,绝对没有!"

但是苏灿灿的心，还是一点点地沉下去了，落进不见底的黑暗里……

苏灿灿记得，那天的家宴，父亲多喝了几杯酒后说的那句话。

父亲说，要给自己多买两套房子做嫁妆。

父母都是领工资的，虽然生活安定，但是也发不了大财。

父亲那些话，只是醉了之后的胡说八道吗？

苏灿灿不知道。

母亲掌管着家中的财政大权，照理说钱都在母亲手里。父亲到底有没有瞒着母亲做些什么？苏灿灿不知道。

她只能搂着母亲，忍住眼泪，温和安慰："母亲，你放心，爸爸会没事的……会没事的！"

她像复读机一般地重复着"会没事的"，只是那复读机似乎有些接触不良，声音有些艰涩。苏灿灿觉得这个声音反而会加重母亲心中的不安，就不说了。

没脑子的苏灿灿，在一瞬间似乎长大了。

穿制服的人终于都走光了。纪委的人很客气，但是再客气的搜查也将屋子搞得一片狼藉。李明岚惶急地到处打电话，然后出去了。苏灿灿一个人留在屋子里。

外面是黑沉沉的夜。苏灿灿将屋子里所有的灯都开了。

王滢打了电话过来，说了很多没味道的话。那些话虽然没有味道，却像是一点微弱的火，在苏灿灿那阴暗的心里点出了一寸方圆的光亮。

王滢又说:"本来想要来陪你,只是妈妈不肯。"

苏灿灿笑着说道:"你担心什么?担心我哭?担心我跳楼?放心,我没这么脆弱的。"

王滢挂了电话,苏灿灿又等了好久。已经是深夜12点,梁超然没有打电话过来。

第一章 暗恋,未曾出口

第二章 滢滢,让我爱你

上课,下课,晚自习,住宿舍。日子平稳地过去,就像是一条平静的河流,没有泛起半点波纹。

下课的时候,王滢依然会凑过来,与苏灿灿一起说笑。梁超然也依然给两人讲解题目,似乎一切都没有发生。苏灿灿的笑容依然灿烂,那是彪悍的苏灿灿,做惯了大姐大的苏灿灿,在同学面前,绝对不会表露半分心事。

只是苏灿灿的成绩还是不可避免地滑落下去了。最后一次模拟考试的时候,苏灿灿已经掉到了年级段第 323 名。梁超然依然高居前 5,王滢也冒上了前 50。

班主任老师找苏灿灿谈话,言辞委婉,让苏灿灿好好处理个人感情与学习之间的关系。

周六下午，父亲终于回家了。苏明德显得有几分疲惫，却也有几分轻松，说："位置要换，要到大青县去工作了。"

李明岚笑着说道："换个清水衙门也好，免得整日在风口浪尖里。"

苏灿灿很高兴，位置换一换那又有什么关系？看看自己的成绩单，又着实脸红，心中想着，自己一定要努力了，得将成绩赶上去。于是拿着书装模作样复习起来。

李明岚看着女儿，笑眯眯的："灿灿，咱们的心总算可以放下来了。今天晚上咱们得大吃一顿去去晦气，我与爸爸打扫扫屋子，要么你去王滢家复习？"

苏灿灿噘嘴："哪里有将女儿赶到人家家中复习的。"

李明岚含笑："王滢家里父母都去外面吃饭了，家里就剩滢滢一个人。你去她家复习，正好。等晚饭的时候你将滢滢带回家来吃饭。"

苏灿灿哼着歌儿答应了，当下也懒得给王滢打电话，抱着书就去了。

才走下楼梯，又想起少拿了一份试卷。转身回去，正打算伸手敲门，手却突然停住。

因为苏灿灿听见门里面传来一声巨响。那是碗砸在地上的声音。接着听见李明岚压低了的尖叫声："你别以为你偷养了女人又偷养了儿子的事情没有人知道！"

隔音效果极好的防盗门，依然挡不住那汹涌的愤怒与绝望。

那声音不是青龙刀，那声音也不是倚天剑。那声音是一架直升机，直接将苏灿灿扔到了南极的冰天雪地里，一瞬之间，苏灿灿的心被冻成冰块，所有的毛细血管都被冻硬了，冻裂了，冻碎了。

一瞬之间，一种僵硬的疼痛，使苏灿灿的心停止了跳动。

苏灿灿坐在门口的楼梯上，抱着书本。

里面的声音一句一句传出来。

里面的声音断断续续。

里面的声音完全消失。

苏灿灿坐在楼梯上，浑身在发抖。水泥地上的冷气，攫住了她的全身，她的嘴唇哆嗦，牙齿在咯咯打颤。

头脑之中，一片空白。苏灿灿一页一页地阅读着手中的复习资料，但是自己也不知道自己在读什么。

她这台电脑被"格式化"了。

对于苏灿灿而言，高三最后一个学期的生活就是一个巨大的沙坑。当她欢天喜地地从沙坑里拔出一只脚的时候，发觉自己的另一只脚陷进更深的流沙里。

等了很久。里面再也没有声息。苏灿灿如更换了电脑桌面一般更换了表情，然后敲门。

里面的妈妈依然在忙碌，父亲坐在沙发上抽烟。一地都是碎碗片，在地上呈放射状分布。

看见女儿，妈妈李明岚露出了一个灿烂的笑容，然后笑着解释："你爸爸笨手笨脚，拿个碗居然给砸了。妈妈批评他，他居然还不承认错误。"

原来，不单单苏灿灿能迅捷地更换电脑桌面，李明岚也能。苏灿灿笑了笑，转身进了自己的房间。

临进房间的时候，苏灿灿看了茶几一眼。茶几上除了一堆烟头之外，还有一张照片。

照片上是一个很漂亮的小男孩，大约一两岁，看不清眉眼，不知与苏明德是否相似。

苏灿灿转身回了自己房间。

手机响了起来。接通了手机，梁超然的声音响了起来："灿灿，父亲的事儿完结了？恭喜了。明天下午一起返校吗？"

梁超然的声音是温暖的，带着明朗的阳光。那声音里带着隐隐的期盼。苏灿灿听出了那种期盼，她知道那种期盼勾起了自己心中深藏已久的欢喜。

可是之前那战争的声音，却是将那种深藏已久的欢喜都冰冻了，然后用大榔头砸碎了。

苏灿灿实在没有力气将那种欢喜拼凑出原貌来。

于是她张了张嘴，却是艰难地发不出声音来。

耳边传来了梁超然的声音："灿灿？"

就在这时,苏灿灿听见了远处传来一个隐约的声音:"超然,超然!你还打什么电话!跟你说不要给苏家那个丫头打电话,她家都这个样子了,你居然还与她纠缠不清!"

正是梁妈妈的声音。声音不响,但是梁超然的手机质量太好,苏灿灿的耳朵又太敏锐。

梁妈妈曾经给了苏灿灿无数根鸡毛,挠得苏灿灿心痒痒的;今天却给了苏灿灿一根鞭子,抽打在苏灿灿的心上,那颗本来已经被冷冻碎裂的心脏顿时变成了渣子,每一块碎粒都带着尖锐的棱角,刺痛了整个胸腔,刺痛了每一块肌肉,刺伤了每一寸肌肤。

一瞬之间,遍体鳞伤。

苏灿灿的眼泪就无声无息地落下来。然后,她用带着笑意的声音答道:"不去了,我要悬梁刺股好好读书,你与别人去吧。"说着就将电话挂了。

强悍的苏灿灿,习惯于用笑容来掩盖自己的伤口。内心越是遍体鳞伤,面上越是花团锦簇。

苏灿灿披着衣服,站在窗前,看着外面那满天空的繁星。

星星们如一群调皮的孩子,在城市的夜空里争相炫耀自己的美丽。只是没有一颗星星,属于今天的苏灿灿。

不知今天的梁超然,是否会注意到这满天的星星?如果看到了,他又会与谁一道看星星?

不知许多年前,自己的父亲母亲,现在相互之间视若寇仇的父亲母亲,当初是否一起看过星星?

苏灿灿这样想着,心中就涌起了许多类似于看破生死的沧桑。

苏灿灿很明确地知道,今年自己才19岁。

苏灿灿打开电脑,登录游戏,上去打怪。整整一个小时,一直到妈妈吩咐吃饭,也没有任何不长眼的人前来骚扰。只是苏灿灿心不在焉,死亡了很多次。

外面说话的声音,时断时续。

再也没有摔盆子,再也没有砸碗。李明岚与苏明德,已经相敬如宾。

第二天苏明德就去大青县赴任了。

李明岚给苏明德准备了一大堆行李。苏明德皱眉,很恼火地说道:"你们女人就是麻烦!哪要带这么多东西!这些东西留这里你们就不能用了?再说了,我一个大男人,用得着这么多东西么,这什么玩意儿,我一个大男人,还用化妆品呢……"

李明岚微笑着,那笑容灿烂得就像是楼下那盛开的百合花:"不是这样的。大青县毕竟没有咱们花城好,说不定好多东西都不齐全,所以都给你备齐了。这也不是化妆品,就是一盒润肤露,你是干性皮肤,大青县算是内地,空气干一些,到时候你身上说不定会发痒。这个牌子是你前些年在北边的时候用惯了的,不用担心你的皮肤不习惯。"

苏明德笑了笑,当下也不纠缠,将东西都收进皮箱里。李明岚又说道:"还有这一箱子东西,就不用随身带着了,我等下叫物流公司过来,给你发过去。"

苏明德笑着点头。又对苏灿灿说道:"灿灿,你也看着妈妈一些。你妈妈的胃一直不大好,你得经常提醒妈妈别忘了去医院配药。还有,灿灿,你读书得抓紧,不能再落后了,这个学期不好好读,可是一辈子的事呢。"

苏明德的声音,明朗得像是春天的阳光。苏灿灿点头,只是那动作未免有些机械。

其乐融融,这是多么温馨多么和睦的一家子啊,苏灿灿想,这是最好的伦理道德标本呢,可以风干了,装在玻璃盒子里,送上拍卖台去拍卖,一定能卖出高价来。

苏灿灿转身,进了书房,打开电脑,上网。

看了三个论坛,又看了几页小说,苏灿灿终于再度打开了游戏。

游戏下面短信在闪动,苏灿灿顺手点开,见是一个 ID 叫"吃草的老羊"的人请求加自己为好友。顺路点了同意。

然后站内短信闪了起来:"纤雪女侠,我们成亲好不好?"

正是那只老羊。

苏灿灿只回复了一个字:不。然后去玩游戏。

虽然说谁也不会将游戏里的结婚离婚当真,但是那毕竟是成亲啊。苏灿灿没有与陌生人成亲的习惯。

只是没想到，短信又闪了："纤雪女侠，你是冰属性的，我是火属性的，我们成亲了，那就叫作刚柔并济、阴阳调和，我们就可以去游戏地图里的冰火岛逛逛了。"

苏灿灿回复："我很忙，你去找别人吧。"

"吃草的老羊"继续嘀咕："反正你也在玩游戏啊，咱们成亲，阴阳共济事半功倍，升级也升得快。要不，我先与你组队试试看？"

接着就发回了一个组队邀请。

苏灿灿真的没心思理睬他。但是不知怎么着，一错手竟然点了"同意"。

既然同意了，24小时之内不能退出。只能与他合作打怪了。苏灿灿安慰自己说，与谁组队玩游戏不是玩游戏。

但是没有想到，这只老羊的确是一个很上道的角色，他经常将一只怪打得只剩下几点生命值之后让到一边，让苏灿灿去补最后一刀。

苏灿灿的经验值就噌噌噌往上涨。

李明岚进来的时候，苏灿灿正在对准一只怪物狂劈。根本没有回头。

李明岚伸手，直接关电脑的主机。电脑迅速黑屏，苏灿灿回头，看着母亲。

李明岚的声音微微发颤："你高三了，你……就这样读书？"

一种恨铁不成钢的怒气，在胸肺之间辗转了一天，已经酝酿成了戾气。苏灿灿蓦然暴怒起来，叫道："你不与他离婚吗？"她的牙齿咯吱咯吱作响，类似于半夜磨牙。

李明岚将手搭在女儿的肩膀上。好久她才沉沉地叹息："你果然知道了。"

她的声音沉稳而痛楚："已经是这样了。离婚有用吗？离了婚，便宜那个女人？"

李明岚声音很轻："你父亲说了，他是爱着我们的。只是少了一个儿子，到底缺了点什么。所以你父亲才有了这么荒唐的举动。你原谅你的父亲吧，毕竟他也受到教训了……"

苏灿灿笑了笑，声音就像是炒辣椒："嗯，是，对极了。现在是1000年前，交通不便，相隔几百里路，分手的时候就要相思断肠。生离死别嘛，总是要多情一点的，所以我应该原谅他，绝对不与他斗气了，我还得好好读书，给他光宗耀祖！"她蓦然站起来，尖声叫道，"我那样才有病！"

李明岚一把抱住女儿，低低说道："灿灿，声音轻一点，不要让人听见！"

苏灿灿冷笑说："妈妈，你怕丢脸？这事儿啊，丢的不是你的脸，是他苏明德的脸！他苏明德这样对你，你居然还怕叫嚷，还怕人知道，吵架都还得关上房门，你不是我苏灿灿的妈！"

李明岚捂着脸哭起来。

呜呜咽咽的哭声,让苏灿灿突然之间非常疲惫。

大人之间的游戏,我掺和什么?随便他们折腾吧。

苏灿灿的声音轻飘飘的:"如人饮水,冷暖自知。你们大人的事情,自己去闹腾吧,我不管。如果要离婚了,告诉我一声。好吧,我好好读书。"

苏灿灿砸掉鼠标,提起书包,转身,出门,关门,下楼,去学校。

合金铸的防盗门,在身后发出巨大的声响。

面前是一条小路。苏灿灿依稀看见有一对肩并着肩走向小区大门的男女。那男子的背影好生熟悉,修挺如竹;女子的背影也很熟悉,婉约如柳。

那是……梁超然与王滢?

王滢?我最好的朋友王滢?曾经鼓励我去追求超然的王滢?

不会的,王滢与我是什么关系,她和谁恋爱都可以,就是不会与超然……

苏灿灿不断地安慰着自己。但是不由自主地,一种莫名的愤怒从胸腔里弥漫开来,就如烟雾一般;这些烟雾随即又凝实了,变成了一种酸楚的藤蔓,结结实实地将苏灿灿的心给缠绕住了。

酸楚的藤蔓不断分泌出一种酸性物质,苏灿灿的整颗心都被腐蚀了,一瞬之间不成模样。

苏灿灿是植物,她打算枯萎了,苏灿灿是铁器,她打算氧化了。

苏灿灿想要叫喊,可是偏生又发不出声音。无比彪悍的苏灿灿,在面对这等场景的时候,丢盔弃甲,溃不成军。

叫喊了又怎么样?责怪王滢背信弃义,还是勇敢地向梁超然宣告爱情?

苏灿灿没这个胆子。苏灿灿也没有这个力量。苏灿灿的脑子里还有父母事情的阴影。梁妈妈那根针还明晃晃地戳在苏灿灿的心脏上。

于是,苏灿灿倚靠着电线杆站着,软弱无力地看着那两个疑似情侣的背影,在自己面前消失。

幸运的是,苏灿灿很快就接到王滢的电话:"灿灿,我们在小区门口等你,咱们一块回学校。"

他们竟然没有忘记我!王滢是我最好的朋友,不会错的!

一瞬之间,苏灿灿的心又苏醒了,精神振作起来,于是用很彪悍的、带着笑意的声音说道:"好,我马上就到!"

一瞬之间,苏灿灿将父亲的面孔抛到九霄云外。

世界上最残酷的事物就是时间。

高考的日子,不紧不慢,如约来临。虽然苏灿灿没有再玩游戏,虽然苏灿灿也很努力,可是等到高考揭晓的日子,超负荷运转的系统还是崩溃了。

梁超然考了660,王滢考了630,苏灿灿考了460。

460……苏灿灿一向告诉自己，对于这么戏剧性的人生，自己实在不必太在乎。最后三个月，自己的心思也没有在学习上……可是她还是忍不住想哭。

李明岚不在家。不知上哪里去了。

苏灿灿也没有打电话与妈妈讨论的兴趣。

QQ里，王滢对苏灿灿建议："我们报滨海大学，你也报滨海的学校吧。我们好歹还能在一起。"

我们报滨海大学……我们？

苏灿灿发了一个"满不在乎"的表情："嗯，滨海大专类学校还是不少，说不定还能选一个三本。"

梁超然的QQ开始闪："如果不满意，灿灿，你还是复读一年吧。"

苏灿灿的心有些酸酸的。想了想，她打字："复读？去哪儿复读？复读一年，考出一个一样的成绩？不干了，有这个时间还不如玩游戏。"

梁超然打了一堆省略号。

王滢将梁超然与苏灿灿都拉进一个新建的组里。然后开始组聊，给苏灿灿选学校。

最后给苏灿灿圈定了三所学校，都是滨海市的高教园区内，与滨海大学相距极近的。苏灿灿选了一个。

然后，王滢的QQ又闪了起来："灿灿，我妈妈明天晚上6点在望湖楼酒店开庆功宴，你来吗？"

王滢说的，就是上学酒了。一般来说，这种宴席都在收到录取通知书之后。

只是王滢的分数较高，铁定能读重点大学，这种宴席早几天开也无所谓。

心猛然被什么尖锐的东西划了一下，苏灿灿没有说话。

王滢很快就打字："你不来也没有什么。"

"来。"苏灿灿终于做出了决定，"我当然来。我不来，谁帮你挡酒？"

为了显示自己的不在乎，苏灿灿还发了一个笑眯眯的表情。

为了王滢的庆功宴，苏灿灿换上了最好看的衣服。纯白色的雪纺连衣裙，配上浅粉色的水晶凉鞋，倒也有几分淑女样儿。

酒宴设在五星级酒店里。王滢在前面迎宾，看见苏灿灿，忙笑着将苏灿灿拉到最前面的一张桌子上。那位置上全是同班一群比较要好的女同学。苏灿灿见慕雪儿也在这里，不由略怔了怔。

王滢笑着对苏灿灿说道："这里都是同学，你帮我招呼着。"

王滢的妈妈脸上堆出花儿，笑着过来，对苏灿灿笑道："灿灿，成绩考得好不好？肯定很高吧，不知打算报哪里的大学？"

却听见边上的慕雪儿轻笑说道："阿姨啊，灿灿这一回没考好。灿灿，是不是打算复读一年？我说呢，你还是复读一年算了，你之前成绩并不差,复读一年,正常发挥,考个一本不成问题。"慕雪儿的话轻描淡写,话音后面带着浓浓的笑意。

一瞬之间,四周的空气变得又湿又冷。

身边的同学,都有些紧张地看着两人。

王滢的妈妈干笑了两下,对苏灿灿说道:"你们同学好好聊着。"转身去招呼别人去了。

苏灿灿转过头,看着慕雪儿,毫不在意地笑:"算了吧,我这人懒得要命。再说了,好学校坏学校还不是一个样?我又不是你,有一个好爸爸,找个好学校镀镀金,将来你老爸就能给你安排一个好工作。我呢,爸爸是横竖帮不上忙了。"

慕雪儿嘿嘿笑了一下,说道:"倒也是,你爸爸都调到下面去了。"

苏灿灿也笑,两只眼睛亮晶晶:"对啊,到下面去也是好事。至少我就会知道要靠自己了,不会再依赖父母了,嗯,我父母也不会想方设法将我过继给亲戚,只为了弄一个少数民族加分,你说是不是?"

边上一群同学见两人从含沙射影变成坦诚相见,又从坦诚相见变成拔刀相向,一个个都是汗如雨下,却又不知怎么打圆场。

慕雪儿终于暴走:"苏灿灿,你在说谁呢?"

苏灿灿笑眯眯:"我没有说谁,我是在说我自己。"

慕雪儿抓起手提袋,怒道:"王滢,不是我不给你面子,这里实在是待不下去了。"

边上一群同学忙将慕雪儿拉着,笑着劝说:"雪儿,是你多想了,灿灿也许根本没别的意思。"

苏灿灿笑着站起来,说道:"雪儿,没啥,你留着吧,我正巧有事儿,我走人就是。你好歹也是凑了份子来的,可别浪费了。"姗姗然往外面走去。

后面传来慕雪儿磨牙的声音。

饭店有两个门,王滢在前门,苏灿灿就走后门。苏灿灿笑容灿烂,可是眼泪却有些不由自主。

于是苏灿灿就低头走路。低头走路有两个好处,第一是不容易被啥东西绊着,第二是可以遮掩一下脸上的神态。

可是低头走路也有两个坏处,第一是姿态不佳不符苏灿灿的彪悍形象,第二就是容易与人撞头。

于是苏灿灿就华丽地与人撞了一下。

一束鲜花掉落地上。

苏灿灿鼻子差点被撞塌了,于是忍不住声音变形:"你这人怎么走路的?"

揉揉鼻子,被撞到泪腺了,眼泪终于决堤而下。

却听见面前传来迟疑的声音:"灿灿?"

苏灿灿抬起眼睛,就看见了梁超然。他有些不安地站在自己面前,讷讷说道:"灿灿,我刚才真的没留意。你哭了?"

苏灿灿吸吸鼻子，怒道："哭，哭你个头！你撞到我的鼻子，伤了我的泪腺了知道不？这眼泪是被你撞出来的！"

梁超然连忙道歉："灿灿，给你纸巾。"

苏灿灿接过纸巾，恶狠狠地擦了擦眼泪，然后很响亮地擤了一下鼻涕，将纸巾揉成一团，划出一道漂亮的弧线，飞进纸篓。

梁超然将地上的鲜花捡起来。包着鲜花的彩纸上面沾了些灰尘，他就用手轻轻掸，不成。又用纸巾擦，还是不成。灰迹反而越加明显了。

苏灿灿见他这般模样，没来由又生气起来，说道："千里送鹅毛，礼轻情意重你也不知道？这么一点灰有什么关系？王滢看重的是你，不是这束花！"一把将他手中的花抢过来，擦擦两声，将最外面的那张包装彩纸给扯掉，递还给梁超然。

少了一张彩纸，对花束的整体造型居然也没有多大影响。

梁超然接过，笑了一下，说道："你说得对……灿灿，你要去哪里？酒宴还没有开始吧？"

苏灿灿笑了笑，说："遇到一个不痛快的人，回去了。"

梁超然看了看苏灿灿，说："你就这样走了，王滢会不高兴的。"

听他提起王滢，苏灿灿觉得有几分不好意思，终于说道："好，我回去。"

眼睛看着梁超然手中的鲜花上，却不由怔住。

一束很寻常的玫瑰花。

除了点缀用的满天星之外全都是玫瑰。

密密匝匝的红玫瑰，数不清有几朵。

这些玫瑰，一瞬间变成了无数病毒数据。

一瞬之间，苏灿灿的头脑就像是一台老旧的手提，各种程序各种硬件一起运转起来，轰隆隆地发出了各种杂音。

于是，苏灿灿当机。

站在梁超然面前，当机。

梁超然看着自己手中的鲜花，看着当机的苏灿灿，也当机了。

他嘴唇嗫嚅了一下，却没有发出声音。

只是苏灿灿毕竟是苏灿灿，她的头脑终于恢复运行了，于是她很稳健地推了梁超然一把："还不进去，给王滢送花去！"

梁超然再度看着苏灿灿，欲言又止，却终于毅然转身，进去了。

苏灿灿就跟在梁超然的身后——她知道自己不该跟进去的，但是她的脚却有些不由自主。

梁超然找到了自己的位置，苏灿灿就在梁超然的身边坐着，将张扬推出去："去，张扬，你往那边坐去！那边，有空位置！"

张扬看着苏灿灿，目光里闪过一种异样的情绪，那种情绪就像是山间的一抹云雾，一瞬间就消失了；苏灿灿想要看个仔细，却是看到一片清澈。

张扬无奈地苦着脸："灿灿，那边都是女孩子！"

"女孩子又有什么关系？你高中三年，不是与女孩子同桌？现在换一个女孩子同桌而已！去那边，任飒飒的边上，就是你的位置！"

张扬苦笑说道："我高中三年，同桌是一位男人婆，与男人没啥区别的！"

"你说我是男人婆，你说我与男人没啥区别？"苏灿灿瞪大了眼睛，高跟凉鞋就踩了下去。

张扬龇牙咧嘴，偏生不敢惨叫。他只能走人，临走之前，无奈叹息："超然，你家灿灿好凶！好生蛮横无理！"

话音酸溜溜的，极度夸张。

苏灿灿跳脚大怒："张扬，你这厮胡乱嚼什么舌头？居然敢随便毁咱超然的清誉？将来我们超然如果找不到女朋友，那就是你害的！"

于是，张扬吐吐舌头，缩缩脖子，做出恐惧万分的模样，往那边去了。

一桌子的人都大笑起来。梁超然也笑，苏灿灿也笑。

于是苏灿灿推了梁超然一把："喏，看见没，我们王滢就在那边！去，赶紧将花送了！"

梁超然回头，深深地看了苏灿灿一眼。

那眼神里，有许多的抱歉，许多的无奈，还有许多的恳求。

那温润的眼神就是无数个箭头，软软地戳在苏灿灿的心头上了。

一瞬之间，苏灿灿恍惚觉得，自己已被万箭穿心。

苏灿灿知道，只要自己说一句话——只要说一句话，后面很多事情就不会发生。

但是,父亲,梁妈妈,自己的高考成绩……许多乱七八糟的破事儿,一瞬间全都涌上心来。

自己还有阻止的资格吗?

于是,苏灿灿笑了。

苏灿灿自顾自地给自己倒了一杯牛奶:"喏,快去了。可怜见的,有贼心没贼胆。有花堪折直须折,莫待花落空折枝,到时候后悔!"

梁超然再度深深地看了苏灿灿一眼。脸上许多复杂的神色,终于全数收起。握住了手中的鲜花,稳稳地去了。

只是脚步微微有些发颤。

苏灿灿就握着牛奶杯,微笑着看。

她的手指很稳,绝对不发颤。

梁超然走到王滢的跟前,单腿跪下,将手中的玫瑰高高举起。

他的声音有几分羞涩:"滢滢……请让我……爱你一辈子。"

大厅之中,一瞬之间,寂静无声。

片刻之后,掌声响了起来。然后就有凑热闹的同学,大声吵闹起来:"不对,不对,超然,你刚才说的,我们听不清楚!请让你什么一辈子?公众场合,说话口齿要清晰,王滢,你说对不对?"

苏灿灿的手紧紧地抓住自己的裙子。手心里全都是汗。裙子上面说不定有汗渍了。苏灿灿的头脑有几分恍惚地想,或许,王滢不会答应?

也许是被梁超然惊到了，王滢站在那里，竟然没有接那束玫瑰花。

王滢的眼睛往苏灿灿这边看过来。苏灿灿隔壁座位上的同学杨克，大声笑起来："对啊对啊，王滢，别接他的玫瑰花！至少要他对你说一千遍'我爱你'才能考虑！"

苏灿灿的目光对上了王滢的目光。

隔着七八米路，苏灿灿很清晰地看到王滢眼睛里的惶急，看到她眼睛里的歉然，看到了她眼睛里那不能掩饰的惊喜。

那眼神不是刀，一点也不锋利；那眼神也不是冰，一点也不冻人。那眼神是软软的一团海绵，苏灿灿对上，只觉得浑身软软地再也没有半分力气。

超然。超然。超然。

超然是爱着王滢的。

王滢也是爱着超然的。

王滢曾经很认真地将超然让给我，我现在才很认真地发现，原来所谓的相让是一场孩童的过家家游戏。

男人不是一只梨子，不能轻易地推让。

苏灿灿想起了那个失火的夜晚，那个让人心悸的拥抱。那个夜晚，苏灿灿曾经闻到了梁超然身上男孩特有的体香。那一天，假如自己多说两句话，也许不会是这样了，苏灿灿有些无力地想。

可是苏灿灿手上并没有月光宝盒。

而且即便时光能倒流，事情也许依然会是这般模样。

现在想这些有什么用呢？

于是，苏灿灿灿烂地笑了。

她拿起筷子，敲响了碗口："梁超然，大家说得对，这么严肃的事情，你至少要做到口齿清楚声音响亮，如果连这个都做不到，王滢怎放心做你的女朋友？王滢，你说是也不是？还有，王滢，趁着有这么多人给你见证的份儿上，赶紧想想，你的理想男友要达到怎样的要求，第一条、第二条、第三条……趁着现在你还没有陷进去，就赶紧将不平等条约签订下来！"

王滢脸上飞霞，红彤彤地类似桌上被煮熟的螃蟹。虽然她很想努力地张牙舞爪，可是声音里却是没半分力气："灿灿……你也胡闹！"

边上还有一群成年人，看着这边喧哗，都是笑着往这边看。

虽然说，大多数成年人都反对高中生早恋，但是这一群人都已经高中毕业了。这般闹腾，虽然吸引眼球，倒也不算惊世骇俗。苏灿灿看着王滢的妈妈笑眯眯地拉着梁超然妈妈的手，梁超然的妈妈也笑着点头。

她们都很满意。

那边坐着的老师们，都是笑着摇头。

却也没有煞风景地来反对。

而同学们更是群情激昂，兴奋无比。

整个世界都很高兴——除了苏灿灿。

为了让整个世界继续高兴，苏灿灿必须忘记自己的不高兴。

梁超然脸皮不算很厚，但是今天却是不知从哪里来的勇气。于是他将玫瑰花再度高高举起，声音响亮类似播音员播报，口齿清楚类似记者采访："王滢，请给我一个机会，我愿意用我的一生来关心你，来爱护你。如果我做不到，那么在座的每一位，都可以惩罚我。"

有同学大声喧哗："梁超然，你不能让王滢满意了，我们该怎么惩罚你？"

梁超然转头看着那位同学，倒是面不改色："你们说怎么惩罚就怎么惩罚！"

这话斩钉截铁。于是叫好声震天响起来。

在震天的叫好声中，王滢接过了那束玫瑰。她两颊都腾起了红晕，也许是这大厅里空气太过燥热，蒸腾出很多酒精，将她熏醉了。

苏灿灿喝了两杯牛奶，熏熏然也有些醉意。

朦胧的眼睛里，只觉得这个世界的颜色，鲜艳得有些妖异。

于是苏灿灿毫不迟疑地选择转身走人。

像许多电视里演出的那样，配角的离场总是寂静无声，不会引起任何人注意。

除了配角自己。

路边有一间理发店。路边的大招牌上，挂着许多张牙舞爪的造型。里面的发型师正无聊地玩着手机游戏。苏灿灿摸摸自己柔顺的长发,又回头看看身后。身后酒店里,依然灯红酒绿。

突然之间想要给自己换个发型,苏灿灿就推门进去,径直坐下,对发型师说:"给我剃光头。"

发型师手中的手机一跳,差点砸在地上。片刻之后才迟疑着问道:"剪短一些?"

"不,光头。"

"你的发质很好……要不,平头?"发型师说话的声音有些结结巴巴了。

苏灿灿叹了悠长悠长的一口气,然后说道:"好。"

柔顺的长发披散下来,一丝一缕地飘落下来,如同纷杂的思绪。苏灿灿突然觉得自己的心好像安静下来了。

头轻松了很多,心也轻松了很多。

苏灿灿告诉自己,看着别人的幸福也是一种幸福。

可是,为什么,苏灿灿的鼻腔,却像是塞了一坛子老酸菜,酸酸楚楚地让人难受呢?

40分钟后,苏灿灿顶着一个小平头出了理发店的门。

时间已经到了晚上9点,但是因为是夏天,小区里来来往往还有不少人。进小区的时候,很多人对苏灿灿行注目礼,苏灿灿若无其事。经历过酒店里的一出事情之后,苏灿灿只觉得,自己的心脏已经穿上了一层厚厚的盔甲,旁人再尖利的目光戳在她身上,她也毫发无伤。

只是上楼道的时候毕竟有几分心虚了。想起妈妈的目光，想起自己告诉成绩时候妈妈失望的神色，摸了摸自己的小平头，苏灿灿心中歉然，高昂的头也低下去，脚步也放轻了。

走到门口的时候，苏灿灿才想起自己出门的时候忘了带钥匙。敲了敲门，却没有回音。打了妈妈的电话，妈妈的声音略略有些着急："要不，你去王滢家坐一下？妈妈还有些工作没完成，还要一两个小时才能回家。"

去王滢家坐一下？苏灿灿想起那束鲜红的玫瑰，心中一片黯然。口中答应了，却不知去哪里。

王滢家是不能去了，其他同学家？也算了吧。于是苏灿灿走了几步，就毫无形象地在门口楼梯上坐下来。

苏灿灿做好了等两个小时的准备。

可是苏灿灿真的没想到，才过了十七八分钟，就听见了脚步声。

脚步声不是楼下传上来的，是楼上传下来的。

苏灿灿家在顶楼，苏灿灿就坐在楼梯转角的阶梯上。听见声音，苏灿灿急忙站起来。于是，她看见自己家的门口，洒落出一片惨白的灯光。

那惨白的颜色，有些类似苏灿灿的脸色，也有些类似李明岚的脸色。

李明岚的脸就定格在门框里。门框之外，苏灿灿身前，定着一个男子。一个陌生的男人。

苏灿灿的头脑就像是一台已经老化不能运转的电脑。一切软件都定格了，没有响应了。

她想要动动鼠标表示自己还有活力，可是嘴唇哆嗦却是发不出声音。

很喜剧的情景，可以成为电影电视中的一个小高潮。苏灿灿却是悲催地失去响应了。

那男人眉头皱了皱，径直就从苏灿灿身边走了过去。

苏灿灿身躯微微颤抖，她终于发出声音："妈妈……你在家里。"

只是几级楼梯就进门了，只是这几级楼梯，却是花了苏灿灿全身的力气。她狠狠地将门给关上了。

似乎这样，就可以将那个男人关在了门外。

第三章 决裂，无家可归

李明岚嘴唇哆嗦，却是发不出声音。

苏灿灿甩甩头发，猛然发出尖利的笑声："妈妈……没啥的，真的没啥。你爽爽快快离婚了吧，你啥时候与苏明德离婚？"

李明岚想要说话，却不知该说什么。

看见妈妈那神色，苏灿灿心中竟然产生了一种莫名的快感。她扶着墙，偏着头看着自己的妈妈，声音尖利得像刀，像剑，像皮鞭子："妈妈，说实话，我也想不到你的动作会这么快呢。你是对的，好女人就不该在一棵树上吊死，何况苏明德还是一棵花心的歪脖子树呢。他可以出轨，你自然也可以出轨，这才叫公平。只是我个人以为，你还是先离婚再找男人更能在道德上站得住脚。"

李明岚捂着脸，发出呜呜咽咽的声音。

终于说道:"灿灿,这事儿……"

她不知该说什么了。

苏灿灿笑了,笑容灿烂无比,如同外面天空上挂着的那轮朗朗明月:"他可以花心,你自然也可以花心。没错,妈妈,我绝对支持你。只是你不要为了一个破男人将女儿拒之门外好不好?要谈恋爱就大大方方的,偷偷摸摸的算啥事儿?现在算是谁出轨?谁理亏?或者,你们已经达成了协议,你找你的,他找他的,两个人加上我,组合成一个看起来完美无缺,实际上却长满了霉斑的家庭?"

苏灿灿狠狠地抹了一把眼泪。

这破落的人生就是一个巨大的玻璃制品仓库,虽然里面也装了些别的玩意儿,但是绝大部分还是悲剧。

甩了甩头发,苏灿灿转身开门,就冲下楼去了。

后面传来李明岚的呼喊声,还有高跟鞋扭脚的声音,苏灿灿充耳不闻。

夜风是沁人的凉。苏灿灿抹了眼泪,才发觉自己一时之间,竟然无处可去。

今天出门赴宴的时候带了一个小包。后来冲出家门的时候顺路将包给带出来了。包里有三四百块钱,还有一个红包。那是前去赴宴的时候妈妈给准备的。可是王滢没收。

苏灿灿打开红包。500块。还有一张银行卡,不过卡里只有几元钱了。

有800多元钱。苏灿灿不知去哪里好。顺路就乘上了一路公交车，跟着公交车上了底站；在公交司机探询的目光中，苏灿灿下了车，又顺路上了另一辆公交车。

手机响了很多次。苏灿灿伸手，将手机给关了。

其实不关手机也没事，因为手机只剩下一点点电了，估计李明岚再打几个，就会将剩余的一点电量给耗光。

苏灿灿关了手机，不过就是想要给手机留一点点电好苟延残喘。苏灿灿漫无目的地在大街上逛，也不过是想要给自己留一点点希望苟延残喘罢了。

夜晚已深，公交车也已经极稀少。苏灿灿抬头，看见面前有一个网吧的招牌，在霓虹灯里闪闪烁烁。

苏灿灿走了进去，要了一个包厢。其他位置，上网费是每小时一元钱，包厢是两元。这个城市统一这个价格，苏灿灿知道。

不过包厢里有布艺沙发，布艺沙发上有一块毛巾毯。玩家累了的时候，可以在沙发上眯一会儿眼睛。这是高级VIP待遇。

时间已经到了深夜。虽然是网吧，也没有多少顾客。门口附近一台机器上，坐着一个年轻人，正低头在键盘上敲击着什么，速度很快，那声音就像是一阵疾风暴雨。

听见苏灿灿进门，那年轻人抬头看了一眼，又低头去敲键盘。苏灿灿也没有留意。

收银台边上是两个女孩子。一个年轻的女孩进网吧,那守网吧的两个女孩子不免多看了一眼。收了20元押金,其中一个长发的,想了想,找出了一把钥匙:"我带你上去,找一个有窗户的位置。没窗户的包厢,烟味太重了一些。"

这点小小的关心让苏灿灿心中一暖。那网管带着苏灿灿上了二楼,走到走廊的末尾,却见是一扇牢固的木门。

那长发女孩将苏灿灿带进去,给她开机,轻轻告诉她:"这门口有插销。你晚上如果要睡觉的话,可以将门反锁,再将所有的插销都插上。窗户这边你放心,有防盗窗的。"

轻声细语,却含着一种浅浅的关心。苏灿灿鼻子酸了酸,问道:"我要将这个包间包下来,价格怎么算?"

那长发女孩诧异地看了苏灿灿一眼,说道:"包一周,30块一天,你如果办理VIP账号,还可以便宜10块钱。如果包一个月,那是800块……你不会想在这里长住吧?小妹妹……偶尔来上上网是可以的,但是长住的话,这里环境很差的。"

苏灿灿点点头,也不说话了。那长发女孩走了,苏灿灿将门反锁,插上所有的插销。坐在沙发上,抱着毛巾毯,一阵阵发抖。

眼泪一串串落下来。

苏灿灿将毛巾毯扔在沙发上,摁下了电脑的电源键。电脑发出嗡嗡的声音,整个机箱都在瑟瑟发抖。

电脑终于打开了。苏灿灿打开了游戏，却不想玩游戏了。

当初感觉极其刺激的游戏，却突然变得寡淡无味。游戏页面上纷繁刺激的争斗，在苏灿灿眼中，突然变得非常搞笑。

手就停留在鼠标上，光标就停滞在那里。那位白衣女侠，就站在雪峰之下，风雪之中，笔直地立着，一动不动。

苏灿灿曾经操作着这个游戏人物，在虚拟的世界里纵横披靡。她很仔细地给白衣女侠配装束，光是为了身上那件白色大氅，就花了整整三天的时间去抓极乐鸟，又花了三天时间去学纺织术和缝纫术。她将这个人物当作另一个世界中的自己，但是现在再看着这个人物，心神之中，竟然一阵一阵地空虚。

心竟然是空了。

现在更要紧的是另一件事。

苏灿灿只有800多元钱。苏灿灿不想回家。

那个家已经长了霉斑了。苏灿灿不能忘记家门口那片惨白的灯光，苏灿灿不能忘记若无其事从自己身边下楼去的那个男人，苏灿灿更不能忘记，摔碎在地板上的白瓷碗，搁置在玻璃茶几上的男孩照片。

苏灿灿想要将这些霉斑都排挤出自己的生命，苏灿灿想要干干净净地生活。苏灿灿已经19岁了，苏灿灿一定要自立，苏灿灿想。

800元支撑不了多长时间。即便自己立马找到了工作，多半也要等到下个月才能得到工资。这段时间吃饭住宿，什么都要钱。

想了想，苏灿灿上了游戏的公共聊天频道，发了一个告示：本人账号出售，37级，愿意要的短信。

告示发出才几秒钟，游戏右下角的信箱就跳动起来。苏灿灿打开，却见是一条霸气十足的短信：3元钱，我要了！

苏灿灿输入了"神经病"三个字，恶狠狠地摁下鼠标，发送了回去。

又是一条短信："一级10元，37级，370元，我要了。"

这个是正经的。苏灿灿也知道，这个价钱还算是公道。想了想，她回复了一句："能不能贵一点？"

摁下鼠标的时候，有些底气不足。

短信立马又闪了。苏灿灿点开，见下面的署名是"吃草的老羊"，只有一个数字，3700？还是看错了，370？

不可能啊。

苏灿灿给"老羊"回了一条短信：你出多少？

"我说纤雪女侠，你可是在游戏里被情人抛弃导致了心性大变，所以想要放弃这个账号从头开始吗？我说呢，丢弃账号只是很无聊的逃避行为，真正的问题你需要面对。哪位负心汉敢抛弃你，你应该上公共聊天频道去声讨他，你应该联合一群少侠一起去灭了他，最差最差也要杀他个13回来复仇，而不是这么无聊地抛弃自己的账号一味地逃避，你说是不是？"

病号年年有，今年特别多。心中的酸楚早就消失得一干二净，苏灿灿被气坏了，当下恶狠狠地回复了一句："有病早点去医院！"

"我说纤雪女侠，你对顾客的态度可不大好啊，你是在出售账号啊，你不是在擂台上比武招亲，对顾客不能恶声恶气。话说我都愿意出 100 元一级的高价了，你居然还要问第二遍？"

密密麻麻的字，让苏灿灿心浮气躁；差点点击"删除"了，幸好及时看到"100 元一级"这个词。

100 元一级……这几个字让苏灿灿心跳动得有些厉害，随即又觉醒过来，她咬了咬嘴唇，打字回答说道："我现在很忙，没空与你开玩笑！"

苏灿灿看了看短信，没有其他短信在跳。竟然没人来买了？

"你很忙不开玩笑就不开玩笑。我说正经的你怎么就当作开玩笑呢？我是真的想要买你的账号。100 元一级，一共 3700，你卖不卖？"

苏灿灿揉了揉眼睛。没看错，果然是 3700。一瞬间心竟然患得患失起来，随即苦笑了一声。

自己竟然是傻了，被人戏弄成了这个样子。

"我这个账号不值这么多钱的，你不要开玩笑。"将这句话打下去，苏灿灿点击了"回复"。

"你很缺钱吗？你与家人吵架了，在网吧，是吗？"

电脑的另外一端，"老羊"的话跳了出来。

很简单的几个字，就像是一枚针，极其准确地插在苏灿灿的心底那块最虚弱的地方，心顿时就蜷缩起来。眼前的景物在晃动，苏灿灿努力憋回了眼泪，打字回答："这不关你的事儿。"

"你家里的电脑上下载的游戏版本比较新，短信字号可以设置，你总是将字号设置得很大，张牙舞爪的。现在你的字号却总是宋体小五，由此可见你肯定是换了一台电脑。本来怀疑你的账号被人盗了，但是我发了短信的第一时间你就回复了一句'神经病'，语气嚣张，对我一点好感也没有，这说明你应该就是纤雪本人，不是什么黑客。所以我猜测你家里说不定是出了什么事儿，所以多嘴问了一句。你要卖账号，卖给我吧，我需要。"

这一段话在苏灿灿的视界里，跳跃，飞舞，变成了嘤嘤嗡嗡的苍蝇，在苏灿灿的眼前飞来飞去；密密麻麻的一大段文字，又像是一群正在爬行的蚂蚁，让有些轻微密集恐惧症的苏灿灿，觉得有些心慌。

胸口憋闷得厉害，苏灿灿想要推开电脑站起来。但是她却连推开椅子的力气都没有。

苏灿灿的心脏在一瞬间定住了，或者说，是被冻住了。

明明现实中不认识的人。明明隔着遥远的空间距离。明明是游戏里的路人甲——但是他竟然如此明晰地判断出自己的处境。她颤抖着手指调出表情，发出了一个"大笑"的表情，然后码字说道："老羊你的职业是吃草，而不是做所谓的福尔摩斯。"

一瞬间，苏灿灿想起了李明岚，想起苏明德……那是母亲，那是父亲，那是可以风干制作成三好家庭标本的家，那个家让自己无处可去。

然而隔着很久远的距离，一个陌生的网友，却根据自己漏出来的片言只字，在一瞬间判断出了自己的处境，愿意给自己提供帮助……

虚拟与现实在一瞬间错乱，生活在这一瞬间，向自己露出一个极具讽刺意味的微笑来。

苏灿灿想要哭，苏灿灿又想要笑。

泪水模糊了她的眼睛。狠狠地撩起裙子擦了一把，却看见"老羊"的话："纤雪，我不知道你家里发生了什么。不过我还是想，你如果在网吧的话，还是回家吧，网吧里不安全。你父母肯定在找你，肯定会心急的。你的账号，如果还愿意卖的话，那就卖给我，我真的需要的，你给我银行账号，我将钱打给你。"

"我不需要你的同情。"苏灿灿将字一个一个打出来，发送回去。

那边没有短信过来。苏灿灿苦笑了一下，这毕竟是网络。自己本来也不愿意接受这么莫名其妙的帮助，对方不来短信，那才是正常的。

只是依然若有所失。

短信又跳动起来。

"因为你的号，与我心仪的女孩的号，非常相似。"

很简短的一句话，"吃草的老羊"甚至没有用最末的句号。但是苏灿灿依然感觉到，平淡的语句里包含着一种别样的情绪。

一种酸酸的橘子水味道，就从胸腔里冒出来；苏灿灿不知如何搭话，就索性发了一个问号。

发出去就后悔,这样的事儿,自己也许不适合询问。

自己与"吃草的老羊",并不是朋友。

"吃草的老羊"的短信闪了起来。"她是我的同桌。她在游戏里总是穿着白色大氅,那是逮了三天白色极乐鸟,用羽毛编织成的。她也选择了冰属性。一言不合,她喜欢对我动刀动枪。"

"那你去追求她啊,你纠缠着我做什么?"鬼使神差地,苏灿灿回答了一句。

随即后悔了。

"她喜欢上别人了。"那边的回答很快,句子简单,轻描淡写的。

一种让人窒息的东西,似乎是八月十八的钱江大潮,铺天盖地,汹涌而来,扑在苏灿灿的头上,扑在苏灿灿的身上,将苏灿灿整个全都淹没,将她的整颗心都卷了起来;飘飘荡荡,然后卷向深不见底的海底。

眼泪从眼角冒出来,苏灿灿知道,自己应该责骂对方的,对方将自己当作暗恋女孩的替身,竟然选择骚扰自己,严重影响了自己的游戏生活。

但是话竟然打不出来。

一种叫作同病相怜的病毒,让向来精明的苏灿灿大脑死机了。

不等苏灿灿回复,对方又说话:"你的账号,卖给我吧。别人出不起这个价了。"

苏灿灿抹了一把眼泪,说道:"不用了,我送给你。"

"你需要钱,我不能要你送。"

"那,370元,你要的话,我给你。"

"成,你给我银行账号和姓名,我明天去银行给你转过来。"

苏灿灿将自己的姓名和银行账号报给他,顺便将自己这个游戏账号的用户名和密码也打上去了。

短信很快回复过来:"收到。你这就将密码告诉我?你不怕我改了密码之后不给你钱?"

轻飘飘的一句话,没有任何分量。

"你给我讲了这么好的一个故事,如果你不给钱,那就当作讲故事的报酬吧。"

苏灿灿的话,也是轻飘飘的,没有任何分量。

心中却是对自己有些诧异,自己怎么竟然就相信了这么一个陌生人?

这个人与自己说了这么一个故事。自己竟然就信了他。自己果然是中病毒了,程序紊乱了。

片刻之后,"老羊"回复了两个字:"谢谢。"

苏灿灿回复:"不谢。"

"老羊":"你有QQ吗?加个好友吧。"

苏灿灿就将自己的号码报给他。顺路登陆了自己的QQ。

却见自己的QQ在疯狂闪动,是王滢。点开就看见王滢留下的话:"在线吗在线吗在线吗回家吧回家吧回家吧……"

一连串的"回家吧"塞满了整个对话框。

苏灿灿点了"隐身"。想要回复王滢一句，但是对着对话框，半天却无法输入一个字，索性就又关掉了。加了"老羊"做好友，就将电脑给关了。

抱着毛巾毯，坐在沙发上，苏灿灿怔怔地想要落泪。但是吸了吸鼻子，苏灿灿却将眼泪给逼了回去。

过去的过去了。苏灿灿决定将自己格式化，将过去的一切全都抹成空白，然后装机重启。

所以苏灿灿带着坚强的笑容，躺在沙发上，睡了。

梦里有些乱七八糟的影像，苏灿灿很坚强地将这些影像轰出自己的梦境。

只是夜真的很冷呢，苏灿灿想。抱着毛巾毯子，她在沙发上缩成了一团。

七点半的时候苏灿灿准时进了劳务市场。她是想去人才市场的，但是她连高中毕业证书也拿不出来。也不敢挑拣，除了声明只招收男工的活计之外，其他的她都去咨询了。

只是基本上每个工作都必须拿出身份证签合同。

苏灿灿钱包里有身份证，但是她不愿意拿出来。李明岚是在政府机关里做事的，自己如果在劳务市场留了底，或许第二天李明岚就会来揪着自己回家。

苏灿灿绝不回家。

离开了劳务市场，苏灿灿就沿着街面走。她注意地看着街面上的招工小广告。小广告不多，有一家服装店在招服务员，店主对苏灿灿小平头的形象很不满意；有一家快餐店在招工，店主对苏灿灿小平头的形象倒是不以为意，但是苏灿灿看着店里人来人往又变了主意。

这家店铺客流量太大了，站在外面，迟早会被李明岚带回家。

于是苏灿灿提出去后面帮厨。店主点头答应了，但是在苏灿灿不小心摔碎第三个碗的时候，终于忍不住叹气，让苏灿灿吃了晚饭后走人。她给苏灿灿结算了半天的工资，一共10元整。

劳动了一天，苏灿灿却没有任何胃口。

街面上熙熙攘攘。躲避了一天热浪的人们，都趁着夜风微凉的时候出来了：逛街的女孩子，使劲地勾住了男友的胳膊，肆无忌惮地向旁人展示自己的幸福；下班的白领，踩着高跟鞋，在苏灿灿跟前得得地走过。街角摆开了夜宵摊子，光着膀子的男人一边喝着冰镇啤酒，一边却唾沫横飞地与酒友摆龙门阵。

四面都是欢笑，路灯将苏灿灿孤独的身影，一会儿拉长，一会儿挤短。

苏灿灿走进一家小旅店。今天跑了半天劳动了半天，身上一身臭汗。自己不能再在网吧里混一个晚上了，自己得找地方洗个澡。

然而在听闻"请出示身份证"的时候，苏灿灿转身走了出去。

走过自助银行的时候，苏灿灿顺路拐了进去。将卡塞了进去，点了查询，却被闪现出来的数字镇住。

3700元。

查询了明细,是今天早上打进来的。

"吃草的老羊",给自己打了3700元。

苏灿灿站着,看着那个数字,眼睛莫名地有些酸楚。她怔怔地将卡取出来,放回包里。出了门,就看见自己昨天过夜的网吧了。

想起卡里的钱,又想起必须登记名字的小旅店,苏灿灿走了进去。门口的电脑前坐着一个20余岁的小伙子,正埋头在电脑上输入些什么。听到苏灿灿与网管女孩的对话,抬起眼睛来,看了苏灿灿一眼。

那个小伙子一张娃娃脸,上面长了一双细长的眼睛,嘴角微微往上勾起,就显示出一种极其可亲的味道来。

看着苏灿灿的小平头和白色连衣裙,他微微有些怔忡,说道:"女孩子,在网吧过夜,不安全。"

虽然这么说,语气却是有些淡漠。

苏灿灿也就充耳不闻。长发女孩迟疑了片刻,说道:"我将昨天那个包间给你。"

苏灿灿点头表示感谢。这时,那个小伙子又抬起头,说道:"还是回家吧。"

眼睛却没有停留在苏灿灿脸上,依然埋头打什么东西。

也不知是不是对苏灿灿说的。

苏灿灿也不理睬他,递了押金,接过网卡,就往昨天那个包间去了。

那女孩追在后面,帮苏灿灿打开了房门,张了张嘴,看着苏灿灿进去,帮苏灿灿打开了电脑。却没有立即离开,迟疑了一下,说道:"我给你再拿一块毯子来。"

苏灿灿低声说了一句谢谢。

长发女孩送了毛毯过来,放在沙发上,又走了。

苏灿灿锁上门,终于登陆了QQ,立即选择隐身,却看见QQ在疯狂闪动。是王滢、超然,还有张扬,还有王晋成,甚至还有慕雪儿。

王滢:灿灿,你在哪儿?你回家吧,我将超然还给你……

王滢:昨天我是昏了头了,我不该接超然的玫瑰花,我真的想不到超然会给我送玫瑰花。你妈妈来我家找你了,她哭了,说这一阵没照顾好你……

王滢:我不敢告诉她,这完全是我的错……

王滢:灿灿,你在线吗?你一定会上网的,你一定能看到我的话是不是?

王滢:灿灿,我决定了,我已经打电话给超然了,我与他说,我要与他分手。我告诉他,你其实喜欢他,你与他才是最合适的。你回来吧,超然是你的,我不与你争,我其实不喜欢他。

后面就没有话了。

王滢说,她一点也不喜欢梁超然。

屏幕上简单的字符，没有任何分量。但是却有一种汹涌的感情，从冰冷的字符之间冒出来，澎湃着，冲刷着，苏灿灿的那颗坚硬的心，顿时千疮百孔。

苏灿灿的心不是礁石，苏灿灿那软弱的心充其量也就是一堆沙雕。

王滢那几句话冲击着苏灿灿的心脏，苏灿灿顿时溃不成军。

王滢其实是爱着超然的。超然也是爱着王滢的。苏灿灿为了李明岚与苏明德的事儿离家出走，却让王滢因此误会。

王滢愿意将梁超然让给自己。她没有弄明白，男人不是梨子，男人只能争抢，男人不能推让。

王滢也没有明白，苏灿灿有苏灿灿的骄傲，苏灿灿绝对不会要别人施舍的爱情。

含着眼泪，苏灿灿一个字一个字地坚决回复：不关你与超然的事情，我离开那个家另有原因。祝你与超然幸福，我会记住你的QQ号码，但是我不会再与你联系。

回复了这一句，生怕自己后悔一般，苏灿灿毫不迟疑地将王滢拉黑。

然后点开了超然的对话框。

梁超然：灿灿，你在哪儿？我们去找了几个地方，都没找到你。

梁超然：灿灿，你回家吧，外面不安全。我拿着你的照片问了一家理发店，说看到过你了，你理了头发。你现在在哪儿？

梁超然：考不好没事儿，先回家好不好？

只有三条留言。苏灿灿隐隐觉得有些失落，又觉得有些轻松。

心中隐隐觉得有些不对劲，但是又想不起哪里不对劲。也没有继续想。

手指尖在屏幕上划过，屏幕微凉。冰冷的字符微微颤动起来，那字符后面，是一个男子，与自己一起长大的男子。他从前总是挂着两管鼻涕跟在自己身后，他经常拉着自己的衣袖要自己帮他打架，他总是忘记做作业，自己就揪着他的耳朵催促。

那个男孩什么时候长大变成了男人？不知道，记不清了。现在，他已经爱上自己的好友了，他们一起考进滨海大学，他们从此会成为人人羡慕的一对。我没有必要留恋这个名字，这个名字属于别人了，我不能再藕断丝连让王滢笑话，破坏王滢的幸福。

我将王滢删除出自己的生命，我要将超然也删除出自己的生命。

心里这么想着，眼泪却是汹涌而出。似乎是这么一个决定之后，生命之中一个极重要的部分就被割舍出去了，一种剧烈的痛楚，瞬间攫取了苏灿灿的心脏，她就坐在椅子上，整个身子痛楚地蜷缩成一团。

人毕竟不是电脑。电脑删除了一个软件，运行起来也许更加快捷；人要删除某一段过去，灵魂却要承受无法言说的痛楚。

删除之前，苏灿灿要先给超然回复几句话。

"不用找我，我没事儿，就是想要独立生活了。王滢是一个好女孩,好好对她。"

不对。味道好像有些怨妇。

"没啥事儿啦,就是想要尝尝独立的味道,所以离家一阵子。管好王滢,如果对不起王滢小心我揍你。"

不对,超然已经长大了,我也不能动不动威胁要揍他。

"你别担心,没啥事儿,就是不想依靠家里生活了。你不用再找我,顺带说一句,祝你和王滢幸福。"

写完了这一句,苏灿灿不再回头去看。回头再看,自己还会删除,那样的话,何时才是一个尽头?

狠狠地敲击了发送键,然后,关闭对话框,迅速地将超然拉黑。

就在她要将超然拉黑的那一瞬间,超然的头像迅速地闪动起来;但是那种闪烁,随即像是风中蜡烛一般,熄灭了。

是的,熄灭了。

苏灿灿颓然地靠在椅子背上,大口大口地喘着气,就像是一个在水里挣扎了三天三夜终于上岸的人。浑身的力量都已经用尽,苏灿灿甚至觉得,自己拉黑梁超然的那个举动,就像是提前透支了自己的一部分生命。

但是苏灿灿很快就重新振作起来。她点开了第三个对话框。

张扬:灿灿,我们寝室几个人打算后天去烧烤,你与王滢来不来?如果来的话回复一声,我今天去买里脊肉和鸡翅膀,多买一点。还有你家小区外面的那家馒头店馒头不错,你多买几个来,咱们烤馒头片！不过呢，你最好还是不要来了，你肚子太大，里脊肉20元一斤，你一个人能吃掉两斤！

语气很轻松，他是不知道自己的事儿？苏灿灿面前出现了张扬那飞扬活跳的面孔，那家伙总是嘻嘻哈哈，没一个正形！

如果说梁超然没将自己离家出走的事情告诉张扬，苏灿灿是绝对不信的。那这个家伙为何要这么嘻嘻哈哈地给自己留言？多半是想用最轻松的方式呼唤自己回家。

他照顾着自己的脸面呢。

眼泪滴落下来，落在冰冷的键盘上，发出清脆的声响。

含着笑容，苏灿灿回复："算了，为了帮你节约，我就不来了。我记着你的号码，咱们以后联系，你别更换QQ。"

后面这句话，算是鬼使神差。

不过既然打出来了，苏灿灿也就没有删除，直接发送。

然后，毫不留情地，将张扬拉黑。

慕雪儿也留言了，直接忽略，拉黑。

苏灿灿的QQ上也就十来个人，全都是同学。苏灿灿一个一个全都拉黑。

然后，将QQ设置成不允许任何人加我为好友。

现在，QQ上只留着一个孤零零的好友："吃草的老羊"。

盯着电脑，苏灿灿泪流满颊。

浑身没有了半分力气，她终于将自己格式化了。

至少，这个 QQ 上，已经很干净了。

大脑里还有一些其他的东西，但是苏灿灿知道，自己一定能将它们尘封起来，然后当作垃圾，清理干净。

QQ 闪动，那是"吃草的老羊"："你在线上？"

苏灿灿回复："你怎么知道？今天你给我多汇钱了，我还给你。"

"吃草的老羊"："直觉，我的直觉向来很准。钱的事儿算了，我反正不缺钱。你在哪儿？还是网吧？"

苏灿灿："嗯。钱太多了，我还你一部分，你给我账号。"

"吃草的老羊"："江南市的网吧？账号就算了。"

苏灿灿："你怎么知道？"

"吃草的老羊"："QQ 能显示出来的，不过只能知道你所在的城市。哪条路上？哪个网吧？我过来找你。我也在江南市。"

苏灿灿："算了，不用了。太晚了，不合适。我下线了，钱我先留着，等我有钱了还你。"

苏灿灿倒不是怀疑"老羊"别有目的，她只是拒绝任何帮助。

苏灿灿坐在沙发上，胡思乱想了一会儿。然后关灯关电脑，闭眼休息。只是包间的外面，总是有些脚步声。刺鼻的烟味，从门缝里钻进来，苏灿灿根本不能入眠。

天刚蒙蒙亮的时候，苏灿灿起来。网吧门口附近的那台机子上，那个在键盘上敲击的年轻人还在。苏灿灿扫了一眼，屏幕上，是密密麻麻的代码。

原来不是来玩游戏的。

看了一眼，苏灿灿就走了出去。才走到网吧门口转了个弯，她就被人拦住了。

两个染着头发的小流氓，笑嘻嘻地拦在苏灿灿的面前，伸手，说道："妹子啊，哥没钱了，借点钱花花。"

伸手的那个小流氓，穿着一件花格子短袖，胳膊上刺了一条老大的青龙。苏灿灿虽然天不怕地不怕，看着那瘆人的刺青，还是有些紧张，不自觉地后退了一步，叫道："让开！"

"没钱也不要紧，妹子啊，请哥去吃早餐好不好？妹子你反正也空着，今天陪哥玩一天。"

虽然有几分紧张，但是苏灿灿却是强悍惯了的。她两眼一瞪，喝道："让开！"

花胳膊就伸手来抓苏灿灿的手，笑嘻嘻地说道："何必让开，这么大的马路，咱们手拉着手并排走，多好！"

苏灿灿就一脚踹过去。那流氓倒是想不到苏灿灿竟然有胆子动手，当下竟然被苏灿灿踹了一脚，虽然没有踹在要害，却也是老大的一阵疼痛。拍了拍大腿上的灰印子，脸色变得有几分狰狞，呵呵笑道："果然是一个烈性子，我喜欢！"

两个流氓，一前一后，张开胳膊，就冲着苏灿灿包围过来。

苏灿灿在心里叫了一声苦也。

正在这时，却听见一个慵懒的声音响了起来："这是我网吧的看场子小妹，你们两位好歹给些面子。"

苏灿灿略怔了怔，就看见那个娃娃脸的年轻人，团着双臂，眯缝着双眼，似笑非笑，站在边上。

两个小流氓怔了怔，那个花胳膊就说道："黄老板，这果然是你网吧里看场子的小妹？"

那年轻人轻轻地笑了两声，但是那眼眸里的光线却有些寒冷，说道："你们好歹要给些面子。"

那两个小流氓看了看苏灿灿，又看了看那个年轻人。花胳膊终于说道："成，我们就卖您一个面子。"

看见两个小流氓走远，苏灿灿这才觉得浑身没有了力气。好不容易站正了身子，勉强笑着，对那年轻人说道："谢谢你。"

那年轻人的神态却是依然冷冷淡淡的，对苏灿灿说道："网吧真的是不安全的地方，你也看到了吧？先回网吧去避一避，等过一两个小时，再出去。今天回家吧，都在网吧里过了两个晚上了，父母也该急死了。"

说着话，就自顾自回头，回网吧去了。

第四章 收留,温情淡淡

早上的风很是寒冷,苏灿灿抱住了自己的双臂。看着年轻人进网吧去了,苏灿灿在风里又停留了一会儿,也跟着那年轻人回了网吧。

年轻人依旧坐在电脑前敲键盘,那看网吧的长发女孩,却在门口张望,见苏灿灿回来,松了一口气,微笑着对苏灿灿说道:"先坐一会儿。先喝一点豆浆,吃一个包子?"说着话,将手里的豆浆递给苏灿灿。

苏灿灿这才发觉肚子饿得厉害。昨天晚上没吃多少东西,晚上又没休息好,现在肚子早就咕咕叫了。但是却不愿意接受别人的好处,当下只是摇摇头。

一只手伸过来,就在苏灿灿面前,将那杯豆浆接了过去。正是那个年轻人,却不知何时从电脑桌前站起来。一只手突兀地出现在自己面前，倒是将苏灿灿吓了一大跳。

那年轻人就着吸管咕噜咕噜地将豆浆喝了一半，眼睛翻了翻苏灿灿，将豆浆放在电脑桌上，依旧写编码。苏灿灿本来迟钝，但是那年轻人最后那个示威的眼神却是看懂了，当下就不由生气，说道："我不是怀疑你们！"

那年轻人却不搭理苏灿灿了。长发女孩略略有些尴尬，笑着劝解说道："姑娘，我们老板不是这个意思。他多半也是饿了。今天早上他才吃了一个包子。"

那老板抬起眼睛，看了看苏灿灿，说道："这本来是我的豆浆，笑笑，你不该随便递给别人的。"

长发女孩笑笑，想不到老板竟然责怪起自己来，当下略略有些尴尬，张了张嘴，却是没有说话。

苏灿灿看着笑笑那尴尬的模样，忍不住怒从心头起，哼了一声，说道："一杯豆浆，居然舍不得，没见过这么小气的！人家好歹是给你打工的，你也在外人面前给她一点面子都不成？"

黄老板再度抬起头，神色依然是淡淡的，说道："我不是生气她将我的东西给别人吃，我是生气她不会看人，送了东西给别人，别人却是看不起。这天底下可怜的人多了去了，你还有钱上网，实在用不着她施舍的。"

苏灿灿横眉怒目，道："谁说我看不起这杯豆浆？我谁说我不喝？"

黄老板也不抬头，语气是异常的淡漠："那你就喝了。"

苏灿灿就伸手拿过那杯豆浆，就着吸管咕噜咕噜喝下去。却听见笑笑"啊"了一声，说道："你换一根吸管。"递了一根吸管过来。

苏灿灿这才惊觉，自己被那黄老板一激，竟然就着原先那根吸管喝了小半杯豆浆。

苏灿灿两边的脸颊泛起一抹淡淡的红晕，眼睛中陡然窜过一丝慌乱，再看那黄老板，他依然在低头干活，似乎并没有觉察自己做错了事。

她这才略略松弛下来，接过吸管，将那杯豆浆给喝了。

笑笑又将包子碟推过来，说道："吃一个包子吧，香菇肉馅和青菜还有豆沙各种口味各一个，你要什么口味的？"

苏灿灿又看了黄老板一眼，后者依然低头做事，似乎将苏灿灿当作一团空气。

她当下说道："我要豆沙馅的。"将豆沙馅的包子抓过来。

笑笑将碟子放到黄老板跟前，黄老板也不抬头，又抓了一个包子吃了。眼睛依旧盯着电脑屏幕。

笑笑看着苏灿灿将豆沙包子吃完，又将剩下的一个包子推到苏灿灿跟前。苏灿灿终究是不好意思吃了，当下笑着说道："我不饿了，谢谢笑笑姐姐。"

黄老板抬起头，对笑笑说道："等下你将她送到大街上去。小巷子里总有乱七八糟的人。"

笑笑答应了。笑笑对苏灿灿说道:"我先给你开一台电脑消磨一会儿时间,等下我送你出小巷。"

苏灿灿不是迟钝的人。面前这年轻的老板态度虽然冷淡,但是他对自己,是真的怀有善意。

甚至没有考虑到,将自己赶回家,他就减少了收入。

这是一个陌生人释放出来的善意。就像是一根小小的火柴,就在苏灿灿的掌心里点亮;在这个微凉的早晨,让苏灿灿的心感受到了一点微弱的温暖。

可是,自己那个家,却是冷如冰窖……

自己能回去么?

苏灿灿呆呆地坐着,满脑子胡思乱想。连笑笑为自己开了一台机器都不知道。

坐了差不多一个小时,外面的阳光已经非常耀眼。笑笑带着苏灿灿出了小巷子,前面就是熙熙攘攘的大街。

笑笑转身回网吧,苏灿灿就往前走,有些像行尸走肉一般,就这么一家一家地问过去:你们需要招工吗?

苏灿灿现在的形象,的确有几分奇怪。

现在已经是夏天,苏灿灿已经有一个晚上没洗澡,身上已经有了味道。顶着一个小平头,穿着一身价值不菲但是却皱巴巴的长裙,眼睛周围有两个明显的黑眼圈……

所以,顶多就是有好奇的眼光看了苏灿灿几眼,却绝对没有人答应让苏灿灿前来打工，甚至连试用也不行。

正经开店的人，都是害怕麻烦的。苏灿灿的形象就代表着麻烦。

坐在路边的石椅上，苏灿灿已经有些要崩溃了。口袋里还有钱，但是脑袋里却是塞满了绝望。

回去？我绝对不回去。

中饭胡乱吃了一个包子。苏灿灿本来是想要进一家小面馆吃面的，但是看着面馆门口几个顾客那惊诧的眼神，却怎么也鼓不起进面馆的勇气。

身后有声音传来，接着就听见笑嘻嘻的声音："姑娘，要不，到我家去打工？我家开了一家很大很大的店。"

苏灿灿瞪了走上前来的那个年轻人一眼，站起来，转身走人。那年轻人笑着叫道："你不说在找工作么？工作上门来找你，你居然不要，你到底有没有病？"却没有追上来。

苏灿灿松了一口气，就觉得身上有些酸软。扶着树干站着，却突然感觉到小腹有一丝针刺一样的疼痛……

苏灿灿猛然想起来，今天该是自己的特殊日子。然后一摸自己身后，身子就僵直在那里。

苏灿灿今天身上穿着的是白色裙子。

白色的长裙的确很飘逸，但是……

苏灿灿要找厕所，但是不知厕所在哪个方向。苏灿灿想要换衣服，买卫生巾，可是她现在这个样子，根本走不到店铺里去。

苏灿灿背靠着大树站着，不知该怎么办。眼泪就扑簌簌落下来。

阳光很耀眼，但是树下的风依然带着寒意。苏灿灿想起，每次快到特殊日子的时候，李明岚总会体贴地在书包外层，放上 4 个卫生巾，并且一千遍一万遍叮嘱她提前将卫生巾给垫上。她还会给苏灿灿准备好生姜汤，里面搁很多很多的红糖。她还会给苏灿灿烧好开水，放温了，让苏灿灿洗。

那个日子不能轻易动生水，李明岚说。

可是，李明岚，她出轨了。苏灿灿，离家出走了。

苏灿灿也想起，每到这种特殊日子，苏明德每天都会送苏灿灿上学，会准时来接苏灿灿放学。他会在那辆旧桑塔纳里放几件衣服裤子，座位上还有一个热水袋，灌满了热水。

苏灿灿将那热水袋捂在肚子上，一种滚烫的感觉瞬间就点亮了心中那盏名叫幸福的灯。

可是，苏明德，他出轨了。苏灿灿，离家出走了。

眼泪无声无息地流着，苏灿灿的脑子里一片空白。

就在这时候，苏灿灿听见了一个声音，一个很冷淡的声音，带着微微地不耐烦："将这件衣服系在腰上。别哭了，给人看见了，不知怎么猜测呢。"

苏灿灿抬起头，就看见那年轻的黄老板，穿着一件无袖背心，打着赤膊，就站在自己面前。娃娃脸依然很可亲，但是眼神里却写着冷淡和疏离。

一件长袖衬衫就放在苏灿灿面前的灌木丛上，微微晃动着，发出细微的声响。

看着那样的神态，苏灿灿很想要拒绝，但是这种情况，拒绝的话却再也说不出口。眼泪流得愈加凶了，无声无息的饮泣变成了号啕大哭，引得路人纷纷侧目。

黄老板微微皱眉，有些不耐烦地说道："这衬衫你到底要不要？不要我就走了。"

苏灿灿收住了哭声，依言接过了那件衬衫，将它围在自己的腰上。黄老板说道："回去吧。"就率先往网吧的方向走过去。

也不回头看看苏灿灿跟上了没有。

苏灿灿迟疑了一下，终于跟上去。

前面是一家小店，苏灿灿终于鼓足了勇气，对那黄老板叫道："等一会儿。"

东西还是要买的。

苏灿灿低着头，跟着黄老板进了网吧。

现在正是午后，网吧里人头汹涌。门口还有两三个围着看打游戏的年轻人。看见黄老板带着一个年轻的姑娘进来，那年轻姑娘腰间还围着黄老板的衬衫，当下就有小伙子打了一声呼哨，大声招呼说道："黄哥，这是你的女朋友？"

黄老板瞪了那年轻人一眼，照旧在自己的电脑前坐下，说道：

"笑笑，带妹妹上楼去，换一件衣服。柱子，别胡说八道，这个是笑笑的妹子，不是我的女朋友！"

声音依旧是淡淡的，但是很明显带着笑意。那年轻人笑嘻嘻说道："是是是，我们说错了，这是笑笑妹子的妹子，不是黄哥的女朋友。黄哥，您的软件改好了没？我们都很关心啊。"

黄老板哼了一声，说道："有时间忙自己的事儿去吧，关心我的软件做啥？"

黄老板态度冷淡，但是一群小伙子却是不生气，照旧打游戏的打游戏，看游戏的看游戏。

笑笑就带着苏灿灿上楼去了。

上了楼，出了一个小门，又是一架楼梯。沿着楼梯往上走，就是城市里常见的套间。笑笑打开防盗门，带着苏灿灿进去，说："这是我们老板租下来的。我给你找我的衣服。前几天刚买了新内衣，刚好给你用。"

收拾好衣服，递给苏灿灿一个卫生巾，将苏灿灿送进浴室，又笑着吩咐："你放心，我将大门也反锁了，黄哥进不来的。"

苏灿灿抱着衣服，将浴室的门给锁了，侧着耳朵听了一阵外面的动静，终于将脚迈进浴缸。

坐在浴缸里，苏灿灿又哭了一会儿。

然后用热毛巾敷着眼睛，消除了红肿。

出了浴室的时候，笑笑已经在择菜了，说道："晚饭做面好不好？

你不想回家，可不能再在沙发上胡乱过一夜了。晚上就与我睡吧。"

笑笑的语气很平静。

苏灿灿看了看笑笑，咬了咬嘴唇，过了两秒，这才有些犹疑地开口道："你家老板肯吗？我……"

笑笑放下手中的菜，露出一个温暖的笑容来，说道："我们老板是良善的人。别看他对人总是冷冷淡淡的。"

苏灿灿垂下眼睑，一时不知如何回答。她很想拒绝，但是却不知如何拒绝。伸手拿着一棵菜，却将菜叶都揉烂了。

笑笑看着苏灿灿的模样，心中隐隐一疼。轻声说道："你放心，我可以给你看我的身份证。我们老板是有执照的，都在墙上挂着呢。我知道你家里肯定发生了什么事情，如果是不大的事情，还是早些回去吧，如果没钱，我给你买车票。"

苏灿灿摇摇头，倔强地说道："我不会回去的，我不回去。"

笑笑长长地叹了一口气，说道："你这么一点年纪，能跟家里闹什么矛盾呢。你是考试没考好吧？考试没考好，父母骂两句就算了，现在你离家至少也有两天了，他们不知急成什么模样呢。天下没有不是的父母，你回家去好不好？"

苏灿灿黯然垂下眼帘，却终于咬牙说道："我考试考不好，他们没骂我。但是他们对不起我，我不回家。"

笑笑轻轻地说道："能告诉我吗？"

苏灿灿摇摇头。

笑笑也就不问。笑笑又问:"那你现在打算怎么办?"

苏灿灿有些迷惘地摇摇头:"我想要自己找工作,但是我找不到工作。我……不知该怎么办。"

笑笑沉默了一下,说道:"你回家啊?"

苏灿灿咬牙说道:"我坚决不回。我爸爸,我妈妈,他们……全都对不起我!"

笑笑看着苏灿灿。傍晚的阳光从窗户里照射进来,少女的脸色苍白得吓人。笑笑有些心疼,迟疑了一下,似乎想要说什么,却还是没有说。

楼下传来脚步声,却是那个黄老板上来了。看见笑笑两个人,皱了皱眉,说道:"小姑娘,你该回家了。"

笑笑却抬起头,说道:"老板,素心刚刚辞工。我一个人也忙不过来。要不,您将她留下?"

黄老板看了看笑笑,又看了看苏灿灿,声音里略略有些不耐烦:"她这样子,就知道她是离家出走的。给一点钱送她回家不是事儿,留下她,你不怕麻烦?"

听见黄老板这样说话,苏灿灿的眼泪"唰"地就下来了。当下立起身,说道:"黄老板,谢谢你收留,我今天晚上就不留在你网吧过夜了,我自己找地方去。"

迈开腿就往大门走去。头却撞在一堵墙上,脑袋生疼。

正是那个黄老板的胸膛。

黄老板就挡在门口，双手环抱在胸前，不耐烦地说道："天色已经暗下来了，你要到哪里去？再说了，你身上还穿着笑笑的衣服呢，你什么时候送回来？"

苏灿灿吸了吸鼻子，大声说道："谁要穿笑笑姐的衣服，你既然不喜欢我，害怕我给你带来麻烦，那我就走。"

却对上了黄老板的目光，不觉有些害怕，当下就后退了一步。

黄老板说道："告诉我你的名字，家里电话，我给你父母打个电话，让他们来接你。"

苏灿灿摇摇头。

黄老板又说道："成，既然不说，那我就只能上派出所去说了。你父母说不定已经报案了，上派出所，让警察送你回去更好。"说着话，就要掏出手机。

苏灿灿看着黄老板掏出手机，脸色渐渐灰白，猛然一转身冲到窗户边上，大声叫道："你如果报警，我就从这个窗户跳下去。"

黄老板看着苏灿灿，脸上浮起戏谑的笑容，说道："跳吧，这是三楼，跳下去死不了人的，但是手脚骨折，脊椎断裂，一辈子瘫痪之类的，到底难免。你确定你要跳下去？"

笑笑忙冲到窗户边上，一把将苏灿灿抱住，对着自己的老板横眉怒目："黄哥，您少说一句成不成？我看这姑娘懂事得很，不是寻常那种闹离家出走的孩子，您能不能好好地说话？我本来与她说得好好的，你一来就将事情弄坏！"

黄老板皱眉，说道："好吧，你说，该怎么处理这件事？"

笑笑又迟疑了一下，说道："要不，咱们留她住两天？"

黄老板皱眉说道："没名没分的，你留她住在这？不怕到时候闹出事情来？如果碰到不懂事的父母，咱们网吧被人砸了还是轻的。"

苏灿灿咬着嘴唇，说道："我绝对不会让妈妈来这里闹事。"

黄老板皱眉说道："好了好了，既然你愿意留在这儿，你先将你的身份证给我，我们签订劳动合同，到时候你家里找到这里来，我也好有话说。"

苏灿灿道："我也要看你的营业执照！"

黄老板翻了翻白眼，淡淡地说道："成，咱们先签订一个月的合同吧。工资暂定为1200元，下个月如果你还要干，再给你涨100元。包吃包住。工作时间是下午2点到晚上11点之前，如果没有客人，可以适当提前下班。"说完，转身，又说道："我得下去看看，下面没人，我让那小夏帮忙看着，他别将店给搬光了。"

苏灿灿就留在了网吧。

黄老板名叫黄天阳，笑笑名叫梁晓晓，"笑笑"是黄天阳对她的昵称。梁晓晓说，黄天阳也不是江南市的人，他来自滨海，家中似乎很有钱的样子。来江南市开这么一个网吧，不过是想要脱离家庭锻炼锻炼罢了。

苏灿灿不免感慨人与人不能相比，自己离家出走，想要找一个打工的地方都找不到，黄天阳想要离家锻炼锻炼，就有本钱开一家网吧。

工作其实很清闲。网吧里各色人等很多，但是黄天阳预先的准备工作相当到位，苏灿灿虽然碰到过两个口舌花花的小年轻，但是有黄天阳与梁晓晓护着，也没有什么大事。

苏灿灿很清楚，黄天阳给自己开 1200 的工资，是为了资助自己。晚上 7 点到 10 点的时候，网吧生意最好，但是就那个高峰期，梁晓晓一个人发发上网卡收收费，也是有条不紊。而过了 11 点，黄天阳就会赶人，将所有的顾客赶走，关上卷闸门，吩咐苏灿灿与梁晓晓上楼睡觉。

那两天梁晓晓将自己留在包厢里，是看着自己一个年轻姑娘的份儿上。寻常时候夜里是不留人的。

——没想到自己竟然让黄天阳、梁晓晓两人两个晚上没睡好。想到这里，苏灿灿就有几分歉疚。

苏灿灿唯一的作用是，在梁晓晓出门买菜上楼做饭的时候，帮忙守着那个收银台，那样，黄天阳就可以安心写编码，用不着分心。

这天晚上休息的时候，苏灿灿问："黄哥就在楼下睡觉？"

梁晓晓说："他在下面看着店呢，你没见门口附近放着折叠床和铺盖？再说了，咱们两个都是姑娘家，他如果也住在楼上来，对我们两个的名声不好。"梁晓晓说着，就将门给反锁了。

苏灿灿不觉有些羡慕，说道："你找了一个好东家。"

梁晓晓忍不住笑起来，说道："你说是我的好东家，难道不是你的东家？"

苏灿灿就不好意思地笑了。

转眼就是一周。黄天阳对苏灿灿的态度，依然是冷淡的，但是苏灿灿也知道，黄天阳实际上是一个面冷心热的人，心中也着实有些感激，只能勤勤勉勉地将自己的事情给做好。

早上网吧里没有什么顾客，苏灿灿就拿起扫把扫地，将每个角落都扫得干干净净，每个烟灰缸都放进水槽冲洗一遍，将每张桌子都擦一遍。

这时候梁晓晓就会翻白眼："灿灿，我们的工作时间是从下午两点开始，你现在劳动，老板不会给你加工资。"却也过来帮忙擦电脑。

而当这时候，正在埋头写软件的黄天阳，就会抬起头，淡淡叮嘱一声："擦桌子可以，但是水不要滴进机箱里去！"

有时却是有些不耐烦："我正有灵感呢，你们不要闹出声音来！"苏灿灿与梁晓晓就互相对视，两人吐了吐舌头，放轻了手脚。

角落里叠放着两个机箱，苏灿灿就轻声问梁晓晓："这两台机器坏了么？"

梁晓晓告诉她："坏是没坏，就是里面灰太多了，机器的散热就不成了。来这里的人多半是来玩游戏的，机器一卡就没法玩，老板又没空拆开来吹，所以索性就搁置在一边了。"

苏灿灿看了看外面的太阳,说道:"今天还早,咱们来将这机器拆了,将灰扫一扫?"

梁晓晓问道:"你会拆?"

苏灿灿不好意思地笑了笑:"我在学校的时候看老师拆过,后来我家的电脑灰太多,我自己也拆过一次。不过却是请人过来帮忙盯着的。"

那次拆电脑,是超然过来帮忙的。超然围着李明岚的围裙,戴着苏灿灿的袖套,坐在椅子上看着苏灿灿。

本来,梁超然说,这些小事,放给他就搞定。但是苏灿灿做惯了大姐大,哪里肯在梁超然这个小弟面前显示自己无能的一面?

只是到底是怕自己拆得开装不回去,因此就叫了梁超然来自己家坐镇。

那天自己到底没有完成独立拆机装机。

那天拧最后几枚螺丝的时候,苏灿灿手劲不够,拧得不严实。梁超然看着苏灿灿那龇牙咧嘴的样子,实在看不下去,就伸手过来帮忙。

梁超然手指修长,骨节分明。他的手无意之中碰到苏灿灿的手,苏灿灿就像是受惊的小鸟后退了一步,却发现梁超然根本没有留意到这一点。苏灿灿忙不迭地低下头,用来掩饰自己的失态。

那天梁超然的笑容很温润,那天苏灿灿的心很慌乱。

……苏灿灿以为,往事就像是烟雾一般地消散了,但是今天才发觉,往事并没有像烟雾一般消散得无影无踪,它凝固成了一根丝,在不起眼的地方,将苏灿灿的心紧紧地缠绕,让她窒息;它凝固成了一根针,针尖轻轻地戳着苏灿灿的心底,时不时地戳出一滴血来。

苏灿灿狠狠地将往事抛弃在一边,很大姐大地找来了螺丝刀与老虎钳,将主机搬到门口光亮处,开始拆机。

黄天阳正坐在电脑前思考,听到声音,抬起头,看了一眼,依旧低下头去。

梁晓晓看着苏灿灿很熟练地拆机,想要帮忙,却又插不上手,于是就吩咐说道:"别将零件给丢了!我去买菜!"

苏灿灿点点头,梁晓晓就出去了。

苏灿灿将机器外壳拆开了,苏灿灿将小风扇边上的螺丝也拆出来了。苏灿灿拿起小刷子,轻轻地刷去灰尘。

没有开空调,天气有些炎热。苏灿灿擦了一把汗,抬起头,却怔住。

黄天阳坐在电脑跟前,手搭在键盘上,但是眼睛却落在自己身上。

海水般深邃的眼眸里,似乎装着一种别样的东西。

对上苏灿灿的目光,黄天阳也是略怔了一下,随即将头低下去,依旧写软件。

苏灿灿晃了晃头,觉得自己方才是敏感了。黄天阳看自己的眼神,不会有什么异样。于是她又努力做事。

里面的东西一样一样地装回去了。但是最后一步的时候，苏灿灿卡住了。

装主机外壳的最后一块盖子的时候，需要将盖子略略压一下，压出弧度，然后才能将盖子装进去，然后扣住。

苏灿灿手劲不够。

正当苏灿灿哼哧哼哧努力的时候，一只手伸了过来，将苏灿灿手中的面板接了过去，然后放在一边。

苏灿灿抬起眼睛。

那是黄天阳。后者的眼睛并没有落在苏灿灿的身上，他的注意力，集中在主机内部的配件上。

苏灿灿不觉着恼，说道："我没弄错！"

黄天阳也不说话，直接将主机抱起来，走到边上一台电脑前，放下，将那台电脑显示器的连接线拔下来，插到这台主机上。连上电源，然后摁下了开机键。指示灯亮了，除此之外，机器没有别的反应。

黄天阳转过头，看了苏灿灿一眼，似笑非笑。

苏灿灿不觉红了脸，于是后退一步，坐在椅子上，气哼哼地看着黄天阳。

黄天阳的声音依然是淡淡的："你是没弄错。只是这块硬盘的接口，你没有对严实。"伸手，在硬盘上压了一下。然后再摁下开机键。

顺利开机。

苏灿灿脸红也不是，羞恼也不是。

却听见黄天阳将最后一块盖板给扣上，将电脑给关了，再将数据线与电源线给拔下来，将主机抱回原地，拿起地上的老虎钳和螺丝刀，对苏灿灿说道："灿灿，你感兴趣，我来教你修电脑。这边一台，毛病比较多。"

原先那冷冷淡淡的声音，竟然带着一丝不容易令人察觉的温和。苏灿灿又怔忡了一下，说道："你不嫌我笨？"

黄天阳声音里带着一丝笑意："你怎么笨了，女孩子敢拆电脑还能装回去的，可不多见。"

苏灿灿这才将脑袋凑过去了，心中也不免有些小欢喜。

黄天阳将电脑拆出来，一样样教给苏灿灿：怎样分辨硬件毛病与软件毛病，电脑硬件有哪几种常见毛病，哪些小毛病可以修，哪些毛病不好修，哪些可以直接换配件。这台电脑哪些硬件可能出问题了，自己打算怎么测试……

黄天阳的声音很柔和，像是羽毛一样滑过，轻抚着耳边。苏灿灿极认真地听着，眼睛盯着黄天阳的一举一动，将他需要的螺丝刀和钳子，毫无错漏地递过去。

一种浅浅的感激，像是泉水一般，慢慢地从地里冒出来，将苏灿灿心底的沙漠，一点点浸润，这是一种很美妙的感觉，无法言说。

当梁晓晓拎着菜篮子进来的时候，就看见一男一女两个人，毫无形象地坐在地板上，脑袋凑在一块，正对着一个主机发狠。

一个很明媚的剪影。

于是梁晓晓就忍不住大叫了一声:"我不给你们洗裤子!"

苏灿灿这才慌忙站起来,略略有些尴尬,说道:"我搞不定这台电脑,黄哥来帮忙。"

黄天阳也不抬头,说道:"我刚才与灿灿说,她如果感兴趣的话,我可以教她修电脑,硬件软件都可以。你要不要学?"

梁晓晓就笑嘻嘻地问:"真的?不过,黄哥啊,你收多少学费?"

黄天阳抬起头,眼眸清澈,一抹戏谑的笑意浮上他的嘴角:"也不多收,将你的工资抵消就可以了。"

"抵消工资?黄哥啊,你这个奸商!我不学,坚决不学!"梁晓晓大叫起来,"我挣钱不容易啊,黄哥!您居然没有一点同情心!"

黄天阳眼睛里的笑意越发浓重,头转向苏灿灿:"灿灿,这个条件,你学不学?"

苏灿灿看着手舞足蹈大声抗议的梁晓晓,又看着眼神戏谑的黄天阳。一种温暖的感觉慢慢地拥抱着她的全身。她很认真地点头:"学,坚决学。"

"你居然答应学了!"梁晓晓长长叹气,"你竟然不与奸商还一下价!"

黄天阳摊了摊手,叹气:"笑笑,人与人是不能比的,你的好学精神就远远比不上灿灿。"

梁晓晓就伤心欲绝地上楼去了,临走的时候回头:"你们好好教,你们好好学。你们欺负我不好学,我只好认命帮你们做饭去。"

苏灿灿就笑成了一团,差点没在地上滚。一瞬之间,梁超然,李明岚,苏明德,全都被她抛在九霄云外。

笑够了,抬起头,却看见了黄天阳的目光,正落在自己身上,那眼睛里似乎有些让人心慌的东西。

苏灿灿的心没来由地颤了一下,然后笑着摇头,继续笑。

学电脑的日子就这样开始了。每天上午有空的时候,黄天阳就教苏灿灿与梁晓晓拆电脑、修硬件、杀毒、恢复程序、重新装机……其中重点就是C语言。苏灿灿毕竟是学校里学了一点,有底子,黄天阳又教得认真,没几天工夫,她就试着用C语言写出一个极简单的小程序:一个在屏幕上按照一定轨迹运行的小光点。

黄天阳表扬了苏灿灿一通。又找出了一堆书籍,扔给苏灿灿,让她自学。

而梁晓晓,刚开始学的时候也挺认真,但是毕竟少了一点天赋。学了两天,她兴趣渐淡,就不肯再学了:"我笨,我还是给你们做饭去吧。"

于是,楼下的网吧里,只剩下师徒二人。两人并排坐着,各自一台电脑,哒哒哒地敲击着键盘;有时苏灿灿遇到了问题,黄天阳就将脑袋凑过来,在苏灿灿的电脑前张一眼,轻描淡写说出一两个关键点来。

极安静的环境,苏灿灿的心也是一片安宁。

微风从窗户里挤进来,大摇大摆地从大门里出去。巷子里的树叶簌簌作响,苏灿灿的嘴角,总是含着微笑。

那天,她在自己的 QQ 签名里写道:"我很欢喜。"

然后,"吃草的老羊"的头像在闪了。

有一搭没一搭,"吃草的老羊"也与她说了几次闲话。"吃草的老羊"也曾劝说她回家,但是等她言辞激烈地拒绝过一次之后,就再也不开这个口。苏灿灿也觉得有些抱歉,于是主动与"老羊"谈起了游戏。但是苏灿灿自己已经不玩游戏了,谈起来未免有些没劲,就将话题转到电脑本身上。

却不想"老羊"自己本身也对电脑极感兴趣,虽然与苏灿灿一般,也是一个菜鸟,然而也就因为菜鸟对菜鸟,两人才能搭得上话。"老羊"就问:"什么事儿,这么欢喜?"

苏灿灿就回答:"学了一些新的技术。"

"老羊"发过一个微笑的表情,然后写道:"你还是在网吧里学技术?"

苏灿灿回答:"是的。"

"老羊"好久没说话。等苏灿灿又看着书写了一阵程序,才发现"老羊"的回话:"学技术,还是去专门的培训班好啊。我在江南市有好友开办了培训班,要不要将地址给你?只说是我介绍的,他保证不会来收学费。"

苏灿灿发过一个微笑的表情,说道:"不用了,我的老板技术很好，人也很好，暂时不打算去别的地方。"

"老羊"又好久没说话。苏灿灿就继续摸索。过了十来分钟，才看见"老羊"的回答："你的老板技术很好？他还收学生不？我也过来跟他学。"

苏灿灿忍不住得意地笑起来，扭头就问黄天阳："黄哥，我的朋友问你还收学生不？"

却不想黄天阳正扭过头来想要与苏灿灿说话，两个人的鼻尖，就毫无征兆地撞在一起。

苏灿灿的凳子，是很普通的三角圆凳，本身就很轻，而瓷砖地面又很光滑，两人这么一撞，就听见"吱嘎"一声响，苏灿灿的凳子，侧翻了。

苏灿灿就往地上摔去。

黄天阳忙伸手去抓苏灿灿。但是苏灿灿摔倒的力度极大，黄天阳一把没抓严实，反而被苏灿灿这么一带，也失去了平衡。

苏灿灿摔倒在地上，黄天阳摔倒在苏灿灿身上。电脑桌上的屏幕摇摇晃晃，幸运的是不曾砸下来。

巨大的痛楚让苏灿灿龇牙咧嘴，但是她根本来不及大呼小叫。因为一种特殊的气息，一瞬间钻进了苏灿灿的鼻子，钻进苏灿灿的心田，苏灿灿的心脏，在一瞬间停止了跳动……

那男子的脑袋，正落在苏灿灿的胸前，柔软与坚硬，在这一瞬间对接……

苏灿灿知道这是偶然，苏灿灿知道自己不应在意，苏灿灿知道自己的心跳得毫无道理。但是苏灿灿的心还是不听话地跳动了，她也知道，黄天阳听见了自己的心跳。

黄天阳急忙从地上爬起来，又伸手去扶苏灿灿。大手与小手对接的时候，苏灿灿的手哆嗦了一下。

然后，苏灿灿看见，黄天阳的手也微微战栗了一下。

心蓦然再度慌乱起来，苏灿灿的头脑里，又再度闪过一个男子的影像，那个男子，有着春风一般和煦的笑容，有着秋水一般清澈的眼神，有着夏日一般的热情和爽朗……

心脏再度被一根铁丝勒紧了，产生了一种被刀割的痛楚。苏灿灿摇头，在心底狠狠地责骂自己发花痴，然后像清空回收站一样，将自己心中那些乱七八糟的情感瞬间清空了，满不在乎地笑起来："老板，我摔坏了，算工伤不？"

黄天阳却是不理苏灿灿，一脚就将地上两张凳子踢开，一迈腿就到了苏灿灿的电脑跟前，手在键盘上敲击了两下，就弹出一个数据框来，看了一眼，就责骂苏灿灿："还与人聊天聊得高兴呢，被人入侵了都不知道！"伸手就去关电脑主机电源。

苏灿灿一声尖叫："黄哥，我还没有保存呢！"

但是电脑已经黑屏了。

苏灿灿的脸也黑屏了。

第五章 保护，听见心跳

黄天阳瞪了苏灿灿一眼，说道："还不将凳子都扶起来？跟你说过，不要聊 QQ，不要下载 QQ，黑客借着 QQ 过来，啥时候打开摄像头拍你的照片都不知道！"

苏灿灿忍不住委屈地叫道："'老羊'不是黑客！"

"不是黑客？他是你的什么人？亲人？同学？现实中的朋友？隔着网线，谁也不知道对面坐着的是人还是猫！即便他是你同学，他也可能是被人盗了号！如果不是我设置的防火墙在发出警报，我还真的不知道有人试图查探你的 IP 地址！"

苏灿灿不知如何反驳。片刻之后才说道："'老羊'不是黑客。'老羊'给我汇了 3000 多块钱。"

心，却沉沉地坠下去了。

QQ上,那唯一的好友,正试图探查自己的 IP 地址……寒冷,惶然,空虚,各种感觉,就像是毒雾,将苏灿灿整个都包围了,苏灿灿不能呼吸。

黄天阳还在絮絮叨叨地责备,苏灿灿已经听不见了。

仰起脸,对着黄天阳,苏灿灿勉强笑了一下。

苏灿灿发了两天高烧,在医院里花了 600 块钱。这不是医院的错,是苏灿灿营养不良,医生多打了两天营养针。

当然是黄天阳付的钱。

手上还打着吊针,苏灿灿一定要回网吧了。梁晓晓也没有坚持,现在正是下午的上网高峰期,自己两个人在医院,黄天阳一个人还不知怎么忙呢。

两人就回到网吧楼上。看着两人回来,黄天阳也将收银台暂时托付给一个相熟的小青年,跟了上来。梁晓晓将吊瓶挂在门边的钉子上,将苏灿灿安顿在沙发上,拿过小毯子,将苏灿灿半身都包裹起来。一边却是忍不住叹气:"灿灿,你将我们都吓坏了。不管怎么说,你出来也有 20 天了,要不,给家里打一个平安电话?"

"不打。"苏灿灿将头扭过去,"既然断了就断个彻底。再说,我看见他们夫妻就恶心。笑笑姐,你不要说了。"

梁晓晓叹了一口气,正要说话,房间里却响起了一阵清脆的手机铃声。

很熟悉的手机铃声。不是梁晓晓与黄天阳的手机铃声。

苏灿灿听着,脸上的神色,突然之间变白了。

一瞬之间,头脑又似乎被格式化了。

黄天阳拿着一个手机走过来,声音温和:"灿灿,你接不接电话?"

苏灿灿看着面前的黄天阳,突然之间抓过手机,狠狠地砸在地上。

黄天阳眼疾手快,一把抄起。

手机的铃声继续震耳欲聋。

梁晓晓低声道歉:"对不起,灿灿,是我不对。我收拾你的房间的时候,捡到了你的手机,就给你充上电了。"

苏灿灿咬牙,说道:"如果我不将里面的号码都删除的话,你还会电话通知我的父母。"

黄天阳上前一步,说道:"灿灿……你不要怪笑笑。这都是我的主意。"

沉默了一下,黄天阳说道:"那天笑笑去买菜,在菜场那里见到你妈妈张贴的寻人启事了。跟我说了。我想给你妈妈打个电话,后来想得征求你同意,所以没打。这次你病得厉害,我就叫晓晓将你的手机充上电。"

苏灿灿坐在沙发上,眼泪一串串落下来。

房间里寂静得就像是冰窟。

手机寂寞地响着，终于，停了。

下午5点的时候，苏灿灿离开了网吧。那时正是网吧里客流量最大的时候，网吧里人头攒动。黄天阳与梁晓晓正在忙碌，苏灿灿就一个人，悄无声息地出了大门。

苏灿灿拎着简单的行李，站在人来人往的大街上。暑热依然未曾散去，但是苏灿灿的心却很凉。阳光依然很明亮，长时间待在网吧里的苏灿灿，觉得光线似乎特别刺眼。

然后，苏灿灿看见了梁超然。

还有王滢。

就像是一颗巨大的流星突然撞进了地球的大气层一般，苏灿灿的心猛烈地燃烧起来，毕毕剥剥作响，轰轰隆隆作响，然后一股巨大的力量吸引着她，使她不由自主地跟着上去。

梁超然手上捏着一张纸片，上面似乎写着什么字样，时不时地低头去看一眼。王滢的眼睛却看着各个店铺门前的门牌号，时不时地回头与梁超然说两句话。

两人行色匆匆，两人神态亲密，两人肩并着肩在走。苏灿灿不知梁超然的纸片上是什么内容，苏灿灿不知王滢与梁超然说些什么话，苏灿灿甚至看不到两人脸上的表情。但是苏灿灿的心依然刺痛了。

苏灿灿站在大街的这一边，梁超然和王滢走在街的另一边。隔着车流与人流，梁超然与王滢的身影，像是隔了一个世纪那么遥远。

苏灿灿很希望他们两个回过头来，往自己这边看上一眼。那时她就可以大大方方地冲着他们挥一挥手，云淡风轻地"嗨"上一声；苏灿灿又很害怕他们两个回过头来，对于过去的时光，她不敢回首。

苏灿灿就这样患得患失地站在街头的人流中，心很凉很凉。所谓的心灵感应毕竟是小说家编出来的笑话，梁超然两个人的身影，终于越行越远。

两条细长细长的身影，被夕阳挤压在一起，变成极其亲密的形状。

苏灿灿毫不迟疑地跟上去。

梁超然与王滢又拦着一个人问路了，苏灿灿就闪进梧桐树后面的阴影里。

走了很久很久。也许有一个小时，也许有一个世纪。月亮升起来了，冰冰冷冷的光线笼罩着大地，路灯亮起来了，昏黄的光线在冰冷发白的路面上做着些无谓的挣扎，但是依然不能使这个地面增加一分两分暖色。

苏灿灿机械地跟着，心一寸一寸地僵冷成冰，冰又碎裂成水，水又成冰。她知道自己应该扭头回去了，自己这么跟踪没有任何意义。

但是心里这么想，人却无法转身。

梁超然与王滢拐进了一个小胡同。

苏灿灿也穿过了马路，跟进了小胡同。因为过马路花了一点时间，苏灿灿进小胡同的时候，梁超然两个人已经不知去向。

有些失落，又有些庆幸。苏灿灿终于缓慢地转身，想要回家。然而就在这时候，她听见了王滢的尖叫："不要打他！"

这一声尖叫就像是一个命令，又像是一剂强心针，苏灿灿跳了起来，冲了过去。

昏黄的路灯下，三个头发染色的小青年，正围着梁超然，拳打脚踢。王滢就站在边上，无助地叫道："求求你们，别打他！"

一瞬间，身上所有的热血都冲上头脑。苏灿灿甩着手上的行李，对着其中的一个小青年，劈头盖脸地砸过去。

王滢尖叫道："苏灿灿！"声音是又惊又喜。正在被围殴的梁超然，也发出含糊的叫唤："灿灿！"

发现有一个年轻的女子加入战圈，三个小地痞都是特别兴奋。于是就有人笑道："成啊，就让这俩小娘皮陪着我们玩玩！"

苏灿灿咬牙乱砸。但是手上的包裹实在没有什么杀伤力，一个小混混的手指头已经抓到了苏灿灿的衣领，苏灿灿一低头，张嘴就乱咬。

就在这时，苏灿灿听见了一个声音："我打电话报警了！"

那声音似乎很熟悉。苏灿灿还来不及反应，就看见一个流氓的手，冲着自己的前胸抓过来，叫道："警察来之前，我也得先摸摸！"

在苏灿灿还没有做出反应之前，苏灿灿就看见了一个拳头，一个巨大的拳头，从苏灿灿的身后砸出来，正砸在那只要耍流氓的手上。

那是一个白皙的拳头，看起来似乎没有什么力量。但是这一砸，却是含愤而发，那流氓后退了三四步，抱着拳头蹲在地上，尖声叫疼。

苏灿灿见过这只手，这只手曾经在键盘上，灵活地敲打出一串又一串的代码。

但是从来没有看到它打人。

正是黄天阳。

苏灿灿不知道黄天阳怎么会出现在这里，她也不敢知道黄天阳为什么会出现在这里。看见黄天阳的身影，慌乱的心神就安定下来，随即又是更猛烈的心慌。

但是现在的关键是打架。

有几个路过的人，停下来围观。远处响起了哇啦哇啦的警车声。那几个小流氓终于有些心慌了，转身就逃。苏灿灿对黄天阳尴尬地笑了一下，然后问梁超然："你有没有受伤？"

一问之后，就是定住。

苏灿灿看见梁超然满脸都是鼻血，王滢正拿着手绢给他擦拭。梁超然微笑着摇摇头，说道："没事，就是出了一点鼻血。"

苏灿灿的眼窝子有些酸，于是她扭过头，问黄天阳："黄哥，你有没有受伤？"

却听见黄天阳也说话："灿灿，你有没有受伤？"

两人的声音正撞在一块了，后面六个字，简直是合音朗诵一般。

于是两人都不禁莞尔。

苏灿灿就对黄天阳说道:"黄哥,我们走。"

黄天阳看了那正在擦鼻血的男女一眼,点点头,说道:"成,我们走。"捡起地上的包裹,拉着苏灿灿的手,就往前面去了。

后面响起了梁超然气急败坏的声音:"灿灿,灿灿!"也许是鼻子受伤的缘故,他的叫喊带了一些鼻音。

然后是急促的脚步声,还有王滢的脚步声:"超然,超然,你脸上都是血,你得先去看医生!"

梁超然与王滢终究没有追上来。也许是因为梁超然受了一点伤,跑起路来不是很利索,也许是因为他又出鼻血了,得先去看医生,也许是因为王滢担心梁超然,不让他奔跑——总之,梁超然与王滢都没有追上来。

黄天阳拉着苏灿灿的手,往网吧的方向走。

苏灿灿想要挣开,但是终究没有挣开。

黄天阳的手很宽大,也很厚实。那不是超然那双骨节分明的手,但是这双手掌,更有一种让人感觉到安全的东西。

月光如水,流泻在地上,铺开了一地乳白的轻纱。苏灿灿的心有些黯淡,有些慌乱,又有些欢喜,似乎是蒙在心上很久很久的一层云翳终于被一把大剪刀剪开了,苏灿灿看清了自己心底那些赤裸裸的东西。

那个铺满月光的晚上,黄天阳拉着苏灿灿的手,像是走在白色的云朵上。

黄天阳不曾问苏灿灿为何要离开,苏灿灿也不曾问黄天阳为何要跟踪自己。一切都不需要多加言语了,苏灿灿想。

苏灿灿回到了网吧,就像是什么事情都没发生过一样。

晚上的时候,黄天阳的手剧痛起来。幸好边上就有骨伤科诊所,急忙去看了,医生判断说是骨裂。

一只右手被医生包裹得严严实实的。

苏灿灿心中很是愧疚,黄天阳却笑着安慰。但是眼睛转向电脑的时候,却是禁不住有些着急的神色,说道:"没办法,这笔生意只好给人家退了。"

黄天阳在给别人做软件挣钱,这个软件已经完成了十之七八。现在一只右手不能用,靠着一只左手,根本无法做完后续工程。

梁晓晓也有些愁烦,说:"钱倒是小意思,但是老板您在圈子的名声要坏了。"

苏灿灿看着电脑上密密麻麻的代码,说:"你说,我打。你教我,我接下去做。"

此事就这样说定。

苏灿灿坐在电脑前,黄天阳就坐在旁边小凳子上。黄天阳说,苏灿灿打。速度比黄天阳自己做要慢多了,但是苏灿灿却不着急。

黄天阳也不着急。

黄天阳说话的时候，他呼出来的气息，有时候就落在苏灿灿的肩窝里，有些痒酥酥的温暖。有时说着说着，黄天阳性急起来，他就会伸出那只完好的左手，去摁那个苏灿灿始终没有找到的键。有时两人的手就撞在一起了，然后就像是触电一般赶紧分开。

苏灿灿与黄天阳一起做了三天。完工的那天，阳光特别得明艳照眼，苏灿灿伸了一个懒腰，说道："我去买菜，做点好吃的，笑笑姐老是做那几个菜，我都吃腻了。"

她回过头的时候，却怔了怔。黄天阳的目光正凝视在自己身上，目光中有些让人心跳耳热的东西。

苏灿灿听见黄天阳的心跳了，像是密集的鼓点。

然后，苏灿灿听见黄天阳的声音："我们在一起吧。"

黄天阳的话不响亮，黄天阳的话甚至还有些含糊。苏灿灿有些慌乱地转过头，她不知道应该怎么回答，慌张之中，又隐隐有些欢喜。

有个声音似乎告诉她：答应了吧，答应了吧，答应了吧……

但是就在那一刹那之间，梁超然的身影在面前一闪而过，搁在茶几上的照片，还有门口那片惨白的灯光……

世界上是不存在着爱情的，苏灿灿想。据说苏明德与李明岚之间也曾经有过"山无棱，天地合，乃敢与君绝"的爱情，但是两人现在却是相敬如宾。

苏灿灿终于说道："等下再说好吗……我先出去买菜！"

抓起自己的钱包就跑出去。

苏灿灿根本没有看到,后面黄天阳的神色,渐渐暗淡下来。

处在爱恋之中的男人与女人,其实一样的敏感而多疑。苏灿灿那短暂的沉默和惊慌的逃窜,让他的心一瞬间坠落低谷。

苏灿灿没有想到,一切都来得这么突然。就像是黄天阳突然进入她的生命一般,她也是如此突然离开了黄天阳的世界。

生命之中,很多事情,我们都不能自主。蚂蚁未必愿意远行,但是它附着的那片树叶却一定要带着它东流;树叶未必愿意远行,但是它身下的那片河水,却一定要带着它东流;河水未必愿意远行,但是它身下的地形却让它不由自主,弯弯曲曲,磕磕绊绊,一定要往东倾泻。

苏灿灿还没有想好要离开黄天阳的生活,但是她就像是那只无助的蚂蚁。

拎着菜往网吧走的时候,苏灿灿已经决定,等下要好好地与黄天阳说,让他给自己一点思考时间,自己的年纪毕竟还小,很多事儿还没有想清楚。

想明白了这一点,下定决心之后,苏灿灿的步履特别轻捷,她的嘴角带着笑意,她的每一步都像是踩在柔软的月光上。

然后……

苏灿灿听见了李明岚带着哭腔的声音:"灿灿!"

简简单单的两个字,就像是雷在苏灿灿的头上鸣响,我们的女主角,再也挪不动脚步。她僵硬地回转身子,就看见了自己的母亲,李明岚。

将近一个月过去,李明岚脸上似乎已经多了很多皱纹,李明岚的头上似乎已经多了很多白发。她穿着一件旧衬衫,枯瘦的身子似乎就要被一阵风卷了去。

苏灿灿不想见李明岚,苏灿灿绝对不肯接李明岚的电话,苏灿灿永远也不能忘记门口那片惨白的灯光……

但是苏灿灿根本没有想到,短短一个月的离家出走,竟然将这一切都淡化了,苏灿灿第一次发现,原来自己根本不是一个强硬的人,自己竟然根本没有力量拒绝李明岚了……眼泪就在眼眶子里打转,有1000句忏悔的话想要说出口,又似乎有1000个锣鼓一起在心中炸响……苏灿灿站着,一动也不动,李明岚扑上前,将苏灿灿抱在怀中。

等李明岚将苏灿灿拉上车的时候,苏灿灿才反应过来,她敲打着车门,说道:"我要回去,我要告诉我们老板一声!"

可是那时车已经启动了。李明岚说:"那不急,等回家,你给他打个电话,现在先跟妈妈回家,你爸爸都急坏了,现在都已经8月了,你得赶紧去补习学校。"

苏灿灿说:"我的东西还留在网吧!我要回去拿东西!"

司机稳稳地开着车,根本没有停下来的意思。李明岚说:"那些东西不要也罢,等有空的时候我过来一趟,到时候再与老板说一声。补习学校明天开学,正好赶上课。"

苏灿灿说:"我不读书了,我要学电脑技术,将来也一样能找到工作!"

李明岚没有再说话,眼泪一串串落下来。

苏灿灿咬着嘴唇不说话了。

李明岚才说道:"大青县有全江南市最好的补习学校,你爸爸已经给你报名了。过去的事儿都过去了吧……我已经很老了,你爸爸也已经很老了。"

苏灿灿的眼泪也一串串落下来。父亲,母亲,黄天阳,梁超然,很多乱七八糟的形象在她的头脑里搅和成了一团,然后变成了一团又一团模糊的面影,这些面影,无一例外的,都黑重如锅盖一般。

李明岚终于说道:"我明天帮你回去一趟,会与你老板说一声的。我还要谢谢他,这么一个月,帮我照顾女儿,我还得拿一些钱去,你花了人家多少钱?"

苏灿灿抹了一把眼泪,说道:"你要去将他的电话号码要过来,我自己打电话谢谢他。"

这些终究只是设想。第二天早上,苏明德就带着司机从大青县赶过来,帮着将苏灿灿所有的行李都塞进车子的后备厢。苏灿灿催促着李明岚赶紧去网吧告诉黄天阳一声，李明岚却似乎有忙不完的琐事。她告诉苏灿灿："等将你送上车我就去，一定得去谢谢人家。"

苏灿灿只能上车跟着苏明德走了。苏灿灿记得李明岚的承诺，当天晚上就打电话问李明岚这事儿。李明岚轻描淡写地告诉苏灿灿："我去了，也说了，不过他们也不热情，我就不好意思要你的行李，毕竟你当初是孤身出走，手上根本没有东西。至于电话号码，他们那么冷淡，我也就没要了，他们对我防备着呢……等你回来再说吧！"

对于李明岚的话，苏灿灿其实是不很相信的。她记得梁晓晓那温暖的微笑，还记得黄天阳那平静而让人安定的眼神，还有……那句让她落荒而逃的话。

等放假了，我自己回去一趟。苏灿灿告诉自己。

那句话，我一定要给他一个回复。

补习班的生活，被戏称为"高四"。高三的生活是灰色的，"高四"的生活是墨色的。不是浓墨重彩的墨，而是不见天日的墨。

学校设在一个废弃的工厂里，四面都是田野，要出去得走老长老长的一段机耕路。不过大家也用不着走，因为校园生活是全封闭的，除了8月3日开学日开了校门外，学生要等第二次开大门得到过年放假。

学校有门卫室。门卫室的大门也是常年上锁的，边上有一个小窗口。家长们送了衣服零食过来，门卫大爷就打内线电话通知班主任，班主任再通知学生去取。

有时家长还要与孩子说几句话,那就隔着小窗口对话。家长除了第一天能去帮孩子铺被褥之外,其他日子,是绝对不许进学校的。每到周日下午学生休息的日子,那个小窗口里就挤满了来探视孩子的父母,大家隔着小窗口对话,那架势与探监极端相似。

不过家长们也没有多少意见,因为学校的老师们也吃住在校园里,与学生们同甘共苦,比学生稍微好一点的就是周末能离开学校而已。

苏灿灿埋头在教室里背单词,却听见外面有叫声:"苏灿灿,你的信被退回来了!"

"信?"苏灿灿倒是愣了一下,片刻之后才回过神来。

退回来的是苏灿灿写给黄天阳的信。

经历了长达10天的旅行,信已经皱皱巴巴。

苏灿灿拿着退回来的信,对着地址反反复复研究了好长一段时间。难道是我将门牌号码给记错了?还是将黄天阳三个字给写错了?怎么可能"原址查无此人,退回原处"?

心中一直牵挂着的某根线,猛然之间像是被扯断了。一种细细的疼痛从心底蔓延上来,就像是雨后冒出来的毒蘑菇一般,密密麻麻,瞬间将她的心整个都塞满。

苏灿灿伏在桌子上,流了一串眼泪。

周日下午休息的时候,学校的电脑室向学生开放。空着的学生,就会成群结队地在电脑室外面排队等着上网,每小时一块钱,每人只许上一个小时,还绝对不许开大型游戏,只要一开,老师那边的主控台就会发出尖锐的警告。

苏灿灿每周都会去上网。大多数时候,她只是打开电脑浏览网页,有时也会写写代码,试图编写一些小程序。但是没有师父指导,进步极其艰难。好在苏灿灿也收了心要读书,因此也没有钻牛角尖。

10月1日的时候学校放了一天假,晚上还在操场上放起了大电影。学生们都欢呼着看电影去了,守着电脑室的老师也不再限定每人只能上多长时间了——因为100座的电脑教室里只坐着二三十个人。

苏灿灿坐在教室里,嗒嗒地写了一阵代码,又卡住了,就上网找了几个电脑论坛,看了一阵资料,突然想起"吃草的老羊"来了。

他给自己汇过3700块钱。那钱现在还存在自己的卡里,丝毫未动。黄天阳曾经说过,他曾经试图通过QQ,入侵自己的电脑。

他曾经与自己谈论过那些编码与程序,他也是一个初学者。

想着,苏灿灿就点开了QQ。两个月未曾开QQ,一点开,就是一阵狂闪。

是唯一的好友"老羊"。

苏灿灿就点开看。

很平淡地问话。

"最近好吗?"这是9月24号的。

"你开学了吗?"这是9月25号的。

"你最近一定很忙吧?"这是9月26号的。

"读书很辛苦,注意劳逸结合。"这是9月27号的。

"有空的时候上来回个话。"这是9月28号的。

"我今年大一,已经开学了,刚开过迎新晚会。"这是9月29号的。

"今天晚上开始放假,我要回家,不给你留言了。"这是昨天的。

QQ的消息只能保存一周。

也就是说,这个陌生的网友,每天都给自己留言。

不知之前的留言写的都是些什么东西?那天黄天阳突然断了网线,他或者有些着急有些心慌吧?

苏灿灿静悄悄地看着,心中的柔软就像是潮水一般,一点一点地漫上来,于是眼睛里就有了一些莹润的东西。

虽然黄天阳曾经警告过她,"老羊"曾经借着QQ作为跳板,试图入侵她的电脑,但是就在这一瞬间,心境就像是春天雨后的草地,瞬间郁郁葱葱。

什么警告都忘记了。

她等了一下,QQ上,"老羊"的头像是灰色的。

想了想,她留言:"我回来了。"

顿了顿,她又写道:"谢谢你。"

还有一些话想要说，但是终究没有打出来。关掉对话框，她继续写代码，这时候，QQ竟然闪动起来。

"你居然在???"他连用了三个问号，冰冷的字符后面，苏灿灿似乎听见了"老羊"那惊喜不可置信的声音。

苏灿灿回答："在。"

"老羊"："你那么忙，好久没上网了吧？你是高三？"

苏灿灿迟疑了下，终于打字告诉他："高四。"

对话框沉默了一下，"老羊"的字符闪了出来："那比高三更辛苦。"

苏灿灿说："不辛苦，过了一年，好多之前不懂的题目一下子就懂了。前段时间英语小测验，150分卷子，我考了120多分呢。"

"老羊"发了一个笑脸，写道："经历也是一种财富。"

苏灿灿也回了一个笑脸。

虽然她认为自己的经历绝对不是财富，但是不代表着她可以拒绝别人的好意。

"老羊"："有数学不懂可以问我，我当初可是班里的数学王子，总是考前三名的。"

苏灿灿："成。我有问题，周末来问你。"数学还真的是苏灿灿的弱项。

苏灿灿又说道："你那钱，我没用。你给我账号，我还给你。"

"老羊"发过一个笑脸，说道："算了，你先留着用吧，我暂时也没用。你给自己买些好的吃,高三了,营养要跟上。"

苏灿灿说:"好。"又写道:"我回教室拿数学课本,昨天是有道题目不会,你来做做看。数学王子,不定是吹牛皮的。"

"老羊"发了一个无比嚣张的笑脸,占了大半个对话框。苏灿灿发了一个笑嘻嘻的表情,说道:"总要试验过才知道你是不是吹牛皮的。要知道我以前的同桌才是真正的数学王子,数学总是满分或者接近满分的。"

"老羊"说道:"我也是这样。手底下见真章,拿题目来吧!"然后是一张威猛无比的小猫图片。

苏灿灿笑起来,跑回教室,抱回了一大摞作业本,翻到自己最近不懂的题目,靠近摄像头,扫描下来,给对方看。

但是很小心地别过自己的脸,绝对不接近摄像头。

不多时"老羊"就发了图片回来,却是将解题思路一步一步写清楚了,边上还加上解释。苏灿灿一行一行认真地看下去,居然看懂了。

只是"老羊"的字一笔一画,看起来颇有几分稚拙。苏灿灿就笑:"你解数学真的很厉害,但是这个字却像小学生。"

"老羊"就发回了一个笑脸。

就寝时间到了。就这么两个小时的工夫,苏灿灿弄懂了之前没弄懂的13道数学题。两人约定了下次网聊的时间,苏灿灿就关了电脑。

室友们看完电影回来,都很兴奋,在讨论着男主角英俊与否,女主角美貌与否，很晚也不睡觉。苏灿灿没有参加讨论，她只是躺在床上胡思乱想。隔着网线，"老羊"的形象渐渐地固化成一头羊的形状，然后这头羊又与黄天阳的形象重叠起来，变成了一团奇怪的东西。

然后，梁超然的形象加入进来，三个形象交替在一起，将苏灿灿简单的头脑世界搅和得乱七八糟。

苏灿灿决定拿起一把大扫把，将这些影像全都扫出门去。

每个周日可以上网，但是苏灿灿上网的时间是不固定的。毕竟有一群学生在排队，谁也无法估算自己什么时候可以排到。

但是每次苏灿灿上网的时候，就看见"老羊"的头像亮着。她也不说话，直接开通摄像头，将题目扫描过去。不多时，"老羊"就会将解题思路发过来。

两人之间有时会说两句没味道的废话，有时干脆不说。有时"老羊"也会发几道题目过来，苏灿灿就很认真地趴在电脑桌前做，做好再传过去。

每次这一个小时，都过得极其迅速。

有时候"老羊"也会给苏灿灿发一些文档，全都是高考的背诵要点。那时网络上的学习资料并不多，也不知道"老羊"是自己总结下来的，还是哪里找到的。苏灿灿就花5角钱一张去打印机面前打印了，有空就拿出来背一背。

有时"老羊"冷不丁也会问苏灿灿一个物理或者化学的问题，苏灿灿有时能顺利回答出来，有时不能。能顺利回答出来了，苏灿灿就会给老羊发一张嚣张的笑脸，不能回答出来，老羊就会给苏灿灿发一个往下压的大拇指。

苏灿灿渐渐感觉到了学习的乐趣。事实上，被全封闭在这么一个学校里，甩掉了那些糟心的事情，苏灿灿的心神全都集中在学习上，对于她的学业而言，只有好处没有坏处。

苏明德与李明岚每个周末都会过来，给苏灿灿钱，给苏灿灿衣服，给苏灿灿各种吃食。夫妻二人同进同出，仿佛好成了连体婴儿。隔着小窗口，苏灿灿冲着父母甜甜地笑，父母也冲着苏灿灿和蔼地笑。

真的是完美的一家。

日子就这样平静地过去，转眼就到了12月。苏灿灿点开了QQ，"老羊"的头像是灰的。

她发了一句话："在吗？"

没有回应。

苏灿灿就点开一个学习网站，看了一下资料。等了一会儿，又在对话框里输入了一句："在吗？"

10分钟过去了，"老羊"不在。

苏灿灿渐渐有些坐立不安起来，她开始胡思乱想。随即又忍不住嘲笑起自己来。一个人因为什么事情耽误了上网那是最寻常的事情，你怎么竟然胡思乱想了？

20分钟过去了,"老羊"还是不在。

苏灿灿再度忍不住胡思乱想。他是午睡忘记了吗?还是与同学去进行篮球比赛?还是在闭关写代码?还是……遇到了什么麻烦,或者什么危险?

这种胡思乱想非常折磨人。对面的电脑终于空下来了,于是飞快地冲进来一个人,坐下,极其熟练地开机,然后不知打开了一个什么软件,哒哒哒地开始输入。

苏灿灿站起来,决定离开。坐在电脑前学习的效率极其低下,自己没有必要在这里占位置。

正在这时,QQ闪动起来:"我在了,今天电脑教室人特别多,没占到位置。"

原来是这样。心中一颗大石头放下来,苏灿灿回答:"这就好。"

"老羊":"有题目吗?"

苏灿灿发了一个生气的表情:"没题目就不能找你聊聊天?你半天没出现,我都担心了。"

"老羊"发了一个作揖的图片,图片的主角是一只小猫,那表情委屈无比,苏灿灿不由扑哧笑出了声。

然后"老羊"又说话:"这说明我很重要,是吗?"

苏灿灿的笑容一下子僵住了。许多记忆一瞬间挤压过来,苏灿灿感觉有些窒息。她轻描淡写地回答:"当然不能,我丢了一只小猫小狗还要伤心三五个月呢,这很正常。"

顿了顿,"老羊"发了一个心碎的图片过来。一颗心碎成无数碎片之后再度聚拢,再度变成无数碎片,如此循环往复。

苏灿灿轻描淡写地回复:"这个图片不好看,碎了的心是不可能聚拢的。"

"老羊"发了一个省略号。

苏灿灿也发了一个省略号。

然后"老羊"说:"我来你学校,我们见一面可好?"

第六章 同桌，从天而降

脑子轰隆隆作响，苏灿灿看着屏幕上的几个字，那字号似乎一下子变大了，变成了一种沉沉的压力，让苏灿灿的眼睛一瞬间发花。

苏灿灿不知怎么回答。

几个月的网上交往，苏灿灿对"老羊"已经有了一定程度的依赖。"老羊"是她的良师，是她的益友。但是她坚持认为，网络上的朋友就应该停留在屏幕里，打破屏幕的阻隔相见是很危险的事情。

屏幕上又跳出几个字："你不说话，是不好吗?"

苏灿灿终于回答："是，不好。我下机了，下次再聊。"

说着话，苏灿灿像逃跑一般地离开了电脑。却有些精神恍惚，直到撞上人才反应过来。

与苏灿灿撞在一起的是另一个要出门的男生，方才坐在苏灿灿对面的那一个。苏灿灿离开电脑的时候,他也起身,正要走向大门,却不想苏灿灿一头就撞上来。

幸好他的反应速度够快,一把就扶住了苏灿灿的肩膀。饶是如此,苏灿灿的头依然碰到了他的前胸,几根扬起的发丝,就在少年的鼻尖上掠过,有些痒酥酥的。

男子身上那清爽的味道一瞬间钻进了苏灿灿的鼻尖。苏灿灿的鼻尖有些疼,于是她揉了揉鼻子,说道:"对不起。"却带着鼻音。

那男生说道:"我也没仔细看,也是我的不对……灿灿?"

后面两个字,却是有些迟疑,有些不可置信。

"嗯……你是……张扬?"

那声音似乎有些熟悉,苏灿灿揉着鼻子扬起脸,终于看见了站在自己跟前的少年。

细长的眉毛,高挑的鼻梁,方方的下颚,这般样貌,本来也寻常,只是配合上那双弯弯的桃花眼,张扬的外貌竟然一下子鲜活生动起来。几个月不见,张扬的个子似乎又高挑了一些,之前只比苏灿灿高一个头,现在看来,苏灿灿似乎只能够到他的肩膀。

"灿灿,你在这个学校?我说之前坐在我面前这个女孩子的身影怎么这么熟悉,却没有想到是你!啊,你怎么剪短了头发?你的相貌本来就不大像女人,加上短发,现在这模样,说你是女人都没人相信。"

这话一出口,苏灿灿就再也不怀疑自己的眼睛了,没错,面前这个人，就是自己高中两年的同桌，张扬！

爱耍活宝的张扬，气死人不偿命的张扬，嘴巴欠揍的张扬，经常被苏灿灿踩着脚背玩的张扬。

苏灿灿的头曾经理成小平头。几个月过去，头发长了好多，但是依然是短发。这个张扬，居然说苏灿灿不像个女人！

苏灿灿狠狠地剜了张扬一眼，鼻子哼哼出声："张扬，你怎么也在这里？我建议你，不要将胸肌练得这么发达了，你的外貌本来就不大像男人了，胸肌这么发达人家更怀疑你不是男人。"

张扬一瞬间石化，然后轻轻地抽了自己一巴掌："我错了，我竟然忘记了，灭绝师太不好惹，苏家莫愁更别碰，我实在不该拿我这个臭鸡蛋来碰你这块茅坑里的石头。"

苏灿灿对着张扬的脚背，再度一脚踩下去。

张扬反应敏捷，早就捂着脚后退，却龇牙咧嘴做痛苦状。

苏灿灿看了看自己的脚，自己的脚根本没有碰到张扬的脚背呢，他这么痛苦做啥？

电脑室里寂静无声，略略有些声响，立即有人抬眼看过来。

苏灿灿压低了声音，气哼哼地说道："我在这里复读，你来这里做什么？不要告诉我你上次没考好，所以这次也复读了，也在这个学校复读。"

张扬露出一个痞子一般的笑脸，说道："是的，我来这里复读，你喜欢不？"

苏灿灿还没有回话，边上却传来一个重重的咳嗽声。是一个同学，提醒两人让路。

张扬摸摸脑袋，有些不好意思，对苏灿灿说道："我们出去说，别在这儿挡路。"

苏灿灿点点头，说道："我们去食堂说吧，学校食堂的饭菜很可口，价格也便宜，正适合你请客。"

张扬点点头，说："我发了一点小财，请你的客是应该的。"

高复班的学生压力都很大，大家都只是埋头学习，相互之间的交往着实不多。几个月下来，苏灿灿与绝大多数同学也只是点头交，连名字都不大记得。除了同宿舍三个女生之外，其他的人，基本上都没有说过话。

现在遇到了一个熟人，而且还是以前的老同桌，说不高兴，那是假的。但是老同桌见面总要表示表示，所以动脚踹两下、伸出拳头打两下，那是题中应有之意。

苏灿灿就笑："好啊，你发财了，发了什么财？你去了什么大学，为什么会来我这个补习学校，给我——老实招来！"

张扬嘻嘻一笑，说道："我去了滨海大学，计算机系。与梁超然和王滢他们同一个学校。"

说到这里，略定了定，很小心地看着苏灿灿的脸色。

苏灿灿笑起来："张扬，你这么小心翼翼地看我做什么？梁超然与王滢他们考滨海大学，我是知道的，但是你那么好的成绩，怎么也去了滨海?"

张扬的高考超常发挥,比梁超然还要高出不少,在整个江南省可以排进前10。

张扬很委屈地说道:"我的成绩,上最好的大学是绝对没问题的,但是我当初听说你打算报滨海的学校啊,于是头脑一热就报了滨海大学,却不想你竟然躲到这里来复读了。"

又胡说八道了。苏灿灿眼神如刀,而且是例无虚发的小李飞刀,狠狠劈过去;张扬脸皮如墙,而且是最最坚实厚重的长城古墙,对着苏灿灿的飞刀神色自若,毫发无伤。苏灿灿很想动脚,但是想着在这全都是陌生同学的过道里做这样的行为很不合适,只能悻悻地将杀人的愿望扼杀在摇篮里。

张扬又说道:"自从你从同学群里消失之后,我就苦苦练习我的电脑黑客技术,某天终于破解了你的IP地址,然后钻进了中国电信的服务器,查到你的IP地址对应的学校,于是立即乘车赶过来,坐到你的电脑对面看着你。"

苏灿灿忍不住咯咯笑起来,说道:"你的电脑技术好生强悍,啥时候给我教两手。"

张扬无奈地叹了一口气,说道:"我知道我说实话是没人相信的,好吧,我只好说谎话了——是前天晚上,我梦中收到了善良女神的指引,她告诉我在大青县郊区有一个补习学校,学校的电脑教室里坐着我的女神⋯⋯于是我就马不停蹄地赶来了,果然,在我的电脑对面,我见到了你。"张扬双手合十向天,做虔诚状。

苏灿灿笑得前俯后仰,说道:"张扬张扬,拜托拜托,你要找女神也找漂亮一点温柔一点的啊,跑到这里来做什么。哦,对了,你这些甜言蜜语,对你的女朋友使过没?"

张扬长长地叹了一口气,非常抑郁沉重的样子:"我就打算来追求你,让你来做我的女朋友啊,这些甜言蜜语就是专门为你准备的,但是看样子效果并不明显。"

苏灿灿心没来由地跳了一下,抬起眼睛,却看见张扬那张欠揍的脸孔,于是啐了一口,笑着说道:"既然不明显那就换一个甜言蜜语的对象吧,咱们实在太熟了,兔子还不吃窝边草呢,你喜欢祸害女生,也别找同桌下手。喂喂喂,你还没有告诉我,你是怎么进的学校,这个破学校连家长都不让进!你滨海大学的高才生,来这里干什么?"

张扬苦着脸,说道:"我都解释了,我是来看你的,但是说实话总是没人相信,所以我只能说假话了,我是来挣外快的,我舅舅在这所学校当老师,我无巧不巧考了一个江南市第一名,所以学校就让我来给师弟师妹们传经送宝……我提前一天来,实在没事就来电脑教室练练手,却不想看到你。"

苏灿灿瞟了一个美丽的白眼,说道:"老早说实话不就结了,闹了半天说了一堆废话有意义么?"

张扬说:"许多事情的意义就在于过程而不在于结果,如果我平平淡淡将我的来意讲出来你会笑得这么开心吗？所以我一定要将事情讲得复杂化曲折化，一波三折奇峰突起，不但抓住人的眼球，还要抓住人的心肝。"

苏灿灿捧着自己的肚子笑，笑得腿脚酸软再也走不动道，索性就坐在路边的花坛上："我说……就你这……贫嘴的本事，上大学哄骗了多少女孩子上当啊，真正是骗死人不偿命。"

张扬说："寻常的女孩子，我会费尽心机贫嘴给她听吗？也只有面对我的老同桌的时候，我才会多花那么一点儿心思。"

张扬的话音里，似乎藏着点让人敏感的东西。苏灿灿抬起眼睛，看见了张扬。

夕阳的光线在少年的脸颊周围镀上了一层金色的光晕，也使少年的脸颊轮廓线变得无比柔和。他的眼睛就像是一汪深碧色的潭，深不见底，水面上微微荡漾着的，却是一些让人心慌的光泽。

他看着苏灿灿，神色很是认真。

苏灿灿的心颤了颤，许多与张扬交往的片段，瞬间苏生过来，在脑海里联结起来，成了一部规模宏大的电影，一时之间，别样滋味，竟然难以辨别。

随即醒悟过来，再度扬起眼睛看着张扬，果然看见那双桃花眼后面隐藏着的笑意。

真正哄死人不偿命！

苏灿灿怒气勃发，一脚狠狠踩下去。

张扬一时竟然没有反应过来,被苏灿灿踩了一个正着,于是捧着脚鬼哭狼嚎,响彻云霄。

无论如何,张扬来到苏灿灿的补习学校,都是一件极高兴的事儿。第二天的时候学校果然开了一个传经送宝大会,苏灿灿看见张扬神采飞扬地上台,妙语连珠,连哄带骗,直将下面一群高复生们骗得是热血沸腾,恨不得立马跑回教室,一口气再学 48 个小时才好。

下面的女生们,全都是两眼放光异彩连连。高复班男生不少,英俊的男生也不少,但是大多数男生平日都忙着读书了,哪有时间修饰仪表,又哪有时间留意身边的女生?而张扬为了上台,却是专程设计过自己形象的。

于是,就有女生找苏灿灿说话了:"那个……苏灿灿啊,这个张扬是不是你男朋友?"

张扬这两天与苏灿灿同进同出几次,同班同学都看见了。

苏灿灿翻翻眼睛:"不是。"

"那好极了……你将他的电话号码给我好不好?QQ 号码也成!"说话的就欢呼起来,很松了一口气的样子。

苏灿灿继续翻翻白眼:"第一,我知道他的电话号码,但是你有时间给他打电话吗?第二,我也没有他的 QQ 号码,如果你对他有意,你自己去问,我是不擅长给人做媒婆,谢谢。"

想不到苏灿灿拒绝如此爽利,那女生也只能翻翻白眼:"不说就不说,小气猫!又不是你的男朋友,你死捂着干什么?"

苏灿灿点点头,说道:"是的,不是我的男朋友,我不能死捂着。我去问问他,他如果愿意,我就将电话号码告诉你。"

此时,张扬的发言已经完毕,正是下面的学生提问的环节。苏灿灿就站起来,从不远处一个男生那里拿过话筒,高声问道:"张扬,现在我身边有一群女同学,想要知道你的电话号码。你说,我应该将电话号码给她们吗?"

想不到苏灿灿竟然问出了这么一个问题,四下里的学生一片寂静;片刻之后,才"哗"地哄闹起来。

上面主持的老师也有些手足无措。

张扬举起话筒,凑近嘴边,笑着说道:"给不给电话号码,其实就是一个价钱的问题。如果价钱合适,给了也没啥,大不了我过一阵换一个手机号码就是。嗯,到时候你还可以卖一次。"

张扬的回答更是出人意料,于是下面的女生就笑骂了,男生们却是哗啦哗啦地鼓掌叫好。

苏灿灿就大声宣布:"成,张扬的手机号码,100块一个!张扬,等我挣了钱,与你平分!"

下面的笑声更热烈了:鼓掌的,拍着大腿的,前俯后仰的,还有稀里哗啦的,那是有同学笑得太猛烈,椅子翻倒,一屁股坐在了地上。

张扬拿起话筒,说道:"各位同学,听我一句话。我的手机号码其实不值钱，值钱的是各位同学的时间。如果因为要与我通话而浪费了各位同学的学习时间，那么就是我的错误了。第二次高考马上就要来临，所以我的电话号码就不公布了，希望大家将全副精力投入到学习中去，在明年的高考中获得大丰收！我相信，我们学校的同学，都不是孬种，一定能拿出好成绩，向父母家长汇报，对自己的未来负责！"

张扬的最后总结陈词，虽然冠冕堂皇，但是因为是同龄人说的，学生们也很听得进去，于是哗啦哗啦地鼓掌。

报告会结束后，学校领导在县城的饭店宴请张扬，校长特意点名要苏灿灿作陪。苏灿灿这才知道，张扬的舅舅，竟然是自己的班主任。

饭局结束，张扬赶晚上的火车回滨海，苏灿灿送张扬去了火车站。校长与班主任站在一边抽烟说话，张扬就悄悄地告诉苏灿灿："有什么事儿，你只管告诉我舅舅。我舅舅说你潜力很大，最近进步很快。他明年的奖金还指望着你呢，你有问题只管去找他，用不着憋着忍着。"

苏灿灿不觉一笑，说道："现在安心读书，哪有这么多的事情找班主任。"

张扬又笑着说道："那难说。你这么漂亮，性格又爽利，只怕对你想入非非的男生很不少。如果有收到小纸条或者什么骚扰，你只管往班主任那儿一送，让我舅舅收拾他。"

苏灿灿忍不住笑了，说道："你这人满心思都想些什么？我这人你也知道的，高中三年也没有男生正眼看我一下，难不成高复一年就成了香饽饽？"

张扬不好意思地摸摸鼻子："那难说。高中三年不是没有男生看上你，只是你眼中只有一个人，班级里人人心知肚明，别人就不来凑这个热闹了。现在你又没男朋友，人家还不抓紧进攻？"

张扬很随意说的话，却像是一枚针。

超然，超然，超然。

虽然苏灿灿已经将这个名字扔进了犄角旮旯，但是骤然被人提起，苏灿灿的心依然有些隐隐约约地疼。

这个名字已经成了苏灿灿的风湿性关节炎。幸运的是这个病症不算太严重，还有痊愈的可能。

于是苏灿灿笑起来，一脸阳光与随意："我被人踢出局了，血淋淋地都是伤疤啊。张扬，我与你很熟吗，你竟然动不动就来揭我的伤口？"

苏灿灿一瞪眼，张扬脖子就往里缩："不熟不熟，咱们一点也不熟。咱们今天才见面，今天才认识，但是所谓倾盖如故，看见你这么美丽可爱的女生，我就不由一吐衷肠。"

苏灿灿忍不住又笑起来，这一回是真的笑了。

张扬又说道："学校是不禁止通信的，我等下就给你寄一些参考资料来。都是我用过的，我认为重要的题目，我会打钩或打五角星，到时候你看那个就够了。"

苏灿灿由衷地说道："谢谢。"

张扬又说道："原先还担心那些乱七八糟的事情影响到你，现在看来却是不担心了。你放心大胆地往前冲，明年，我在滨海大学等你。"

苏灿灿一瞪眼，说道："你是我什么人，你在滨海大学等我？"

张扬不好意思地笑了笑，说道："口误口误。不过呢，你喜欢学计算机的话，滨海大学的计算机实力是很强的，你不如就考滨海大学吧。"

苏灿灿瞪了他一眼，说道："谁说我喜欢学计算机？"

张扬怔忡了一下，有些尴尬地笑道："我看着你在计算机机房里，以为你是喜欢计算机的。"

苏灿灿鼻子哼哼出声："我就喜欢聊天而已！"

张扬有些尴尬，赔笑说道："我说错话了，我蹲那边角落里画圈圈去。"

果然蹲到角落里去了。

苏灿灿看着张扬的侧影，因为逆光，脸上所有的嬉笑和不正经都已经被光线过滤掉，只剩下一个轮廓分明的剪影。苏灿灿这才发觉，原来张扬的侧影，棱角其实是相当分明的，只不过自己平素没有注意到罢了。

一种浅浅淡淡的感动还是缓缓地弥漫开来，像梦幻一般地笼罩了苏灿灿全身。苏灿灿知道，这个满嘴胡柴的同桌，这个看起来不靠谱的同桌，其实是关心着自己的。

她上前几步，蹲在张扬的身前，很认真地说道："谢谢你。"

苏灿灿不觉想起了 QQ 上的"老羊"。他与自己的交往真的很平淡，游戏里干过几仗，不过那个谁也没当真；QQ 上聊过几句话，但是却没有涉及任何要紧的问题。但是那个"老羊"，却是每周守在电脑跟前，帮自己解题，给自己搜索学习资料，在自己最困难的时候给自己汇了 3700 块钱，并且不要自己归还。

除了昨天他向自己提出了见面要求将自己吓住之外。

苏灿灿想，等下周上了 QQ，得向"老羊"道个歉，不过，见面的事情免谈。

张扬果然寄来了一些学习资料，连带着一封很简单的信。那字迹是笔走龙蛇，苏灿灿连猜带蒙才弄明白他的意思。

于是苏灿灿就回信了，笔下也是龙蛇飞动，写完一看，果然自己也不大认得，于是得意扬扬地给张扬寄了回去。

张扬又回了信。内容依然简单，就是问了苏灿灿两道化学难题。苏灿灿还真的做不出来，去找任课老师，任课老师却离开学校回家去了。班级里其他同学也不熟。好在当天下午就是电脑室开放的时间，苏灿灿就上 QQ 去问"老羊"。"老羊"就一一解答了，末了又说了一句："这么难的题目，哪个吃饱了撑着的，居然出给你做？"

苏灿灿就将事情说了。"老羊"就直接告诉："等下我出两道难题给你,你先将做法学会了,等下给他寄过去,看他能不能做出来。"

苏灿灿自然叫好。于是两个男人就借着苏灿灿的笔干起了仗。

最终却是便宜了苏灿灿。等过年的时候,她的理科总分已经高居全班之首。再加上文科成绩也不差,最终成绩是全校第三名,进步幅度为全校之最,校长亲自给苏灿灿发了 300 元奖学金。

农历腊月二十七,学校放假。李明岚来接苏灿灿回家。

不是回江南市的家,是回大青县的家。原来这半年里,李明岚竟然舍弃了在江南市的清闲工作,调到大青县来了。卖了江南市的房子,在大青县县城买了一套 80 平方米的小屋子,一家人在大青县开始了新的生活。

苏灿灿搂着李明岚的脖子,说道:"这个决定,是你做的,还是苏明德做的?"

李明岚脸上的笑容僵硬了一下,说道:"是我做的,不过你父亲也同意了。"

苏灿灿在李明岚的脸上亲了一口,说道:"我很喜欢,妈妈,你做了一个很明智的选择。"

苏灿灿就在屋子里转了两个圈,大声说道:"妈妈,我很欢喜!我要换上裙子,再转两圈!"

苏灿灿在转圈子的时候,苏明德回家了。他看起来似乎有些疲惫,但是看见穿着裙子转圈的苏灿灿,还是忍不住露出了笑容。

那样的生活就像是一杯清茶,很平淡,但是平淡之后,却有些让人回味的甜美。

如果生活都能这样下去,真的很好。

农历腊月二十八日,苏灿灿说要回江南市,参加同学聚会。

同学聚会就定在江南春酒楼,梁超然请客。张扬的信里说了。但是苏灿灿并不是想着去参加同学聚会,她是想要去小巷里看看那个网吧,自己去买菜一去不回,自己欠黄天阳一个交代。

想起黄天阳,想起梁晓晓,苏灿灿的嘴角不由浮起了一个微笑。她想起了那几个凄惶的白天与夜晚,想起梁晓晓那温柔的话语,想起黄天阳那疏离而淡漠的神态,想起了那个小巷子里对战小流氓的场景。这一切,都变成了油画布上的暖色,或者淡黄,或者金黄,或者火红,然后组合成了一幅非常青春灿烂的生活场景。

苏灿灿的生命,就是靠着这些暖色来点亮。

路过小菜场的时候,苏灿灿特意去买了菜。黄天阳喜欢吃泥鳅,那就买上七八条,吩咐老板一定要挑选那种最最干净的。

梁晓晓是素食动物,不过顿顿都少不得酱豆腐。苏灿灿就去了豆腐摊子,选了最贵的酱豆腐,买了两罐,也才花了10块钱。又买了十来块钱的蔬菜,割了两斤肉,就迈着轻快的步伐往网吧方向去了。

一路之上又禁不住想起黄天阳的手。虽然自己离开之前已经帮他将软件写得差不离了,但是他那么熬不住的人,说不定又会接别的生意吧？可千万别在手指上落下什么毛病来，玩计算机的人，手指的灵活性是最重要的。

又想起了那些经常在网吧边上走动的小流氓，黄天阳似乎是拿钱将他们都摆平了，但是这些小流氓最是说话不算话，别给黄天阳惹来什么麻烦才好。

一路胡思乱想着，却蓦然定住了脚步。

我记得就在这里……这里有一个理发店，还是当初的模样——但是这儿，这儿怎么不见网吧了？

面前是一间美容院，各色各样的时髦女郎和时髦妇人，进进出出。这儿不是网吧，不是。

苏灿灿怔忡在寒风里。

风卷起巷子口的落叶，簌簌地向苏灿灿身上扑过来，从苏灿灿的身边擦过去，又飞上了半天空，在空中打着旋儿，远远就去了。

苏灿灿的手无力地垂下来——手中是塑料袋，塑料袋里的泥鳅，正无助地挣扎着，扭动着，就像是苏灿灿的心。

她终于迈向理发店。理发店的老板娘倒是很热情，告诉苏灿灿："8月吧，是8月，你离开这儿之后没多久，那老板就不做这个生意了，就将店铺转让了。好多电脑啊……有上百台！只卖1000元一台！附近好多人，都上网吧门口来排队，一手给钱一手拿电脑，只是不许挑！人家都说，这个网吧里电脑的配置还不错呢，拿出去卖个2000元也没问题，可是那老板脑子坏了，竟然1000元大甩卖！我家的也抢了一台回来！可是抢回来真的坏事了，我家那小子，整日就玩电脑不写作业了，一个学期成绩退步了20分！——不过呢，梁晓晓告诉我说，那黄老板家中生意大得很，他开这个网吧也就是开着玩的，本钱早就挣回来了，现在要回自己家里接手做生意，便宜一点卖掉也无所谓，人家不差钱！"

苏灿灿的心一点一点地沉下来，她挣扎着笑了笑，问道："阿姐，你知道梁晓晓现在去了哪儿？"

老板娘皱着眉头想了想，说道："不知道，自从老板将这里的店铺转让后我再也没有见到她了，她好像是跟着黄老板走了？多半是，这么能干的小姑娘，黄老板肯定要带走的。"

苏灿灿的心沉沉地坠下去了，坠入到不见天日的深渊里。

她以为，这一次回来，自己就能向黄天阳解释清楚当日的情景，黄天阳很快就能理解自己，而且能祝福自己，他们三个就能坐在一起，快快乐乐地吃一顿中饭……

结果，却发现，错过了。

人生就像是编程序，只要有一个代码错了，最终出来的结果就可能惨不忍睹。

黄天阳的生活与自己的生活，就像是两条直线。在这个网吧里，两人有着短暂的交集，但是这两条直线的交叉点，有，且仅有这么一个。

接下来，黄天阳的生活，与自己的生活，将延伸向完全不同的空间里。

苏灿灿想要抱怨李明岚,但是她发觉李明岚也没有错。苏灿灿想要抱怨黄天阳,结果发现黄天阳也没有错。苏灿灿想要抱怨自己,但是想了很久,还是觉得自己没有错。

命运的这只大手其实是一把无情的锅铲,将一大群人扔进铁锅里煎熬。两颗被炒焦了的豆子短暂地碰在一起,其实也不是命运的恩赐,因为命运一转眼,就会再度将它们拆分。

后面传来理发店老板娘的叫声:"喂喂喂,小姑娘,你买的菜!"

苏灿灿没有回头:"不要了,你拿着吧。"

当苏灿灿踏步走进"江南春"的时候,里面已经是觥筹交错。羊肉香味弥漫,火锅里冒出的腾腾白气,将整个包厢渲染得有几分迷离。

苏灿灿推门进去,却听见梁超然有些不耐烦的声音:"我说过暂时不要菜了,你还来做什么,出去,不要影响我们同学喝酒。"

苏灿灿就僵在那里,不知是进去好,还是不进去好。

张扬推了梁超然一把,说道:"你胡说什么,眼花了?灿灿进来,别理超然,他喝糊涂了!"

张扬推开椅子出来,苏灿灿就进去,对张扬笑道:"我还以为,你们这群考上大学的,是将我这个复读生给忘了。"

梁超然这才明白过来,有些尴尬地站起来,说道:"灿灿。"

也许是酒喝多了,梁超然的步履有些不稳。身边的王滢忙一把扶住他。苏灿灿蹙了蹙眉，说道："超然，虽然高兴，酒也不能多喝。"

却听见一个尖厉的声音笑道："哟，不知灿灿你是什么身份啊，居然管起梁超然的喝酒吃饭了？人家王滢还没有说话呢！"

正是慕雪儿，当初给超然发过传单的。苏灿灿吸了吸鼻子，暗想梁超然是不是神经搭错了，请客居然请了这种人？

王滢淡淡笑道："慕雪儿，灿灿说的，就是我想要说的。今天的确是高兴的日子，但是酒真的不适合多喝。"

慕雪儿呵呵笑道："是我说错话了，原来你们还是三人行。超然啊，你这事儿做得不大厚道，你一个人独占了班里的两朵花，这叫其他单身汉怎么办？"

苏灿灿怒了，当下就对着慕雪儿说道："慕雪儿，你说话也要有一个体统！"

慕雪儿娇笑了一声，说道："咱们同学，同学间说话，哪里有那么多规矩，再说了，今天是王滢与超然的订婚宴，咱们不开新郎的玩笑，开谁的玩笑？"

苏灿灿吃了一惊，眼睛看着梁超然与王滢，问道："你们……订婚了？"

王滢有些娇羞，说道："昨天订婚的，今天就邀请同学来聚聚。当然不是订婚宴。"

苏灿灿懊恼地说道："你不曾说，我都没带红包来！"

王滢笑着说道："之所以不说，就是担心大家带红包来。灿灿，你迟到了,坐这边。"起身,往梁超然的边上收拾了一下碗筷。

慕雪儿呵呵笑道:"王滢,那位置不大好,距离超然也太近了一些。你们已经修成正果了,人家还是孤家寡人,你要人家心里怎么想?"

场中的气氛,顿时僵了一僵。就有两个女同学异口同声叫道:"雪儿,别乱说!"

苏灿灿大怒,顺手捞起一杯牛奶,就打算泼过去。手腕却被一个人抓住,回头看去,正是张扬。

张扬的声音沉稳:"慕雪儿,你再胡说八道,我要生气了。"又对王滢笑着说道:"灿灿是我女朋友,坐我身边就好。"将杯盘略略挪动了一下,自己坐到了梁超然的身边,却将自己的位置让出来给苏灿灿。

苏灿灿有些气恼地看了张扬一眼,却见张扬冲着自己眨了眨眼,眼睛里露出一个顽皮的笑意,只是那顽皮的笑意一闪而逝,又加上雾气氤氲,其他人都看不清楚。

苏灿灿就笑了一下,坐了下来,对那边慕雪儿扬起一个笑容:"谁说我还是孤家寡人来着?各位女同胞,我们班最英俊的帅哥现在是我的囊中之物,各位可以觊觎,但是不可以抢夺,有道是君子不夺人所好。"

张扬就接口:"夺夫之恨,不共戴天,谁敢抢苏灿灿的男人,苏灿灿就与她红刀子进白刀子出。哦,灿灿,你对我这么没信心?"

一群同学全都大笑起来,苏灿灿也笑得上气不接下气:"错了错了,是白刀子进红刀子出。"

张扬很认真地摇头:"没错没错,之前是红刀子,因为苏灿灿烧红了眼睛,看什么都是红的;等刀子伸出来,她被自己这么一吓,眼睛里红丝褪去,恢复清明,所以手里又变成白刀子了。"

一群人继续笑。苏灿灿揉着肚子说道:"明明是自己口误,偏生还编造出这么一段话来!我居然就任由你编排!我真是脑子有病!"

苏灿灿与张扬一唱一和,慕雪儿的脸色不由一阵青一阵白,低头喝牛奶,却没有再说话了。

现在,苏灿灿右手边是张扬,左手边是一个女同学。张扬举起了杯子:"嗯,各位,灿灿是迟到了,可这不是她的错,大家知道她现在还在复读,学业繁重了一些。所以大家要灌酒呢就冲着我来,别灌灿灿了。"

边上的男同学们就轰然叫好,说道:"张扬啊,看不出你挺男人!你不声不响就将我们班的花儿掐走了,本来要灌你10杯的,现在看你这么爽快,勉勉强强,三杯算了!"

苏灿灿看着那个极大的酒杯,不由紧张起来,说道:"喝酒可以,不许多喝!换小杯子!"

一群同学都笑了,就有同学叫道:"张扬啊,灿灿还没有进你家门呢,她就管着你了!"

却听见梁超然说道:"胡说,随便哪位同学,灿灿都是很关心的。"

张扬笑着说道:"是是是,灿灿随便对哪位同学都很关心的。各位同学,看在灿灿这么关心我的份上,少灌我两杯吧!"

一群同学就叫起来:"刚才还表扬张扬够男人呢,谁知道被灿灿这么一管,就立即变成绕指柔了!"

苏灿灿将手中的杯子一放,说道:"花金鱼,你来挑衅我们是不是?来来来,你一杯我一杯,咱们对着干,比比看谁先趴下!"

顺手拿过张扬面前的酒杯,满上,说道:"你也满上!"

那位"花金鱼"本名华靖宇,也是梁超然同寝室的,与苏灿灿也相熟。见苏灿灿动了真格,他一抱头就往桌子底下躲,"哎哟我的妈,灿灿啊,你是我亲妈!饶过我吧,您大人有大量!"

张扬笑着将华靖宇从桌子底下拎起来,往椅子上一放,说道:"我可没你这么大的儿子。"

一群人都是大笑,酒桌之上,融洽无比。

慕雪儿看看苏灿灿,又看看张扬,又看看王滢,突然笑着说道:"今天是王滢与梁超然的大喜,我们都贺喜过了,灿灿,你是不是要祝福两句?再说,你在超然与王滢确定恋爱关系起的那个晚上开始与大家失联,我们大家都着急无比,王滢更是因此埋怨梁超然,一对佳偶差点成了怨侣,你是不是更应该表示表示?"

苏灿灿看着慕雪儿,转过目光看着王滢。王滢有些手足无措,说道:"灿灿……"却不知该说什么。

苏灿灿冲着王滢笑了一下,说道:"王滢,今天的确是应该祝你与超然百年好合，白头偕老。方才是我粗疏了，现在向你道歉，我满，喝下，你们随意。"

王滢拉了梁超然一把，两人站了起来，三只酒杯撞在一起。似是有意，又似是无意，梁超然的一个小拇指翘了起来，在苏灿灿的手背上擦了一把。

只是短短几个毫秒的接触，苏灿灿的心又微微颤了一下。透明的玻璃杯子，红酒如血，那少年的手指，莹白而微凉。

苏灿灿看着王滢，对方似乎没有注意到这短短的一瞬……我已经决定将这个名字剔出自己的生命了，苏灿灿想，举起酒杯，一饮而尽，亮出杯底。

四下里一片叫好声。

苏灿灿要坐下，却不想梁超然又站起来，将自己的酒杯满上，对苏灿灿说道："8月份的事儿，真的要多谢你。如果不是你出现，我也不知会被打成什么模样……这一杯，我全喝了，你随意。"

梁超然又将酒杯递到苏灿灿跟前。苏灿灿看着那骨节分明的手，在红酒的颜色映衬下，显得有些苍白。她将目光转向少年的脸孔，在涮羊肉的热气里，少年的眼神有些迷离。

梁超然的手很固执地伸到苏灿灿的跟前。苏灿灿举起酒杯，两只酒杯轻轻地碰触了一下，发出清脆的声响。然后梁超然凝视着苏灿灿，说道："灿灿，谢谢，对不起。"

苏灿灿扯了扯嘴角，说道："不用谢，也没有什么对不起。"

梁超然仰起脖子，将杯子里的红酒一饮而尽。苏灿灿端起酒杯，略略抿了抿嘴唇。

梁超然用这杯酒来表示对过去的告别。而苏灿灿，早已告别了过去的那些岁月，所以她只是略略沾了沾唇。

苏灿灿将目光转向王滢，王滢的眼神正集中在梁超然身上，目光里满满都是爱意。蓦然之间觉得有些烦闷，将目光转向慕雪儿，笑着说道："雪儿同学，刚才的事儿该谢谢你，如果不是你提醒，我就失礼了，是不是？为了感谢，来来来，咱们亲近亲近，碰个三杯如何？"

顺手就要过一个绝大的干净酒杯，放到慕雪儿跟前，接过酒瓶，就在慕雪儿跟前，将酒杯满上了。顺手将自己的酒杯也满上了，笑眯眯地说道："咱们感情深，就一口闷吧，如何？"

看着面前的酒杯，慕雪儿几乎晕倒，讷讷说道："我不会喝……"

"学呗，微积分多复杂的玩意儿，我们也得学会，有机化学多么复杂的方程式，咱们都得背会，喝酒这么简单的事儿，咱们大才女还学不会？"苏灿灿呵呵笑着，转向其他同学："大家说是不是？"

苏灿灿目光咄咄，慕雪儿手足无措。只是苏灿灿的人缘向来不错，张扬的人缘更是好，慕雪儿方才几度挑衅，几位同学都觉得有些看不顺眼，因此竟然没人来帮慕雪儿说话。

慕雪儿终于咬牙站起来，端起酒杯，仰起脖子就喝了下去。然后猛然扑出门去，但还没有等到她扑到垃圾桶边上，就大呕起来。

苏灿灿收回了目光，又给自己倒了一杯牛奶，慢慢地抿起来。

第七章 高考,父亲入狱

同学聚会结束,已经是下午两点。张扬送苏灿灿到了车站,排队去买票,冲苏灿灿挤挤眼睛:"喂,我买几张票?"

苏灿灿怔了怔:"买几张票?我一个人,你买几张票?"

张扬笑着说道:"我在想,过年了,我是不是该陪着你一起去见一回家长……"

"去你的,死开!"苏灿灿横眉怒目,"不会买票,我自己来排队!"

"真是的,真开不起玩笑……"张扬扁了扁嘴巴,很委屈的模样,"好歹我今天纡尊降贵冒充了你的男朋友,让你在慕雪儿面前大出风头,你应该感谢我的……"

"成啊,我感谢你,等下请你去外面吃西北风。"苏灿灿翻白眼,

"你在一群同学面前损坏了我的名誉啊,从此之后同学们都知道我是名花有主!我损失大了!"

"有什么损失呢?"张扬有些不明白,摸了摸鼻子,"哦,你是说,同学们都以为你是我的女朋友,从此不敢来追你是吗?那成啊,咱们索性就做一对吧,你反正没人要了,我就大人大量,随便捡个破烂回家,就当作日行一善了。"

"好吧。"苏灿灿白了张扬一眼,"从现在开始,你的生活费就由我来打理,你每天的行踪必须向我汇报,嗯,每天汇报一次太少了,咱们修改成早请示晚汇报比较好……"

张扬缩了缩脖子:"哦,算了,我很穷,电话费付不起。"

说着话,已经轮到张扬买票了。张扬买了票过来,就前来拎苏灿灿的行李:"走,上车。"

苏灿灿看着张扬手中的票,怒了,站定:"你这到底是什么意思?你居然真的买了两张票?"

"是啊,两张票。"张扬很随意地说道,"我陪着你回大青县。"

"不成!"苏灿灿急了,"你不是我什么人,今天你自己也说了,只是冒充,冒充!"

"当然只是冒充啊,如果真的与你这样的泼妇恋爱,我亏大了。"张扬叹气,"我也要回大青县啊,我父母都去外地姐姐家过年了,我去舅舅家过年……正好与你同车走。"

原来是这样。苏灿灿有些不好意思地笑了笑,随即又反应过来:

"张扬,你给我说明白,什么叫泼妇?"

张扬嘿嘿一笑,说道:"泼妇?你去照照镜子就知道了。"

苏灿灿大怒,一脚踹过去。张扬闪开,笑着伸出手来:"手机给我!"

苏灿灿摸出手机,不解地递过去:"你要给谁打电话?没带手机吗?"

张扬熟练地打开手机,一阵乱摁,接着就听见一阵电话铃声响起来,却是来自张扬身上。将手机递还给苏灿灿,笑着说道:"有事儿电话我,我已经存好号码了。"

苏灿灿接过手机,瞄了一眼,就不由气冲上来,原来张扬居然编辑了一个名字:"可怜的受虐者"。看张扬正在编辑自己的号码,于是一把抢过,却见张扬编辑的是"可怕的虐待狂",于是删除了,给他改成"可怕的女王"。

张扬将苏灿灿送到小区门口。因为苏灿灿严词拒绝,张扬就转身走了。

苏灿灿迈步进了小区,走近自己住的那一栋楼,却听见前面有喧哗声,一大群人在闹纷纷地议论,还有女人的哭泣声,隐隐约约地控诉声。还有李明岚的声音。

苏灿灿不觉发了急,三脚两步就到了楼道口。就听见人群里传来一个年轻女子的声音:"你是苏明德的老婆不?我养的孩子是苏明德的孩子不？苏明德的孩子你不管谁来管？苏明德上了老娘的床，将老娘吃干抹净了，老娘来要几个生活费，有什么过分？老娘好歹也是给你老公生了孩子的人！老娘还没有跟你老公闹，没逼着你老公离婚娶我，我已经是长了一百二十颗菩萨心了，今天来跟你要个100万做生活费，你居然嫌多？"

苏灿灿心中更着急，拨开人群往里面挤。就听见李明岚的声音，声音微微哽咽："李小姐，我丈夫七八年没往家里拿钱了，我哪里来的100万？你要孩子的生活费，我给你，每个月1000也不算少了，你在这里闹，不嫌丢人么？"

"丢人？丢人的是苏明德，丢人的是你李明岚，老娘我丢什么人？不要跟我说没钱，当初苏明德在枕头边上与老娘说明白了，他的存款至少也有两三百万，他在江南市至少有两套房子！你以为将江南市的那套房子卖了，换成这么寒碜的房子，老娘就找不到这里来了？该分给我儿子的，一分钱也不能少，李明岚，你要知道，你没福气，你生下的是女娃，照着老规矩，可是没继承家私的名分！"

苏灿灿已经挤进了人群的中间。就看着楼梯上站着一个染着黄头发的年轻妇女，颧骨很高，嘴唇很薄，脸上抹着白粉，嘴上抹着唇红；穿着一件翻开毛皮衣领的小皮衣，踩着高筒靴子，居高临下，目光凶煞，唾沫横飞。

站在她边上的，是自己的母亲李明岚。李明岚身上只是一件寒碜的棉衣，头发略略有些蓬乱，皮肤暗黄，眼袋很重，与那年轻女人一比，至少相差 30 岁。

苏灿灿看见，李明岚的脸上，有一道很明显的红印子，很显然是手指甲的痕迹。眼睛里微微有些湿润，很显然是被逼得有些哽咽了。

火气腾地就冒上来，苏灿灿伸手，在自己的脚上拔下鞋子，将后跟举了起来，对着那年轻女人，劈头盖脸地砸过去。那女人发出尖利的一声叫，捂着脸就往上面逃。幸运的是她站在高处，苏灿灿站在低处，苏灿灿的鞋子后跟只砸在那女人的肩膀上，并无大碍。

边上看热闹的人，忙七手八脚将苏灿灿拉住。

那女人尖叫道："疯子！李明岚，你的女儿是疯子！"

苏灿灿将高跟鞋放下，照旧穿回去："李小姐啊，我妈妈真够倒霉的，你怎么居然跟她一个姓？不错啊，我是疯子，不过我再疯，也不会与别人偷偷生孩子，更不会干了这么丢脸的事情之后还敢上门来闹事！"

"我要去告……李明岚，你指使女儿打我！让你女儿关进拘留所去！看看将来她嫁得出去不？到时候……看你怎么办！"

那女人捂着肩膀，大声威胁。

却听见外围有人笑着说道："成，就这么办，你只管去报案吧，事实上我早就报案了。"

听声音耳熟，苏灿灿回过头，就看见张扬笑着从人群里钻出来，说道："李小姐，你是想要钱，我建议您还是与孩子的父亲商量比较妥当。今儿个，你还是先回家吧，等警察来了，将你带走过年，那孩子怎么办？"

那李小姐怔住说道："警察怎么会将我带走过年？"

张扬说道："你上门来闹事是不是？你将人家原配夫人的脸都抓伤了是不是？你堵着楼道口，让别人都无法进出是不是？扰乱社会治安，关上个三天，正常不过。好了，你也可怜，还是先回家吧，大过年的，别给旁人添堵了。"

那李小姐低头想了一会儿，竟然低头就往外走了。李明岚的眼泪一串串落下。

苏灿灿扶着李明岚，说道："妈妈，我们先到楼上去再说。"转头看着张扬，略略觉得有些尴尬，却又不知如何安置张扬。

张扬笑了笑，说道："时间不早，我得赶紧去舅舅家了。灿灿，你别和你父亲吵架，都过年了。"

苏灿灿点点头。张扬就去了。

四面的人也已经陆续散去。苏灿灿扶着李明岚上了楼，站在楼梯口，正看着张扬一晃一晃离去的身影。

春节的烟花一朵一朵地在天空里绽放开了，四处都是欢乐的声音，人们将一年的期盼都融进鞭炮声里，于是鞭炮声就没有止息的时候。

苏灿灿家没有放鞭炮。

过年的气氛，沉闷而紧张。

大年夜晚上，苏明德没有回家。次日早上 8 点钟回来，筋疲力尽地向李明岚道歉："总算处置好了，我答应给她 20 万，今后她不会再来找我们……"

李明岚脸上没有什么表情，却说道："大过年的，这些都不说了吧，赶紧过来吃饺子才是正经。"

苏明德就笑，拿过饭盆给苏灿灿盛饺子，问道："灿灿，15 个饺子够不够？"

苏灿灿翻了翻眼睛，没有接苏明德手中的饭盆，自己拿了一个碗，盛了一碗，自顾自地走出了厨房。

苏明德就僵在那里。

然后苏灿灿就笑了："我还是少吃一点吧，给弟弟还有那个来闹事的李小姐多留几个钱吧，好让父亲交代得过去。"

苏明德低声下气地道歉："灿灿，这事儿是爸爸不对，但是他也是爸爸的儿子……"

苏灿灿笑得春花灿烂："是的是的，那是爸爸的儿子，没有享受过多少父爱的，得多关心他一点儿，在他心中留下心理阴影就不好了，所以我说呢，父亲大人您就赶紧走吧，陪着他过正月初一去。"

苏明德将筷子一放，就要生气，但是脸色又松弛下来，渐渐地变成了哀求："灿灿……你与妈妈原谅爸爸吧，就原谅一次……"

"我和妈妈从来也没有责怪过您啊，父亲。"苏灿灿将筷子一放，很诚恳地说，"大家都是成年人了，得对自己的行为负责。妈妈呢就负责将家里的大小事情打理好,你呢就负责将我的那个小妈还有我那个便宜弟弟给安抚好,我呢就负责将学习给弄好。我下午回补习学校去,你们有事儿慢慢商量,放心吧,我再也不会自暴自弃,我会对自己负责的,你们给我付了补习学校的学费,我总得让花出去的钱物有所值才行。"

"灿灿!"李明岚终于发出声音了,"你不要再说了……你爸爸已经很长时间没有去理睬那个女人了,昨天的事儿,真的不是你爸爸的错……"

李明岚泪如雨下。

苏灿灿看着李明岚,倔强地抿着嘴,将脸转过去。

苏明德声音微微发颤了:"我也知道我做得不对……但是我想儿子想疯了,所以就答应她,让她把儿子生下来……我不能让我苏家绝后啊……"

苏灿灿无奈地叹了一口气,说道:"好吧好吧,你说的我都理解,我也不会与你闹事,只要妈妈愿意理解你,我什么事儿都不管。给人家多少钱,钱多钱少,我都没有意见。"

将筷子一放,说道:"我看书去了。"

碗里还剩下三个饺子。

李明岚伸手拉过苏灿灿的饭盆,将那几个饺子拨到自己碗里。

眼泪一起落进饭盆里,和着眼泪,李明岚将碗里的饺子都吃光了,一个都没剩下。

苏灿灿打开了电脑，点开了QQ，给"老羊"发了一个问候的短信。老羊没有在线上。苏灿灿又拿起了手机，却见"受虐者"已经发来了一条短信："收拾好心情，看看窗外，那里有一整个世界的阳光。"

一种浅浅的温暖涌上心头，苏灿灿笑了一下，然后无声无息地落下泪来。

苏灿灿想要编辑一条短信，但是却怎么也不能成文。写了删，删了写，折腾了一阵，她就将短信给删了。

苏灿灿拿起了课本，强行用物理定律和化学公式对自己的头脑进行覆盖安装，将那些乱七八糟的东西覆盖掉。

但是那些乱七八糟的东西就像是一个病毒。苏灿灿花了好长的一段时间修建防火墙，才能阻止那些乱七八糟的东西不停地复制。

耳朵边听见苏明德的声音，向李明岚保证的声音："给了这20万，家中一定能清净了，一定能……"

给了20万，花钱买安静？

但愿吧。

苏灿灿疲惫的身子靠在椅子背上，心中总算有些轻松了。

大年初二的时候，李明岚与苏明德已经言笑晏晏。两人带着苏灿灿乐呵呵地四处拜年。

苏明德与李明岚，他们已经将所有的坏心情都扫进了垃圾桶。

苏灿灿虽然成年，却根本做不到与父母一样云淡风轻。于是她告诉自己说，等自己稍微长大一些，说不定就能发现，这事儿根本一点都不严重。

大年初三的下午，苏灿灿回了补习班。高强度的补习课程，让苏灿灿变成了一个不停录入数据的硬盘，再也没有余力去思想别的事情。

李明岚与苏明德每周都一起来看苏灿灿，两人都笑得很轻松。

随着时间的流逝，电脑教室里的人越来越少了。终于有一天，电脑老师宣布，这是本学期最后一次开电脑教室。苏灿灿上了网，告诉"老羊"：今后我再也不能上网了。

有些不舍，然而又有些轻松。

她想，等高考结束之后，如果"老羊"再次提起见面要求，那就答应了吧。

而老师也在课堂上宣布：有些同学不能全心全意投入到学习中去，拿大把的时间写信。从现在开始，老师会统计每个同学每个月与外界的通信，信件如果很多，老师会扣留一部分。

于是苏灿灿就写信给张扬，说：我暂时不与你通信了，等我考完了再说吧。

张扬回了一封信，很长很长，根据苏灿灿的实际情况，给苏灿灿定了一个很详细的迎考复习表。

苏灿灿就将那封信给收起来，却没有再回信。

第二次高考来了。苏灿灿不止一次地警告自己，如果考不好，那就对不起身后很多凝视的目光。

李明岚与苏明德站在考场外的酷暑里，全程陪考。苏灿灿考完语文，出考场的时候，就看见苏明德那略显苍老的容颜，看见李明岚那略显焦灼的目光。

苏明德就招呼苏灿灿："咱们先去宾馆，吃饭，略略歇息一下……"李明岚着急地打断："语文考得怎么样？"

苏明德忙打断李明岚的话："还能差？灿灿语文是强项！不说这个了，咱们先去吃中饭。"

李明岚略略有些尴尬，忙说道："是我疏忽了，现在的确不是讨论语文的时候。"

苏灿灿看着李明岚和苏明德脸上那讨好的神色，心一点点地松软下来，于是就微笑："爸爸妈妈，你们放心，语文多的不敢说，120是有的。"

李明岚这才欢喜起来，笑着说道："我说嘛，灿灿的成绩怎么可能差？"

苏明德也是欢喜地搓着手。

6月的水泥路上泛着白光，苏明德与李明岚脸上的笑容使苏灿灿眼中的世界变得无比明亮。心一寸一寸地热起来，苏灿灿突然有想哭的感觉。

苏灿灿看着苏明德，又看着李明岚，片刻之后，才很认真地说："爸爸，妈妈，无论过去发生过什么，我都决定，将那些都忘记……毕竟，不管过去发生了什么，我都是你们生，你们养的。我没有资格责怪你们……"

说着，苏灿灿的声音哽咽了。李明岚忙一把搂住女儿，说："我的女儿长大了……"说着话，也是禁不住落泪。苏明德忙笑着说："别说了，别说了，大马路上，给人看着笑话……"

拉着母女二人来到车子上，拿了纸巾，却是先给自己抹眼泪。

苏灿灿的成绩果然很好，总分竟然超过了700分。也就是说，她有大把大把的学校可以挑。苏明德哈哈笑着说道："咱们回江南市，去江南春，给你定最好的酒席！你有哪些同学，全都邀请过来！去年没办成的上学宴，我给你补上！"

苏灿灿第一时间上网与"老羊"通了消息。"老羊"不在，苏灿灿在电脑前坐立不安等了一会子，然后拿起手机拨通了张扬的电话。

张扬的声音很是爽朗："我知道你考了多少分！正要打电话来恭喜呢，我家女王陛下，果然不同凡响！"

苏灿灿笑着骂道："几个月没通话了，就学会贫嘴了！你放暑假了，回江南市了？"

"是放暑假了，但是我没回江南市。接了一点小活，挣一点小钱，正忙着呢！不过女王陛下如果请客的话，我第一时间冲回江南市，保证不会迟到！"

苏灿灿笑骂："就记着吃饭了！成，明天晚上6点，江南春，你赶过来！"

张扬答应了，又笑着问道："你还邀请了谁？"

苏灿灿迟疑了一下，说道："王滢、超然他们几个，我肯定要邀请的。"

张扬朗声笑起来，说道："原来我竟然是第一个受邀对象！太荣幸了，我一定要赶来！"

挂了张扬的电话，苏灿灿拨了梁超然的电话号码。一年没有拨过那个号码，却依然熟悉得就像是挂在嘴边。或者说根本不用动脑子，手指头就记着那几个数字。

初恋是一场洪水，少年男女，只要一个应对不善，就是灭顶之灾。苏灿灿很幸运，她从洪水里钻出来了，但是肚子里鼓鼓胀胀的，时不时涌到嘴边，那依然是苦涩的味道。

摁了8位数，苏灿灿终于又将所有的数字删掉了。

她又摁下了王滢的电话号码，很快就拨通了。不等苏灿灿说话，王滢的声音就响了起来："灿灿啊，今天可以查分数了？你几分？一定很好是不是？"

知道了苏灿灿的分数，王滢哇哇地叫起来："嗷嗷嗷，居然考得这么好！你一定要请客，请我们吃大餐！明天晚上6点？成成成，我叫上超然一起来，你给我们安排好位置！"

终于搞定了，苏灿灿一阵轻松。

苏灿灿的成绩的确很长面子，苏明德与李明岚遍邀当初和现在的同事。苏明德包了车子，将补习班的任课老师全都邀请了过来。苏灿灿也邀请了几个同学，在江南春定下了四桌酒席。

父亲过去的同事来了几个，现在的同事，却大多数都没来。毕竟有些远。那一桌就空荡荡的，苏明德就有几分焦灼起来，不停地出门打电话。

苏灿灿看着父亲的焦灼，有几分好笑，又有几分感动。现在的父亲，就像是一个孩子得到了一样很珍视的玩具，急着向朋友炫耀。

梁超然与王滢没来，苏灿灿居然也不着急。

同学已经来得差不多了，张扬几乎是掐着时间赶来的，赶到的时候还微微有些气喘。同学就打趣："赶着女朋友的宴会，居然还差点迟到！喝酒喝酒，道歉道歉！"

张扬就赔笑："这不是没迟到么？"

李明岚看着个子高大相貌俊秀的张扬，脸上笑开了一朵花："灿灿，那是你男朋友？什么时候的事儿，怎么不说？"

那灼热的眼神让苏灿灿手足无措，慌乱地说道："同学们那是瞎起哄啦，没有的事儿。"

"我说啊，现在你不需要否认了。你年纪也不小了，是该谈恋爱了。你与……超然的事情，是你爸爸耽误了你。现在这个男朋友，在哪儿读书？父母是做啥的？不用害羞……"

李明岚还知道压低声音问，但是苏灿灿已然闹了一个大红脸，赌气说道："不知道！我说过，我们就只是普通的男女同学。"

李明岚低声说道："同学们既然这样起哄了，肯定有他们的道理。优秀的男孩子，要赶紧抓住，不抓住就迟了！"

苏灿灿哭笑不得。

李明岚又忙着招呼张扬："张扬……哎，你是叫张扬吧？过来坐，这边有空位……那边同学多，热闹？灿灿，你过去坐，你来招呼同学……"

张扬看了看李明岚，又看着苏灿灿，略略有些尴尬。

一群同学大笑。

8点已经到了，已经开始上菜。苏明德也不再打电话，于是开饭。

张扬虽然防守严密，但是禁不住同学热情，还是被灌了三杯酒。

梁超然始终没有来。

6点半的时候，梁超然给苏灿灿打了一个电话，说："王滢妈那边突然有急事，要我们两个参加。你这边就不来了，很对不起。"

苏灿灿就很轻松地回答："不来更好，我可以多吃一点儿！"

梁超然的声音有些涩然，说道："我们已经准备出发了，谁知道出了这等事儿。"

苏灿灿笑着说道："好了好了，你就赶紧去做孝顺女婿吧，我这边已经开吃了！"

却听见那边传来一个尖厉的声音："超然，超然，我说你打什么电话，告诉你要与苏家断绝往来……"

正是梁妈妈的声音。

苏灿灿很利索地挂了电话。

一群人正热闹的时候，包厢的门被打开。苏明德已经有了三分酒意，也不看来人，就说道："服务员，再上三瓶红酒……"

苏灿灿的眼睛却是定住。

觥筹交错的包厢里，顿时鸦雀无声。

空气在一瞬间凝固。

进来的是穿着制服的人。

苏明德被带走了。短短几个月，第二次。

生活就是这么搞笑。当苏灿灿认为自己攀上人生的第一座高峰的时候，面前就泼来了一盆冷水，将苏灿灿浇了个透心凉。

苏灿灿这才发觉，自己攀登上的不是高峰，自己站立的位置，是河床的深处。

铺天盖地来的洪流，要将她卷走，要将她淹死，她已经完全窒息。

只是她依然笑着，事实上除了笑，她已经找不到其他的表情。

李明岚瘫倒在地上，同学们在一瞬间做鸟兽散，其他的朋友同事也瞬间星散。几位老师倒是留下来安慰了苏灿灿几句，苏灿灿笑着答应了，很抱歉地向老师们道歉，又手忙脚乱地找了之前联系好的中巴司机号码，拜托张扬将老师们送上了车。

空荡荡的包厢里剩下了无数碗碟，摆满饭菜的碗碟。好几个菜肴还没有动过。李明岚瘫坐在椅子上，好长的一段时间没有声响。

服务员不敢进来，这个包厢一瞬间死寂，成了坟墓。

李明岚的小车停在饭店的停车场里，但是她已经没有开车的力气。

包厢的门开了，张扬进来，他低声问苏灿灿："我叫车，送你们回大青县？"

李明岚一瞬间来了力气，她抓住了张扬的手，急切地说道："没有这个爸爸，我们的灿灿也是很优秀的。"

张扬就微笑着回答："是的，很优秀的。"

李明岚大声说道："她这么好的成绩，一定能上最好的大学，大学毕业，一定能找到最好的工作！一定能……你不要抛弃她，不要！"

张扬看了看苏灿灿，然后很肯定地说："阿姨，你放心。"

苏灿灿看了看张扬，然后看了看李明岚，吸了吸鼻子，说道："妈，没有男人也能生活得很好，你放心。"

那天是张扬送两人回大青县的。苏灿灿想要拒绝，但是看着李明岚的神态，她终究没有拒绝。

苏灿灿从小扮演惯了大姐大的角色，她惯用刚硬的面目示人；但是苏灿灿知道，自己的心底，究竟藏着几分柔软。李明岚是自己的母亲，除了为了男人将自己拒之门外这件事，她终究没有做过任何对不起自己的事情。

李明岚已经倒下，自己就是她唯一的救命稻草。苏灿灿不能拒绝李明岚，当然也不能拒绝张扬。

夏天的夜风很冷很冷，苏灿灿将张扬送到小区门口等出租车。张扬要回舅舅家借宿。

这段路颇为偏僻，偶尔几辆车经过，都打着"有客"的牌子。苏灿灿与张扬说了几句话，终究没有了说话的心思，两人就眼睛看着光洁的路面。

然后苏灿灿听见张扬说道："做我女朋友好不好？"

张扬的声音很轻，在寂静的夜空下却是很响。苏灿灿迟钝地缓慢地转过身，就看见张扬那明亮的双眸。

苏灿灿第一次发觉，原来去除了那嬉皮笑脸，张扬的面孔眉眼，居然拥有一种水墨画一般的意蕴。

昏暗的灯光下，少年的眉眼，黑白分明，灼灼发亮。那里面分明藏着两朵火焰，能将整个世界都点燃。

眼睛中的真诚与恳切，让苏灿灿的心中不由自主地有些发慌。有些面影在心头一闪而逝，她一时不知道该如何回答。

梁超然的面影已经暗淡了，黄天阳的面影却是依然清晰。

在她还没有反应过来的时候，张扬的嘴唇，已经极其温柔地覆上了苏灿灿的面颊。

苏灿灿的面颊是冰冷的，张扬的嘴唇是温热的。当温热的柔软遇到了冰冷的坚硬，一种莫名的痉挛就在瞬间攫取了苏灿灿的心。

很多纷杂的思绪像海潮一般奔涌过来，苏灿灿想要窒息；但是瞬间之后，那些海潮就像退潮一般，退得干干净净。苏灿灿的心脏与大脑，一瞬间都变空虚了，没有思想，不能动弹。

在心脏的深处，似乎有什么东西在动，但是苏灿灿不敢去探究。她就僵硬地站在那里，让少年的手，很温柔地搂住了自己的腰，让少年的双唇，轻轻地吻在自己的脸颊上。

然而这僵硬也只有一瞬。苏灿灿空洞的大脑在一瞬间恢复了清明，她伸手，狠狠地将少年推了出去。

苏灿灿找到了自己的声音。她双手叉腰，斜睨着张扬，鼻子哼哼，笑着说道："你这是开愚人节玩笑，还是落井下石、趁火打劫？"

声音里，却不可避免地带着一点干涩。那是因为现在是大冬天，北风能将苏灿灿的手冻得干裂，苏灿灿的声音难免受到影响。

张扬眼睛中的火焰一闪而逝。他呵呵笑起来，装腔作势地颓丧："我想要落井下石，我想要趁火打劫，想要趁机将你一举拿下。我的确不是好人，幸亏你发现了！"

苏灿灿也笑起来，说道："我是可怕的女王陛下，你如果想要打我的主意，小心吃不了兜着走！"

张扬觍着脸笑了两声，说道："吃不了兜着走，这辈子不用愁。考虑一下，将我列入备胎人选？"

对着嘻嘻哈哈的张扬，苏灿灿沉默了一下，终于说道："我……只能与你做普通朋友。"

她的声音有些艰涩。

张扬动了动嘴唇，终于问道："理由？"

苏灿灿不能忘记，就在那个晚上，就在昏黄的路灯下，少年眼睛里的那抹灰暗的颜色。

那抹灰暗的颜色，是明月里的那抹荫翳，是经霜后的那丛枯草。

苏灿灿的心隐隐有些疼。

苏灿灿看着张扬，声音很轻，很软，却很坚定："因为，我还欠别人一个交代。"

黄天阳不是借口，但是黄天阳也是借口。苏灿灿要给黄天阳一个交代，在给黄天阳一个交代之前，她不能接受其他人。

更重要的是，苏灿灿觉得，自己是再也不可能相信爱情了。

张扬凝视着苏灿灿，苏灿灿看着地上两个人影。

多情的路灯,将两个人的人影拉得极长,并列在一起,显示出一种极其亲密的偎依来。

然后苏灿灿就想起了李明岚与苏明德,他们也曾经是郎才女貌,般配无比。

所以,爱情是不可信的,苏灿灿不能轻易地将自己的心送出去。苏灿灿的心终于再度冷硬起来了,她相信自己没有做错,她相信自己不会后悔。

只是苏灿灿的呼吸依然很艰难。

在一种异样的僵硬中,车子来了。

张扬上了车,苏灿灿上前一步,递了一张20元给了司机,说道:"等下不够,再找他要!"

那司机倒是有些诧异,回头看了张扬一眼。张扬笑着说道:"成,等下多退少补!你先回去吧,外面风冷。"

出租车扬长而去,苏灿灿缓慢而迟钝地转过身。

她并不后悔,只是心有些累罢了。

苏灿灿上楼的时候听见了李明岚的呜咽声。

看见苏灿灿进来,李明岚猛然激动起来,直接就向苏灿灿哭诉:"灿灿,他给了那小三200万!给她买了一套房子,200万!不是20万,是200万!这钱,我一点儿也不知!他不将钱交给我,不将钱留给你,他将钱给了小三!他还说是给了小三20万,跟我要了20万的存折!一转身却被小三给告了……你说这是不是报应?"

苏灿灿一时不知说什么才好。

李明岚说着说着，声音越来越高亢：“我陪着他同甘共苦！我是他的结发妻子！我与他的感情很稳固很稳固，我想什么人都无法离间我们之间的感情……可是他养了小三了，他给了小三200万，我这辈子，也没有见到过200万哪……”

李明岚有些歇斯底里。

李明岚终于有些累了，她放低了嗓音，向女儿述说：“当初是他追我。我那时年轻，很漂亮，他踩着一辆永久牌自行车，载着我在田间小路上瞎转悠。有时路很窄，过不去了，他先将自行车扛过去，再回转身来将我背过去。他说我穿着皮鞋，高跟，不能在泥土地上乱走，小心将脚给崴了，小心将鞋子弄脏了……

"后来你出生了。你奶奶你外婆都生病，又请不到保姆。他亲自服侍我，给我擦身子，喂我吃桂圆汤，给你洗澡换尿布……

"那时他还上着班，在学校里当老师。他一下课就往宿舍里跑，给你把了尿塞上尿布又冲回教室里上课。那日不小心，在自己的身上沾上了你的大便，好大的一片黄色，给学生笑话了很久……

"我能自己下地了，我要自己来。他不肯，他说，娶了老婆就该宠着，得让老婆过上好日子，尤其是坐月子，千万不能落下病根……他服侍我过了120天的大月子啊，我想这个世界上，再也找不到比他更好的男人了，结果十几年过后，他出轨了，他给小三留了200万！"

苏灿灿看着李明岚的脸色，心中涌起一种莫名的悲凉。

原来，所谓的爱情，是世界上最靠不住的玩意儿。

父亲出轨了，养了小三，养了儿子。

母亲也出轨了，在屋子里藏了男人，却将自己的女儿拒之门外。

然后为了200万，母亲歇斯底里了。

苏灿灿想说：大哥别抱怨二哥——但是苏灿灿到底没有说。

至少母亲没有给父亲留下后遗症，这就是区别。

这样的一对怨偶，他们也曾有过海誓山盟，他们竟然也有过甜蜜无比的生活，他们也曾信誓旦旦，不知其返。

还好，我现在还没有谈恋爱，没有因为男人而耗费自己的青春。

苏灿灿再度深深地感觉到，爱情，是人世间最奢侈的玩意儿，我是穷人，我玩不起这种奢侈。

梁超然已经与王滢确定了关系，黄天阳也已经不知所踪。那位嬉皮笑脸的同桌，我们还是做同学，做同桌吧，做关系比较好的朋友也成。

我是苏灿灿，我不需要各种乱七八糟的男女感情。

在这一瞬间，苏灿灿的心变成了坚硬的花岗岩。

苏灿灿打开QQ，在自己的主页里，写了很长的一篇日志。写完之后，她将它设置成"仅自己和好友可见"。

只是没有想到，第二天打开主页的时候，却看见下面有很长的留言。

"吃草的老羊"。

"生活本来就是一个很可笑的玩意儿,它喜欢给有些人锦上添花,却给另一些人雪上加霜。它给一些人灼灼烈日,却将另一些人安顿在阴冷黑暗的角落里。但是生活从来不剥夺人们微笑的权利,也不剥夺人们奋斗的机会。

"我想说,既然阳光不射进自己的窗户,那么就主动将阳光迎接进来。拉开窗帘,推开窗户,如果这还不够,那就伸出手,去触摸阳光。如果还不够,那么就推开门,走到外面的世界,你就会发现,总有些花儿,会对你微笑,总有些阳光,会给你温暖。

"纤雪,当你遭遇苦闷的时候,请别将我忘记。作为一个遥远的网友,我不会干涉你的现实生活,却能成为一个最好的倾听者。你不知道我是谁,你不用担心我会泄露你的秘密,我愿意成为你的树洞,接收你所有的负面情绪,直到我的树冠上,长出羊角。

"我能想象,你这样一个倔强而美丽的女孩,面对这些灾难的时候报以如何凄凉的微笑。是的,我相信,你不会哭了,因为在过去的生活里,你已经学会戴上面具。我想说,在我这里,你无须戴上面具,你想哭就哭,想笑就笑,如果想揍谁,我帮你画个圈圈诅咒他。

"我的生活阅历并不比你丰富,我的年龄也不比你大很多。唯一与你相同的,我也经历过父亲出轨的抑郁。在这方面,我有些经验,我曾经将父亲的小三打得落荒而逃。有空的时候,咱们可以互相交流⋯⋯"

看到这里，苏灿灿忍不住扑哧笑出了声。

然后，泪流满颊。

她没有给"老羊"回话。

默默地关掉了对话框，默默地关掉了电脑，目光却不由自主地转到了窗外。

窗外的阳光很精彩，苏灿灿伸出手去，让阳光落在自己的指尖。

温暖落在指间，苏灿灿感觉到了一种痒酥酥的味道。

灰暗的情绪，慢慢地消散在阳光里。

苏明德被带走之后就再无音信，而李明岚也没有向上次一样到处奔波寻找门路。苏灿灿也无能为力。母女俩的生活非常平静。

在李明岚的坚持下，苏灿灿选了滨海大学，选了计算机系。她的理由是，张扬就在滨海大学计算机系，你也去，将他看住了。再说，当初你也喜欢计算机的，你还在网吧混了很长一段时间呢。

可是，李明岚似乎忘记了，张扬已经极少打电话过来了。

偶尔有电话，那是正常的同学范畴。

那天晚上，苏灿灿上了网。在自己的 QQ 空间里，苏灿灿写道：

"从今天起，我决定，做一个空心的人。

"有心的白菜很容易被人弄死，空心菜被人割了一茬又一茬，却能够越来越水灵。

"这就是空心的好处。

"我已经不敢相信,不能相信,也不必相信所谓的爱情了。在那个男孩将话郑重说出来之前,我先干净利落地拒绝。只有这样,或者还能存留之前的同学情谊,将来也许能有所弥补。

"爱情这玩意儿就像是调料,没有调料只吃粗茶淡饭,人不至于饿死。但是只吃调料却不管米粮,我肯定饿死。

"拒绝所有的可能,从今天开始,做一个空心的人。"

然后,苏灿灿的 QQ 在闪动了。不用看,也知道,那是唯一的 QQ 好友。

"你似乎拒绝了一个很好的男孩?"

"是的。至少现在来看,他很好。"

"至少?……"

"因为,我不知道后面的事情会怎样。也许我接纳了他,将来我们会变成我的父母那样的一对怨偶。"

"你对男人很没有信心。"

"是的。"

"可是,他也许不会像你的父亲那样。"

"那只是也许。我不想尝试,尝试是一件很痛苦也是一件很疲惫的事情。"

"对于这个世界上的男人来说,这真的不是一件好消息。"

"不好意思,如果哪一天你的头顶上长出羊角,请不要怪我。"

……

对话持续了很久，苏灿灿的确将对方当作了树洞。断断续续之间，她向对方讲述了梁超然的故事，讲述了黄天阳的故事，讲述了张扬的故事。

面对着一个从来没有见过面将来也不可能见面的网友，苏灿灿的倾诉毫无压力。

然后她道别，关了电脑。

那天晚上，苏灿灿抱着狗熊抱枕安然入眠。没有任何噩梦，更不曾失眠。

倾诉了一场之后，她似乎真的变成空心菜了。

由于积极退回赃款，苏明德的态度也相当好，因此只被判了5年。苏明德眼泪涟涟地向妻子和女儿道歉，但是李明岚无动于衷，苏灿灿也很冷静。

第八章 大学，崭新开始

面前是一大堆乱七八糟的行李，帮忙接送新生的老生已经离开。正在收拾房间的一个姑娘跳出来："你是我的室友，今年计算机系的最高分，学霸苏灿灿？我叫萧素素，接下来的 4 年，请多多关照哦……"

没有等苏灿灿回答，萧素素又接下去说："我们的运气真的很好啊，今年本科生宿舍不够用，将研究生宿舍安排出 7 个来给我们用，其他几个宿舍都是 4 人一套，我们俩却是两人一套，一人一个房间，听说这是计算机软件自动安排的，说明我们很受计算机欢迎啊……"

萧素素叽叽呱呱说着，一边打开自己的行李："这个给你，我妈买了一大堆水果，也不管我吃得完吃不完，会不会烂，唉，你的行李怎么这么少？我老妈给我装了 4 个大箱子，又不肯开车送我，让我打车费就花了 100 块……"

苏灿灿接过萧素素手中的香蕉，嘴唇边上不由露出一丝笑意："你是蓉城人？开车来江南市，油费加高速费恐怕不止 100 块吧？你打车过来，一百来块，就这么心疼？"

"不一样啊，姐姐。"萧素素扳着手指头计算，"我老娘给了我 1500 元一个月生活费。才这么一点钱！你说在这个城市里，吃一餐就要十来块了，一天三餐，其他费用呢？如果是开车送我过来，那油钱老妈总会自己出……"

苏灿灿忍不住失笑。萧素素的逻辑果然很强大。

时间已经到了 9 月中旬，学校终于开学了。苏灿灿运气果然很好，被分配到了研究生宿舍，两人一个套间，有客厅，有卫生间，甚至还有厨房。就是宿舍管理费贵了一点，一年 4000 元。

苏灿灿付钱的时候就问过那个收费的出纳，询问能否换个宿舍。但是出纳也不知该找谁，建议苏灿灿先将钱给付了，等下找老师咨询了再换。

苏灿灿对宿舍的质量没什么要求，她唯一的要求是便宜一点。

大青县的房子已经卖了，李明岚租了一套 50 多平方米的一居室。因为接下来只有李明岚一个人生活，大了没必要。

苏明德收了人家不少钱。为了求取宽大处理，李明岚努力凑钱，想要补上那个窟窿。那个暑假，苏灿灿就看着李明岚为了钱的事情到处奔波。

苏灿灿的学费，是帮"老羊"打工挣来的，"老羊"接了个活儿，要做一个操作软件，实在忙不过来，就主动来叫苏灿灿。苏灿灿忙活了一个月，终于将"老羊"分过来的任务完成了。"老羊"要给苏灿灿打 10000 元钱，苏灿灿只肯接 3000。

苏灿灿觉得，自己的工作不值那么多钱。而且，自己原先还欠着"老羊"3700 元钱。

直到"老羊"笑着告诉她：给人做软件是暴利，就这么一个软件自己收了人家 5 万元，你做的虽然不是关键技术部分，但是也至少承担了将近四分之一的工作。

苏灿灿这才答应下来了，却要"老羊"只给自己打 7000，因为她卡里还留着"老羊"曾经打给自己的 3700 元。

现在，苏灿灿的手里，只有 10000 元钱。交了学费和住宿费之后，还剩下 2200 元。这还是因为苏灿灿高考成绩优秀，学校免除了一部分学费做奖励的缘故。

李明岚说过一阵发工资了就给苏灿灿打钱过来，苏灿灿笑着拒绝了。

她已经成年，她得想办法养活自己。

只是这里住宿费真的太贵了。

只是看着萧素素那粉嘟嘟的娃娃脸，忍不住想要与她多说两句话。

萧素素说完了，又笑着问道："你家里给你多少钱一个月？"

苏灿灿笑了笑，说道："我妈妈比你妈妈还小气一些。"

"也这么少？"萧素素叫起来，说道，"没办法了，接下来我们每天吃食堂吧，我已经去食堂看过了，一荤一素一汤就是寒碜了一点，只要6元钱，我们还能省下一点钱买衣服和化妆品。"

苏灿灿笑了笑，走过去帮萧素素塞被子。

萧素素又说道："你快点收拾行李，我过来帮你！收拾好了咱们去计算机房看男神去，滨海大学第一校草就在咱们计算机系，那男神可帅了！"

苏灿灿忍不住问道："你对学校这么熟悉？"

"当然熟悉，我决定报滨海大学就因为这儿有我心目中的男神。"萧素素已经将棉絮塞进被子里，努力想要将被子抖平整，但是她没力气，总是抖不开，"滨海大学的贴吧和本校论坛上，本校的十大校草名单都挂着呢，其中第一校草，那个帅啊，让人看着都想流口水。更难得的是这么帅的男神，竟然是学霸，一年来两次考试都霸占着计算机系的专业课第一名，真可谓是才貌双全！"

苏灿灿就接过她手中的被子，笑着说道："光抓住两个被子角可不成，得将几个被角都对齐才成。"

终于将两个被子弄好了。萧素素将被子往床上一抛，说道："赶紧去弄你的被子，弄好被子咱们去看男神去。"

两人正说着话，却听见外面传来说话的声音："灿灿，你是在这里吗？"

苏灿灿却怔了怔，应了一声，走出去开门，门推开了，进来的竟然是张扬,后面还跟着梁超然和王滢。男生是不能进女生宿舍的,但是今天是新生开学第一天,宿舍大门敞开。

王滢笑着说道:"灿灿啊,这就是你不对了,我们都知道你是今天的车,所以张扬一早就给你打电话,你都没回。"

苏灿灿怔忡了一下,忙去摸手机,说:"打电话来的时候我正在车站。嗯,后来这个电话,我正在报名处,所以都没听见。"

王滢翻了翻白眼,说道:"没听见?我看你是进了大学,看见无数花花草草,心动了,打算将我们可怜的张扬给抛弃了,所以不接吧?不接张扬的也罢了,怎么连我的也没接?不要告诉我,那时你也在车站。"

苏灿灿就苦笑:"王滢,是我不对,我对不起女王陛下,女王陛下大人大量,饶过小的一回可好?"

王滢看着地上:"哪些行李是你的?来,我帮你铺床,超然,你去打水洗抹布,张扬,你去扫地,先将里面那个房间扫出来再说!"

梁超然与张扬答应了。

萧素素走出自己的房间,看见客厅里站着的三个人,略怔了怔。王滢这才笑着对萧素素说道:"你是灿灿未来4年的室友?我叫王滢,是灿灿的死党。灿灿这个人平常做事就少根筋,麻烦你帮忙照顾照顾了。"

王滢一边笑着,一边指着地上的行李问苏灿灿:"这只箱子我认得,肯定是你的,那些是不是?来,我帮你搬进去。"

苏灿灿看着王滢，终于说道："王滢，你别忙，我打算找学校换个宿舍。"

一群人都是怔住。张扬问道："这宿舍不好？"

王滢却很快明白过来，说道："我知道了，这个宿舍比平常的4人宿舍要贵得多。你家里又遇到这么个事儿，这钱就成问题了。要么这样吧，你就在这儿住着，这钱我来出。"

苏灿灿忙说道："这怎么成！"

王滢笑着说："有什么不成的，我们一起长大，你父亲又遇到这么个倒霉事儿，我听说，是5年？等出来，公职也丢了，你家的生活一时半会儿总有些拮据。我们是铁姐们，帮你一把也是应该的。"

边上的萧素素听见王滢的话，不由将眼睛转向苏灿灿。苏灿灿略略有些不自然。

她认为自己已经习惯父亲入狱这一事实了，但是等王滢聊起这件事的时候，心中还是有些疙瘩。

梁超然脸色一沉，叫道："王滢！"

王滢抬起眼睛，说道："超然，我说错话了么？灿灿，你别误会，我没看不起你的意思，我是说，你家里困难，我想要帮你。"

梁超然说道："我知道你是好意，你少说两句，没人当你是哑巴！"

王滢眼睛里冒出了眼泪："我知道，我就知道，你就嫌弃我话多，嫌弃我不如灿灿漂亮，所以你当着外人的面来凶我，你既然后悔了你干吗要与我订婚？"

苏灿灿忙说道:"王滢,别这么说,超然不是这个意思。"

王滢抹了一把眼泪,哽咽说道:"不是这么一回事是怎么一回事?本来你来了,我们又聚在一起,大家高高兴兴的,谁知道,没三分钟就开始凶我,你……"

王滢说着,转身就往门外冲出去了。

梁超然就僵硬在那里。

张扬忙推了梁超然一把,说道:"还不赶紧追过去?"

梁超然看了苏灿灿一眼,苏灿灿说:"超然,我没事,我知道王滢不是故意的,你还是去追王滢吧,别让她心里留下疙瘩。"

梁超然这才转身追出去了。

张扬对苏灿灿笑了笑,说:"学校的4人宿舍是不错,但是声音太嘈杂了一些。我原先也是住在4人宿舍里的,但是学习做作业做软件什么的,总是受影响。所以前一阵还是到外面租了房子,房租很贵,也没办法了。你女孩子,到外面租房子不安全,所以我想,还是住在学校的宿舍里好一些。这研究生宿舍,你退掉太可惜了。"

苏灿灿咬了咬嘴唇,说:"可是算下来每个月要400元。"

张扬说:"每月400元,与外面一比,那是便宜多了!钱总能解决的,我知道你学过程序设计了,等下我帮你去看看,有没有勤工俭学项目,其实如果肯干,项目挺多的。住宿费既然已经交了,生活费总不成问题,有我们在,总不会饿着你。"

萧素素跳过来,笑着说:"真没钱,我这室友还能看着你挨饿啊,你别担心啦,你学过计算机了?等我跟不上的时候一定要教教我。"

说着,拿起抹布去帮苏灿灿整理房间了。

苏灿灿叹了一口气,说:"那就先住着吧。"

收拾好,张扬带两个人去食堂吃饭,又带着两个人走了一遍操场、教学楼和图书馆,然后带着两人去了计算机房。

机房里黑压压一群人,全都是男生,却是静悄悄的,只听见敲击键盘的声音。只是看见张扬带着两个姑娘进来,一群人的眼睛都转过来,目光就集中在两人身上。就有一个青年涎着脸凑上来:"扬哥啊,哪位是嫂子?话说扬哥,另一位非嫂子的美女,能介绍给我不?"

没见过这等阵仗,苏灿灿有些愕然。她在张扬这些熟人面前恶形恶状的,但是却从来没有见过在陌生人面前这么放肆说话的。

张扬嘿嘿一笑,伸手打了那青年一个爆栗,说:"一边去!别胡说八道吓坏了人家新生!"转头对苏灿灿两人说道:"你们也别不好意思,我们计算机系阳盛阴衰,这些人看见女生就走不动道路,今后你们还是得小心一些。这是罗浮,广东人,已经大二了,计算机水平还可以,有问题可以找他。"

"扬哥,我的水平也不错啊,帮我介绍一下?"

"两位师妹,本人性别男,年龄22岁,就读于滨海大学计算机系,无不良嗜好,擅长陪美女逛街,也擅长帮美女打跑小流氓。"

"两位师妹,本人英俊潇洒,勤奋好学,风趣幽默,被同学誉为超越周星星的超级笑星,如果你想寻找快乐的话,请千万别忘记本师兄。"

"两位师妹，本人……"

苏灿灿与萧素素两人，由非常诧异变成目瞪口呆，由目瞪口呆变成忍俊不禁，又由忍俊不禁变成捧腹大笑。

张扬无奈地对两人说道："千万别吃惊，我们系的男生嘴巴上胡说八道，人却都是挺好的。"伸手对罗浮说："将上机卡拿两张过来。"

罗浮嘿嘿一笑，说："这本来是要上了第一堂计算机课后才能给的，但是扬哥发话，哪能不给？"

走在回宿舍的路上，萧素素小声地问苏灿灿："灿灿，那张扬是你的男朋友？"

苏灿灿坚决地摇头："不是。"

萧素素眼睛蓦然发亮："你确定肯定以及一定，他不是你男朋友，将来也不会变成你的男朋友？"

苏灿灿叹了一口气："你到底要说什么，先说明白吧。"

"你居然不喜欢张扬，你居然不要他做男朋友？让给我好不好？你知道学校论坛上怎么评价他的吗？'谦谦君子，温润如玉'，身高186，体型匀称，堪称完美，名列校草榜第一名，至今单身，未曾与任何女性传出绯闻，最是洁身自好，是我们滨海大学4个校区的无数女生的梦中情人……"

苏灿灿无奈地翻翻白眼。谦谦君子，温润如玉？给张扬下判语的人，肯定是一个瞎子。

萧素素的眼睛继续发亮："你是他的老同学，正所谓近水楼台先得月啊，你居然不喜欢他？听我说，女追男，隔层纱，你快快动手，你如果不喜欢他不要他就将他介绍给我，我立马发动攻势……"

"停停停。"苏灿灿打断萧素素，"既然他是无数女生的梦中情人，那么一定有无数女生给他发广告单子——也就是送情书，无数女生会制造无数的偶遇机会，无数女生会发动攻势。你确定他在这样的情况下还能洁身自好？如果他真的是洁身自好，你确定果然是女追男隔层纱？"

萧素素被苏灿灿一堆反问弄得兴致缺缺，嘟囔说："就是会扫人兴致！"嘟囔完了，又来了兴趣，问道："你有男朋友了没？这么帅的帅哥，你都无动于衷，一定是有男友了？"

苏灿灿无奈地叹气，说道："我没有男朋友，我也不准备谈恋爱。不过对于拉皮条，我也不大感兴趣。走吧，该去食堂吃晚饭了。"

苏灿灿真的没有想到，在这个陌生的大学里，自己居然这么快就出名了。

就因为自己是计算机系新生里稀少的女生之一？就因为自己拒绝了几个男生的示爱？还是因为张扬与自己偶尔有些接触？

反正很没理由。两周不到，自己竟然就有了一个外号叫"冰美人"。自己很美丽吗？

苏灿灿照照镜子，齐耳短发，五官端正，也就这样了。那群男生，是什么审美？

国庆节，照例是长假。张扬帮苏灿灿找到了一份商场里卖电脑的工作，苏灿灿一早就起来，还没有下楼呢，就听见下面传来女生们叽叽喳喳的声音，似乎有什么热闹的事儿。

她也没有在意。

萧素素却是忍不住往下张望了一番，笑着推搡苏灿灿："快下去，有热闹！"

苏灿灿听见下面又爆发出一阵喧哗声，不由笑道："什么事儿，这么热闹？"

萧素素笑着拉过苏灿灿，说："往下面看看就知道了！"

苏灿灿就将头探出去，不由目瞪口呆。

下面是一地的鲜花，还有一群呐喊助威的男同学，边上还有几个拿着鲜花的女生，看样子是啦啦队。

这些都是次要的。重要的是，地上的玫瑰花摆成了几个歪歪扭扭的大字：苏灿灿，我爱你！

中间还有一个大大的心形图案。

浪费了多少玫瑰花？字还这么难看。苏灿灿皱了皱眉，却听见下面爆发出一阵欢呼，接着是一个男生高声喊嚷："苏灿灿，我爱你！"

苏灿灿看下去，终于找到人群正中的一个男生。一身西装，身材臃肿，满脸痘痘，这也罢了，最关键是苏灿灿不认识这个人啊。

下面一群人尖叫，一群人鼓掌，这边的窗户全都打开，无数女生的脑袋钻出来。

萧素素笑着推苏灿灿:"好浪漫的场面啊,灿灿,快下去看看。"

苏灿灿皱眉,说:"浪漫?我看是浪费。"

下面又传来一波接着一波的叫喊声。

萧素素笑得直不起腰,说道:"除了外形不大雅观之外,其实徐远志的其他条件很不错的,据说家里开了一个大公司,很有钱。与他谈朋友,你的生活费问题就解决了……"

苏灿灿白了萧素素一眼。

萧素素笑着说:"别急着下去,咱们要拿架子。不管答应不答应,该拿的架子,一个也不能少。"

苏灿灿叹气:"你谈了几次恋爱了?好像很有经验的样子,有空我将这事儿说给张扬听。"

萧素素翻了一个美丽的白眼,不说话了。

苏灿灿利落地收拾好东西,噔噔噔下了楼。前面传来一阵喧哗声,一群人簇拥着那位男生过来了。

苏灿灿抬起眼睛:"同学,请让道。"

徐远志嘿嘿一笑,将手里的玫瑰花送过来:"灿灿,我喜欢你,答应我,与我在一起吧。"

苏灿灿后退了一步:"同学,我们好像不熟。"

徐远志嘿嘿笑道:"从今天起我们就熟了,我叫徐远志,江南市市中心的最大的那个商场就是我家的,我的电话是……"

苏灿灿笑容清冷，问道："你的电话，我暂时不想记，我想知道，你的高考成绩是多少？你上学期的期末成绩是多少？是否是学生会的优秀干部，是否是学校的奖学金获得者？还有，你的三围是多少，体重是否超标？"

徐远志怔了一怔，吃吃地问："这很重要吗？"

苏灿灿微笑着，但是笑容上却像是蒙上了一层薄霜："同学，我并不准备谈恋爱，如果你符合我的要求，我想，咱们可以直接去结婚。为了孩子考虑，我希望丈夫身体健康、体重正常，希望丈夫的智力相对同龄人要稍稍高一些，所以我要盘问您的高考成绩，盘问您上学期的期末成绩。希望你如实告诉我，如果合适的话，咱们可以直接拿上身份证去民政局登记。这么多的同学，都可以做咱们的证婚人，今天 10 月 1 号，正是好日子。"

苏灿灿的笑容很美，徐远志的声音有些结巴："这这这哪里有直接结婚的……"

"既然你不打算与我结婚，那么请让路。"苏灿灿伸手，将面前的青春痘推开，"我要做事去了，麻烦您去找别人尝试着玩这种过家家的游戏。"

已经处在半石化状态的徐远志，愣愣地后退了三步，眼睁睁地看着苏灿灿走出人群。

苏灿灿目光转过，却不由微微一怔。

对面的树荫底下，站着一个穿着白色衬衫的青年。他的目光凝视着自己这边，眼神中似乎有话，但是他毕竟不曾上前。

梁超然。

目光里隐藏的阴郁，就像是一种浓稠的酱汁。那种极重极重的忧伤，直接冲击着苏灿灿的视线，冲击着苏灿灿的味蕾，深入苏灿灿的肠胃，一瞬之间就攫住了苏灿灿的心脏。

苏灿灿以为自己已经将他忘记了，以为自己已经将他列为路人甲；但是看到那个眼神，心中还是忍不住微微有些战栗。

梁超然的手，死死地抓着树干，手指甲抠进树皮里，骨节分明的手，似乎有些痉挛。

看着那双手，苏灿灿瞬间清醒过来……我不应该失态。苏灿灿告诉自己。

苏灿灿收拾好表情，对梁超然微笑了一下，毫不迟疑地转身，走向另一个方向。

前面响起了噼里啪啦的掌声，苏灿灿抬头，就看见了张扬，靠着一辆自行车，站在路边上。

张扬笑着迎上来："好生精彩，我本来已经做好打算前来委屈自己一把，冒充一下你的男朋友帮你赶走他，却不想女王陛下毕竟是女王陛下，三下五除二就将事情给解决了。我已经借好自行车了，我们一道走？"

苏灿灿翻翻眼睛："不用了，您是人见人爱花见花开的第一校草，我只是一个寻常的小女生，我们一道走，我岂不是成了无数女生的眼中钉、肉中刺？我一个人去就成了，您忙您的去。"伸手从张扬手中拉过自行车，飞身上去，就骑远了。

日子就像是指缝之间的沙子，苏灿灿也努力地想要握着，但是手指缝之间却依然是渐渐地空虚了。

在萧素素与一个又一个男生接触的时候，她忙着在商场里推销电脑；在王滢与梁超然忙着花前月下的时候，她在计算机教室里写代码。甚至连寒假，她也没回家，坐在自己的电脑跟前，孤单地完成"老羊"分给她的一些任务，孤单地看着外面的漫天烟花，听着外面的鞭炮轰鸣。

计算机系的那群男生暗中比赛看谁先能将她约出来吃饭，但是谁也没有成功。也有很多男同学特意打开她旁边位置的电脑，想要趁机与她说几句话，但是很失望，苏灿灿的回答往往只有几个字，脸上依然是笑容，但是那笑容清冷而疏远。

当苏灿灿不忙着写软件的时候，她也会打开 QQ。那唯一的好友依然守在她的好友列表里。"老羊"再也没有提起见面的要求。两人有时会讨论一些计算机方面的知识，有时也会谈一些生活琐事，有时就是两句没有味道的对话。"老羊"有时也会主动询问苏灿灿有关钱的事情，有时也会给苏灿灿转几百元，然后让苏灿灿帮忙解决某个软件的一些琐碎工作。

这是一种奇妙的感觉。物理距离极其遥远，心灵的距离却是无比接近。物理的距离让苏灿灿感觉到无比安全，心灵的距离让苏灿灿感觉到无比温暖。有时，苏灿灿忍不住想，上天对自己，到底不算十分苛刻。

只是有时还是隐隐有些不安。苏灿灿不知道自己这般心安理得地享受着"老羊"的照顾，是不是错了。因为她有时抬起眼睛，就看见隔着不远的距离，有一个埋头写代码的人。

张扬的身边，永远不缺乏前来献殷勤的女人。张扬曾经笑着将一大沓情书拿到苏灿灿跟前，苏灿灿拿着，一字儿摊开，扫了一眼，笑着判断：这个不好，字儿太小家子气，将来肯定很会管钱；这个也不行，写字张牙舞爪的，性格肯定放得很开，说不定很会吵架；还有这个，字迹小心翼翼的，肯定是一个胆怯的，那可不是贤内助……

然后张扬就笑嘻嘻地说："我也知道，最适合的贤内助应该是你。你年龄也到了，我年龄还差一点，要不，过几天咱们就结婚去？你说过，不恋爱，直接结婚的。"

苏灿灿就恶狠狠地瞪了张扬一眼。

张扬缩了缩脖子，乖乖闭嘴。

看着张扬那埋头写代码的情景，苏灿灿不由想起了另一个人。一年半的时间转瞬即逝，他的手指一定好了吧，不会留下后遗症吧，他是写代码的，手指的灵活性至关重要。

我还欠着他一个交代。

至于怎么交代，苏灿灿真的没想明白，她只是固执地记着，自己还欠着他一个交代。

苏灿灿收回了思绪，却听见了计算机房门口高跟鞋的声音。她不由皱了皱眉，却没有抬头。

这是计算机系的机房，计算机的配置特别好，其他系的人，不能来这儿上网。

所有计算机系的学生，都知道进机房要安静。整个系也就十几个女生，谁会踩着高跟鞋来这儿？

然后苏灿灿听见了王滢的声音，略带哽咽地说："灿灿！"

苏灿灿吃了一惊，才抬眼，就看见王滢站在门口，纤瘦的身子，就像是一阵风就会吹折了一般；苍白的面容，就像是覆上了一层薄雪。苏灿灿急忙将手里的东西保存了，点下了关机键，三脚两步奔到门口，问道："王滢，出了什么事儿了？"

王滢吸了一下鼻子，说："灿灿，超然变心了！"

苏灿灿看了一下机房，说："我们到外面没人的地方说。超然与你也算是青梅竹马，怎么可能轻易变心，你肯定是弄错了。"

想起那天树荫下的那个眼神，苏灿灿隐隐有些不安。

王滢抽泣着说："我今天去他宿舍，帮他整理床铺，看见他的枕头底下，藏着一大沓信封，信封上没写字，但是很显然里面全都是信。我就抽出一封来，抖出一张，那是超然的字，上面就写着'我想你'、'我梦中也想着你'、'我永远忘不了你在月光下的那个眼神'、'那一记拥抱，让我闻到了你身上的香味'……这不是情书是什么？

我还要看看前面的名字,可是超然进来了,劈头盖脸就骂我一顿!我要与他绝交,我不嫁给他!"

苏灿灿的心沉了沉。她定了定神,说:"你先别急着哭。我去找他,要他给你一个保证。你们都订婚了,他要变心,叔叔阿姨也不会答应呢。"

苏灿灿拉着王滢的手冲进了男生宿舍。与很多大学相同,男生不许进女生宿舍,但是对于女生进男生宿舍,却没有很多限制。在一群男生的口哨声中,苏灿灿推开了梁超然宿舍的门。

宿舍里只有梁超然一个人在。

苏灿灿双手叉腰:"超然,你到底是怎么一回事?你不许欺负王滢,知道不知道?"

王滢站在苏灿灿的后面,泫然欲泣。

梁超然看着苏灿灿,眼睛里有几分阴郁。片刻之后他才说:"我没有欺负王滢,是她乱翻我的东西。"

"你有胆子啊你,敢跟我顶嘴?"苏灿灿伸出手指,直接就点到梁超然的前胸,将梁超然一把推开,"信呢?都拿出来,给我看看!"

梁超然的脸几乎要拧出水来,片刻之后才说:"那是帮同学写的情书,不好给你看。"

王滢尖声叫道:"超然,你的作文也就这么一个水平,你以为我不知道?帮同学写情书?哪位同学会请你帮忙写情书?"

梁超然面色有些阴冷,看着王滢,说:"同学隐私,我不能说。"

王滢嘤嘤地哭起来。

苏灿灿突然觉得，自己是做错事了。有些疲劳，她伸出手："将那些信拿来，给我一把火烧了。王滢，不管那些信是帮谁写的，咱们一把火烧了，再也不追究，好不好？超然，你也向王滢做个保证，保证不变心，好不好？梁超然，你是脑子退化了还是突然进水了，为了这么一封信，连青梅竹马都不要了！"

梁超然面无表情地走到箱子跟前，拿出钥匙，从箱子里翻出了一沓白色的信封。

厚厚的，像是握在手中的一摞雪，冰得梁超然的手指也泛着青色。

右手掏出一个打火机，直接点在那沓信封的最下角。

信封很厚，信也很厚。火焰蜷缩着，极其痛苦地向上攀缘，慢慢地，慢慢地往上吞噬着。

梁超然的眼睛，浓郁得就像是外面的夜色。

苏灿灿猛然之间觉得非常疲惫。她知道自己做了一个类似傻瓜的角色，但是这却是自己最好的做法，不是吗？

没有爱情，更不需要爱情，更何况……苏灿灿认为，自己与梁超然之间，应该已经云淡风轻，没有牵系了。

苏灿灿不是拖泥带水的人。

于是苏灿灿就转身离去了，让这对小情侣自己言归于好吧。

后面响起了王滢带着哭腔的声音："超然，你放手，你放手，都烧到你的手指了你知道吗？"

第九章 弟弟，母亲托付

"今天做了一回傻瓜，挺抑郁的。"

"哦？"

"没有什么，就是逼着一个朋友烧了一堆情书，一堆没寄出去的情书。"

"听起来似乎挺奇怪的。你逼人家烧情书？"

"因为那些情书极有可能是写给我的，就是他不敢寄出而已。"

"后悔了？"后面是一个戏谑的表情。

"没，我是空心菜，但是感觉依然很不好。"苏灿灿轻描淡写地将事情说了一遍。

"你那同学，估计不是一个好相与的人。"

"不要说我朋友的坏话，她是受害者。恋爱中的女人总是那副样子的，不怪她。"

"你是圣母，好，不怪她。反正你是空心菜，你没损失。"

"得了，话不投机半句多，我睡觉去了，明天有8节课呢。"

苏灿灿说着，很利落地关了电脑。

王滢的生日到了。

王滢邀请了一大群同学去喝酒，唱歌。有新同学，当然也有老同学，苏灿灿是她的闺密，当然也在受邀之列。

张扬没来，王滢那群新同学，苏灿灿一个也不认识。她有些无聊地端着一杯红酒坐在角落里，耳边却隐隐约约听见那边角落里两个女生正在低声谈论："就是她……果然很漂亮，冰美人……""可惜了……""父亲是个坐牢的，也就这样了……"

苏灿灿的脸色阴沉下来。那低头谈论的一个女生偶然抬起头，看见了苏灿灿的眼睛，不由吃了一惊，像是受惊的兔子一般，伸手就捂住了同伴的嘴。

苏灿灿深深吸了一口气，放下手中的酒杯，走向走廊尽头的厕所。

走廊的尽头有些幽暗。苏灿灿上了厕所，洗了手，又擦了一把脸，正准备离开的时候，身子却一下子被人从后面抱住了。

如受雷击，苏灿灿的身子就僵硬在那里。

面前的手，牢牢地锁住了苏灿灿的前胸。苏灿灿看着那双手，白皙的手，骨节分明。

苏灿灿找到了自己的声音，说道："梁超然，你放尊重一些。"

"我……不放手，我不……放手！"梁超然的声音有些大舌头，但是他的声音却是非常坚决，"我不放手，我真的不放手，我一放手，你就消失了……"

苏灿灿站着，声音冷厉："你放手，你喝醉了。"

"我喝醉了，我是喝醉了……我明明喜欢的是你，也明明知道你喜欢的是我，我为什么鬼迷心窍去向王滢求爱？我喝醉了，我很后悔，灿灿，原谅我……"

梁超然的声音渐渐含糊，他的声音哽咽了："我错了，王滢及不上你，及不上你的一半，可是我却让你伤心……你应该是我的，我写了很多信想要向你道歉，可是我一封信也不敢寄出去……结果你将我的信，你将我的心全都烧了，一把火烧了，火焰烧伤了我的手指，也烧伤了我的心，你知道吗……"

苏灿灿再不迟疑，脚对准梁超然的脚背，狠狠踩下去。踩下去的时候，心神微微恍惚了一下——过去的几年里，与张扬嬉闹的时候，曾经踩过他无数次。从来没有顾忌张扬会不会受伤。

自己却从来没有碰过梁超然。自己总是将梁超然看作珍宝，自己就像是屏风一样为他遮风挡雨，就像是老母鸡一般护着他。

但是苏灿灿到底踩下去了，又准又狠。这一动作干净利落，那是因为熟能生巧。

梁超然脚背上吃痛，手就放开了。苏灿灿拔脚就往外面跑。

后面传来呜呜咽咽的哭泣声，接着传来了干呕的声音。苏灿灿站定了脚步，叹了一口气，回转身，看着趴在洗脸台上呕吐的梁超然。

中午吃的东西已经呕光了，梁超然现在在呕吐的是清水。苏灿灿这才发觉，梁超然今天中午简直没吃什么东西，估计是光喝酒了。难怪他酒醉得这么厉害。

等梁超然的呕吐告了一个段落，苏灿灿就将自己的手拎包里的纸巾递过去。梁超然打开水龙头，胡乱擦了一把，才接过纸巾，擦了擦嘴巴，声音却有些干涩："我……喝醉了，对不起。"

苏灿灿看着面前的人。面前的人，眼睛似乎已经恢复了清明，他依然有些大舌头，但是语气已经恢复清淡自然。于是她微微笑道："你没事了吧？没事，就自己回包厢吧，我先回学校了。"

苏灿灿转身离去，然而就在转身离去的瞬间，她从镜子里看到，梁超然用手抹去眼角的泪水。

苏灿灿悠悠地叹了一口气。

苏灿灿往前走，皮鞋在寂静的走廊里回响，她的心情，也有些寂静的忧伤，还有一些寂静的轻松与淡然。

被梁超然这么纠缠了一通，自己竟然没有其他多余的感觉。

梁超然这个名字，曾经是一根卡在自己咽喉里的鱼刺。自己虽然能够顺畅地呼吸，但是每吞下一口水，都会隐隐生疼。

现在，这根鱼刺终于软化了，落下去了，消化了。从此，自己的生命，与梁超然的生命，已经被拉扯成两条平行的直线，两人或者还会接近，但是再也不会有交集。

结束了，忘记了，抛开了。忘记梁超然，我的世界再度纯净成一张白纸，我可以随意在上面描画。

前面出现了张扬的身影，他的脸色略略有几分着急，说道："灿灿，你的手机是不是欠费停机了？"

苏灿灿点点头，说："昨天停机的，我还没来得及去缴费，怎么了？"

张扬说："阿姨打电话过来，很着急。"

看着病床上的李明岚，苏灿灿只觉得浑身一下子失去了力量。但是看着身边那个怯生生的小男孩，苏灿灿告诉自己：必须坚强。

李明岚患了肝癌，已经到了晚期。单位每年做一次体检，但是前年春天操心着苏明德的事儿，就没有去；去年春天操心着要去看被关在补习学校里的苏灿灿，也没有去。

她根本没有想到，短短两年的时间，一颗恶毒的种子，已经在她的身体里，生根发芽，不能去除。

等今年春天李明岚终于想起有体检这么一回事的时候，她的肝脏已经面目全非。她这才后知后觉地想起来，最近这三年里，她的身体出现过很多不适症状。

苏灿灿想起了一句老话：怒伤肝。

小男孩怯生生地躲在病房的一个角落里,一双清澈的大眼睛里闪烁着惶恐。张扬弯下身子,小声地询问小男孩一些问题,然后拉着小男孩的手出去了。

苏灿灿在母亲的床前坐了下来。外面的阳光太耀眼了,晃得她眼花。她轻轻地伸手,将被子拉高一些,好盖住母亲的手,却不想李明岚的眼睛,一下子就睁开了。

"对不起。"李明岚的声音很苍老,"我……要死了,你的弟弟也要交给你。你弟弟体弱多病,这阵子经常发烧,你多看着他一些。"

"不许说这个,妈,不许说!我不会帮别人养孩子的,您……得自己活下来……您怎么将自己的身子折腾成这个样子呢,妈……"苏灿灿的声音哽咽了,但是她倔强地将眼泪留在眼窝子里,不让它滚落下来。

"那个李小姐带着孩子来见我,说那 200 万给法院追回了,她也不要这个孩子了,问我要不要。我当然要,这毕竟是你爸爸的骨肉啊……只是我没想到,我只能将这个孩子交给你。"李明岚虚弱地笑着,"好在我看病的钱基本上是公家的,不会欠下很多。银行卡里还有两万多块钱,能帮你支撑一阵保姆费。那个小房子我退租了,有些杂七杂八的东西,先搬到小姨的乡下屋子里去扔着。好在你爸爸过两年也就出来了,我上次去看他,他说他被减了三个月的刑……"

苏灿灿的眼泪终于滚下来:"不许说了,妈!"

"我知道……你怨恨妈。妈给你丢了脸,妈将男人留在自己家里,将女儿关在门外……从那天起,你心里一直有疙瘩。但是无论怎么怨恨父母,你都不要怨恨你弟弟,他才5岁,什么都不懂……"

"你不是不爱苏明德吗,你还为苏明德拼死拼活!"苏灿灿哽咽了,"为了一个不爱的男人,你付出这样的代价……你说你值吗?"

"灿灿……妈妈是一个死心眼儿的女人。当初苏明德将我背过那段田埂路的时候,我就想,我这辈子就是他了,我就吊在他身上了。但是我没想到我没变,他先变了。但是我总相信,他会回来的,他终究会回来的……"

对上苏灿灿那质询的眼神,李明岚喘了一口气,说:"那个男人……说只要我陪他一次,他就帮苏明德压下那件事。那时我是急病乱投医了,就答应了他。只是没有想到,当时事情是压下来了,但是没多久又爆发了。如果知道后面的事儿,我一定不会……灿灿……妈妈不是随便的女人,真的不是。"

李明岚的话,在苏灿灿的头脑里轰隆隆作响。

病床上的李明岚,眼神清澈而坦然。

那种清澈与坦然在一瞬间颠覆了苏灿灿所有的认知……她失重了,她旋转了,她的血液往头上涌,她的头脑里一片眩晕。

李明岚竟然是爱着苏明德的,她为了苏明德而出轨……李明岚和苏明德的感情,到底算不算爱情?

这个问题太艰深了,苏灿灿不能回答。

很久很久,苏灿灿才问道:"妈妈……您后悔吗?"

"怎么说呢……灿灿,你已经长大了,你已经恋爱了,你应该知道,男女之间,相互付出,那是不计较任何代价的……没有什么好后悔的,灿灿。"

三天之后,在苏灿灿伏在母亲的床沿打盹的时候,李明岚咽下了最后一口气。

她自己伸手,拔掉了塞在鼻孔里的氧气,拔掉了扎在手背上的吊针。

病人临死总有一段最难受的时候,或者痉挛,或者大声地喘气,总会闹出一些声响,但是李明岚却是静悄悄地没有半分声音。

或者,她是不愿意惊动伏在自己的床前打盹的女儿。

等监护室打了一个小盹的医生发现这边不对的时候,李明岚早就停止了呼吸。

苏灿灿的脸色苍白得吓人,但是她竟然没有哭泣。张扬匆匆赶过来,拉着睡眼惺忪的弟弟,低声劝慰说:"你哭出来啊,灿灿。"

苏灿灿摇摇头,说:"我没空哭了,张扬。"

是的,苏灿灿是没空哭了,她始终没有哭。但是她的脚步总是不免有些虚浮,她的眼眶子深深地陷了进去,她几次撞在了门框上。

苏灿灿不敢想,苏灿灿不能想,苏灿灿将自己的脑袋整成一个空空的玻璃瓶,但是心中依然憋闷得很难受。

这个世界上,除了李明岚这样的傻瓜才会相信爱情。我不是李明岚，我不是傻瓜。苏灿灿有些软弱地想。

请个保姆，包吃包住，每月最起码得2000元。

李明岚记着账，她认为自己剩下的钱够苏灿灿支撑一阵保姆费。但是她忘记了，火葬要钱，骨灰盒也要钱，墓地也要钱。

墓地的钱是无论如何也出不起的，没有房子也无处安置，只能寄存在火葬场。小姨帮忙付了一部分费用，苏灿灿坚持要将钱还给她；张扬帮忙付了最后的寄存费用，苏灿灿却怎么也还不起了。她只能说："等我收到商场打工的钱，我还给你。"

张扬叹了一口气，说："我们之间，有必要分得这么清楚吗？阿姨将我当女婿看，我出一点钱也是应该的，我家里也不缺钱。"

苏灿灿沉默了一下，说："妈妈最后的日子，谢谢你。"

这一周，张扬完美地扮演了一个女婿的角色。看着高大英俊而又体贴的女婿，李明岚心满意足。

弟弟名叫苏光华，是个胆怯而软弱的孩子。怯生生地待在一边，眼睛里总是含着泪。叫他也不吭声，就是委委屈屈地靠近你一点点。

苏灿灿实在怒了，呵斥道："苏光华，过来一点！不许哭！"

苏光华眨了眨眼睛，眼泪就掉下来了。却没有发出任何抽泣的声音。长长的眼睫毛上挂着两颗泪珠，真的是委屈到了极点。

苏灿灿沉下脸，喝道："将眼泪收住！再哭，我就将你送到孤儿院去！反正你的户口也不在我家里！"

苏光华忙用手捂住眼睛，想要捂住那眼泪。但是眼泪却是像泉水一般涌出来。

张扬对苏灿灿说："让我来。"蹲下身子，伸手拨开苏光华捂着眼睛的手，拿纸巾擦掉他的眼泪，柔声说："光华是一个最勇敢的孩子，一定不会怕灿灿姐姐的，你说是不是？"

苏光华迟疑了一下，终于怯生生地点了点头。

张扬又柔声说："灿灿姐姐是好人，她是光华在这个世界上最亲最亲的人了。灿灿姐姐不喜欢光华流眼泪，灿灿姐姐希望光华是一个勇敢的男子汉，所以灿灿姐姐忍不住要骂光华，光华不生气，是不是？"

苏光华又点点头。

张扬伸手抚摸着苏光华的头，轻声说："灿灿姐姐不相信光华是一个男子汉，那光华就做给灿灿姐姐看看好不好？来，叫一声姐姐，好不好？"

苏光华怯生生地看着苏灿灿，又怯生生地看了看张扬，终于摇摇头，将身子藏到张扬的身后。

苏灿灿气得牙痒痒，叫："张扬，将孩子给我，咱没那么多时间，陪着这个娃儿耗！"

苏灿灿这样一说，苏光华往张扬身后又缩了缩。

张扬对苏灿灿笑了笑，又转过头来，扬起手中的一块巧克力，对苏光华说："如果光华进步了，这块巧克力就做奖品好不好？"

苏光华的眼睛放光，终于勇敢地点点头。张扬就笑着说："去叫姐姐，跟叫哥哥一样。"

……

在张扬的利诱之下，苏光华终于叫了一声姐姐。三个人上了火车，赶回了滨海市。

苏灿灿是绝对请不起保姆的，好在自己住在研究生宿舍，有自己单独的房间。滨海大学有附属幼儿园，学费不算贵，有班主任帮忙说情，幼儿园也接纳了苏光华。

只是苏光华含着两汪眼泪在幼儿园里度过了第一个小半天。

苏灿灿又忙着要给弟弟收拾床铺。萧素素听闻了苏灿灿的事情，过来帮忙，出主意说：楼下仓库里有以前用过的高低铺，都放着没用呢，咱们去借一张出来，搭起来，就解决问题了，可以少花钱。又将自己的崭新的床单被褥拿出来，说：反正现在天气暖和了，我也用不了这么多床被子，分两床给你弟弟吧，这样就解决问题了。

对着热心的同学，苏灿灿只能谢过了。能省钱当然是好事，现在苏灿灿绝对不会和钱过不去。

只是晚上的时候发生了一件小插曲：晚上8点，孩子正常的睡眠时间到了，苏光华却怎么也不肯睡，哭闹着要找阿姨，也就是李明岚。他简单的小脑袋里还不能接纳李明岚已经去世的事实。苏灿灿唱《摇篮曲》，苏光华哭；苏灿灿讲故事，苏光华哭；苏灿灿威胁要将苏光华扔出去，苏光华死死地抓着苏灿灿的衣袖，继续哭。

他的哭声不响，但是就像是一只老鼠，窸窸窣窣地闹着人的心。

听见了这边有动静，萧素素也过来。看见陌生的萧素素，苏光华的眼泪更是自来水龙头一般往外涌。

苏灿灿对萧素素歉意地笑了笑，请萧素素先回自己房间。萧素素也知道自己留着只能是添乱，于是就回去了，关上自己的房门。

苏灿灿百般手段用尽，苏光华继续哭。

哭得苏灿灿也委屈起来，各种酸楚一点一点地往上涌。想起苏光华和张扬的关系似乎特别好，于是拿起手机，拨给张扬："光华就是哭，我没办法……"

张扬说："孩子怕生，总有两天的。你别急，我过来帮你哄。"

苏灿灿叹气："你又进不了女生宿舍！你租的地方那么远，现在过来也不方便。你先告诉我怎么哄……"

张扬却将电话给挂了。

苏灿灿将电话放到一边，将苏光华抱在手里。苏光华继续抽抽搭搭，反反复复强调："我要阿姨，我要妈妈。妈妈不要我了，阿姨也不见了，我要妈妈，我要阿姨，姐姐，你带我去找阿姨好不好……"

苏灿灿的心蓦然酸楚起来。

苏光华胆怯，是有原因的。从小缺乏父爱，又被亲生母亲抛弃；而现在，才熟悉了一点点，养母却又撒手人寰。

苏灿灿将声音放温柔了一些，说："光华很乖，光华不哭，阿姨去了很远的地方，咱们以后再去找她好不好？"

苏光华很懂事地点头,但是眼泪却怎么也忍不住。

苏灿灿拿着纸巾给弟弟擦眼泪,苏光华的眼睛却成了泉眼。他不发出声音,但是身子却是一抽一抽的,像极了一只蜷伏在苏灿灿怀中的小动物。

三年来,许多藏在心中的情感,那些不曾发泄出来的情感,在苏灿灿的心中,已经发酵。但是这种情感,却是变了味道的;苏光华用他的眼泪将苏灿灿那只藏在心底深处的感情大瓮掀开了一个口子,苏灿灿这才发现,那些情感不曾变成美酒,却全然变成米醋。

不是苦涩,只是酸楚,酸楚,还有酸楚。

那种极度的酸楚,将整颗心都刺激得蜷缩起来。

苏灿灿想要笑着安慰苏光华两句,却一开口,自己竟然也掉下眼泪来。

苏光华看见苏灿灿落泪了,于是继续哭——还是很小声地哭。

当萧素素开了门将张扬放进来的时候,张扬看见的就是这样的一个场面。

一大一小两个孩子,抱在一起哭。

萧素素也跟着抹眼泪。

张扬苦笑了一声,说道:"灿灿,你自己先别哭,你一哭,弟弟更是止不住。灿灿,你与素素先去客厅等着。"

苏灿灿使劲咬了咬嘴唇,与萧素素两人出去了。张扬将苏光华放到床铺上,笑着说道:"光华弟弟,我们现在做个小游戏好不好?看看谁闭眼的时间最长，谁如果先睁眼，或者先揉眼睛，那就输了，好不好？"

苏光华的抽泣，竟然神奇地止住了。

苏光华终于在张扬的面前沉沉睡去。张扬悄悄走出房间，却看见苏灿灿与萧素素两人正坐在客厅里发呆，气氛单调而沉闷。看见张扬出来，萧素素松了一口气，笑着说："好了，校草先生，我先回自己房间去，你陪灿灿说两句话。"

不等苏灿灿说话，萧素素就转身回自己房间了，顺手还关上了自己的房门。

客厅里只剩下两个人。张扬笑了一下，说："孩子现在认生，过两天就好了。"

苏灿灿幽幽说道："他认生，认我的生，对你却不认生。"

张扬叹了一口气，幽幽说道："没办法，谁叫我长得惹人爱，连孩子也不能抗拒我的魅力。这是我的天赋，你学不来的，不要忌妒。"

苏灿灿忍不住扑哧一笑，随即愠怒道："三天不打，你上房揭瓦！"

张扬笑了一下，随即诚恳地说："没办法，谁叫你眼角还挂着泪呢，总要让你笑笑才好。"

苏灿灿抹了一把眼角，随即发现上当，当下怒了，狠狠一脚踩下去："你又骗我！"

张扬忙跳起来，捧着脚叫疼。

苏灿灿吸了吸鼻子，鄙视地说道："就只有这么几招，我脚根本没有碰到你的脚背！"

张扬苦着脸，说："这没办法，有句话说会哭的孩子有奶吃，会叫的孩子不挨打，为了在强大的女王陛下跟前保全自己，就不得不死皮赖脸，不得不……"

苏灿灿横眉怒目。张扬及时闭嘴，讪讪笑："我再也不胡说八道了……"

远远地坐下来。

苏灿灿白了张扬一眼。张扬很配合地缩了缩脖子。

沉默了片刻，苏灿灿咬了咬嘴唇，说："我想哭一阵。"

张扬看着苏灿灿，声音隐隐有些心疼："那……你就哭出来吧。"

苏灿灿摇摇头，说："我不能哭。今天在光华面前哭，我已经做错了……"

张扬竟然不知说什么才好。却听苏灿灿说："你过来。借我肩膀靠一下。"

张扬小心翼翼地挪移过来。

苏灿灿将肩膀靠在张扬的肩膀上，说："就一会儿。"

张扬忙笑着说："你尽管靠……"

女孩子的头就搭在自己的肩膀上，女孩子的头发痒酥酥地擦着张扬的脖颈。一种幽幽的香气钻进张扬的鼻子，张扬蓦然觉得，房间内的气氛，有些香甜。

只是他不敢动。

苏灿灿的声音很诚挚："谢谢你。"

张扬不知说什么才好，就像是一把锥子钻进了自己的心里，很疼很疼。

他想要说一声"不用谢"，但是发觉不用说了。

因为女孩子那轻微的鼾声，已经在他的肩膀上响起。

张扬直挺挺地坐着，不敢动。心中有些欢喜，又有些悲凉。

过了好一会儿，张扬才小心翼翼地侧过头，却看见一缕头发盖住了女孩子的半边娇颜，长长的睫毛随着呼吸微微颤抖，眉头却依然微微蹙着，似乎在睡梦中依然遇到很愁烦的事情。

张扬很想伸手将女孩子那微微蹙着的眉头给捋平了，但是又生怕惊醒了她。心软软地疼着，却不敢有任何行动。

苏灿灿只是累了，她想要借张扬的肩膀靠一会儿，就一会儿；但是她没有想到，自己竟然在张扬的肩膀上睡着了。

实际上，她已经极度疲倦了，但是女孩子那要强的本能逼着她不敢疲倦。客厅里没有其他人，她只是想要让自己软弱三分钟，仅仅三分钟。

但是她自己也没有想到，自己的三分钟软弱，心防放开之后，她竟然在男人的肩膀上睡着了。

时钟已经指向了 10 点半，萧素素走出自己的房间打算去洗脸刷牙，见到客厅里的情景，不由吃了一惊。张扬忙做了一个噤声的手势，萧素素会意地点点头，却终于忍不住多看了几眼。

但是萧素素开门的那么一点声音，还是将苏灿灿给惊动了。女孩子的睡眠本来就极浅，今天虽然容忍自己软弱三分钟，但是心中到底还是不安定，当下就睁开了眼睛，迷迷糊糊问道："什么时候了？"

这才发觉自己靠在张扬的肩膀上，身子不由一抖，急忙往边上挪，讷讷地笑道："我不是故意的……"猛然之间跳起来，尖叫道："我睡了一个多小时？"

张扬看了看自己的肩膀，幽幽地说："是的，你还将口水流在了我的肩膀上。"

苏灿灿忙抹了一把自己的嘴巴，随即发现上当受骗，当下瞪眼怒道："什么口水，我睡觉从来不流口水！"

萧素素笑着说道："你一觉一个多小时，张扬的肩膀脖颈，估计都是僵硬的了。看在他这么辛苦的份儿上，你就别与他拌嘴了吧。"

苏灿灿瞪了萧素素一眼，说："是非原则问题，决不让步。"

张扬已经站起来，笑着说："萧素素，你别做无用功了，灿灿的性子，是长了棱角的……我要下去了，再不走，宿管阿姨都要锁门了。"当下就开门出去了。只是在开门出去的时候，似乎是无意一般，扭动了两下肩膀。

苏灿灿看着他扭动肩膀的样子，知道他的肩膀定然是有些不舒服，当下心中隐隐有些不过意，一种莫名的感动，就像是爬山虎一般，悄无声息地，却是迅捷非常地，将她的心灵密密地爬满。

只是苏灿灿的感动只维持了三分钟，因为张扬又来敲门了，苦笑着说："门已经锁上了，宿管阿姨不在了。"

苏灿灿与萧素素都是愣了一下。萧素素就恼怒道："这个宿管阿姨最不成话，该值班的晚上，经常跑到外面去，万一我们宿舍里出些啥事，看她怎么办？"

苏灿灿看了一下张扬，又看了看萧素素，终于说道："要不……你睡我的床……"

张扬急忙说："这怎么可以？"

苏灿灿白了张扬一眼，对萧素素说："我与你睡，就是挤一点，成不成？"

萧素素忙笑道："成成，怎么不成？"

"你们俩一起睡，我一个人睡？"张扬顿时颓丧，"我还以为，我今天晚上有机会抱得佳人归……"

苏灿灿恶狠狠一脚剁下去。记住，是剁，不是跺。

快，准，狠。

张扬抱着脚哇哇乱叫。

苏灿灿就走向萧素素房间。

张扬一瘸一拐走向苏灿灿房间，迟疑了一下，终于说道："我没牙刷……"

苏灿灿没好气地说："成，卫生间里，那个蓝色的就是我的牙刷！你没牙周炎吧？"

萧素素略一迟疑，却没有说话。

张扬脸上漾起了笑容，进卫生间去了，一瘸一拐，虎虎生威，真正劲头十足。

粉色的牙刷，还带着女孩子特有的芬芳。

女孩子的房间是优雅的浅蓝色。因为增加了一张床，房间里显得有几分杂乱，但是杂乱之中，却别有一种风味。

张扬躺在床上，一时却难以入眠。帐子顶上悬挂着一串紫色的风铃，随着帐子的运动轻轻晃动着，却没有一丝儿声响。耳边传来了苏光华轻微的鼾声，鼻子却闻到了淡淡的幽香，那是被褥的清香，还是来自少女的体香？

张扬的手轻轻放在柔软的棉被上。棉被柔软，让他有了一些很旖旎的幻想，随即苦笑起来。

头偏了一下，却碰到枕头底下一个硌人的物件。顺手就取了出来，打算放到一边。手却定住了——那是一本日记本。

心剧烈地跳动起来。像是做贼一般，他张望了一下四周，外面投射过来的灯光告诉他，房间里并没有其他醒着的人。

他伸手去打开台灯。那陡然亮起的灯光让他的心又猛然战栗了一下，然后，他还是将灯打开了。

然后，翻开了日记，他开始偷窥女孩子的心路历程。

——那段艰辛的历史，是他所熟知的。但是也有他所不知的。他贪婪地偷看着，眼睛里含满了泪水。

然后，微笑，叹息。

苏光华是一个极成熟懂事的孩子，他悄无声息地存在，除了刚开始的三天掉了一缸子眼泪之外，并没给苏灿灿带来任何麻烦。

但是增加了一个人吃饭，苏灿灿肩膀上的担子陡然重了。除了必要的课程，她几乎将所有的时间都用在打工上。虽然张扬与"老羊"都给她介绍了一些小活，但是毕竟不稳定，于是大二下学期，她又接了一个工作：给一名初二学生补课，每周三次。

学生叫玲玲，母亲早逝，父亲又忙于工作，疏于管教，所以玲玲的性格非常顽劣。虽然是一个女孩子，却敢逮住老鼠往苏灿灿的手提包里塞，将苏灿灿的裙子带子绑在桌子腿上。

但是强中更有强中手，一山自有一山高，苏灿灿乃是提着梁超然的耳朵长大的，难道还怕这么一个小屁孩？以毒攻毒策略下去，几天之后，孩子就乖乖听话了。

玲玲的爸爸很感激，提出给苏灿灿加薪。苏灿灿也笑纳了。

这天补完功课，已经是晚上8点多。与往常一般，玲玲的爸爸提出要送苏灿灿回家。到了校门口，玲玲爸爸停下了汽车。苏灿灿就想去开车门，但是车门依然锁着。

然后，玲玲爸爸转过头来，对坐在座位上的苏灿灿说："嫁给我吧。"

苏灿灿目瞪口呆。

玲玲爸爸很认真地说："孩子喜欢你，我问过孩子了，你做她的继母，她不反对。"

苏灿灿苦笑，说："玲玲爸爸，不是这么说，我对您没意思。"

玲玲爸爸继续很认真地说："你也看到了，我家中有钱……"

苏灿灿苦笑摇头，说："不成的，玲玲爸爸，我下车了，您回去吧，要不，您另外找一个家教老师？"

苏灿灿推车门，却推不开。

玲玲爸爸从位置上侧过来，伸手就抱向苏灿灿，大嘴巴就对着苏灿灿乱啃。

苏灿灿脑子一下子混乱了，一僵之后，怒气腾腾涌上来，伸手乱推，却是没有推开，胡乱挣扎，嘴巴却凑到了对方的手背上，当下狠狠地一口咬下去。

对方吃痛，忙撒开了另外一只手。

苏灿灿尖叫道："打开车门！"

玲玲爸爸甩着自己的手，竟然依言打开了车门。

苏灿灿忙下车，撒腿就跑。

第十章 谣言，病毒无敌

苏光华已经乖乖地睡觉了，苏灿灿在浴室里洗了好久的澡，才觉得将身子上的晦气洗干净了。心中想着这个工作估计是没法继续做下去了，可惜说好的工资。

当下就打开了手提电脑，打算再找一个工作。先打开学校的论坛，打算在上面找找看有没有校内的兼职。

只是才打开电脑，目光却突然定住。

论坛上，一个帖子被人工置顶。

"冰美人已经被包养，有图有真相！"

发帖时间，正是半小时之前。

里面的图，正是自己从玲玲爸爸车子上下来的场景。

当时自己衣衫不整。

脑子中轰的一声巨响,苏灿灿是蒙了。

似乎是一个大网当头罩下,苏灿灿想要挣扎,却发觉那罩子越来越紧。苏灿灿浑身冰冷,不能呼吸。

苏灿灿的视线已经模糊了。

狠狠擦了一把眼睛,苏灿灿仔细地阅读下去。

发帖子的人网名叫"超级无聊",里面似乎是陈述也是一个超级无聊的故事。叙述者陈述了自己怎样暗中跟踪苏灿灿,怎样看见苏灿灿进了一家豪宅,怎样在豪宅外面等候了两个小时,终于等到一个衣冠楚楚的中年男士将苏灿灿送出来,又怎样在千钧一发之际拦到了出租车,怎样追上那辆车,怎样在校门口看见那辆车子停车,又怎样等候,等了好一阵才看见苏灿灿衣衫不整地下车……

下面是一堆跟帖。

"幻想破灭了。"

"为什么美女总自甘堕落?"

"我不信,楼主造谣吧?"

"这是一个拜金社会,美女做小三不是新闻,美女不做小三才是新闻。"

"楼上的,你作死啊!"

"苏灿灿此人我知道,外表清高,但是骨子里……啧啧。"

"楼上的,说话要负责!"

"知人知面不知心。"

"苏灿灿不是这样的人!"

"我与苏灿灿是高中同学。她从小就是一个倔强而独立的人,自尊自爱而且自强。她家境很不好,所以这一阵都在外面打工。这也许只是雇主与她之间的正常交往,大家不要捕风捉影,伤害一个好同学!"

这条留言的 ID 是 "雄霸天下"。苏灿灿知道,王滢的 QQ 用的就是这个名字。

"哟,楼上是冰美人的自己的马甲?冰美人居然还有同学,还有朋友?啧啧……"

"多半是自己的马甲,鉴定完毕。"

"本姑娘行不改名坐不改姓,本姑娘名叫王滢,就是苏灿灿的同班同学!苏灿灿父亲因为牵涉到经济案子入狱,母亲在半年前去世,她独立抚养 6 岁的同父异母兄弟……她连我们这些同学的馈赠都不愿意接受,又怎么可能做别人的小三!造谣的,你们要对自己说的话负责!报上你的姓名,本姑娘与你单挑!"

看着王滢的留言,各种滋味涌上心头,苏灿灿不想再看了,也不能再看了。

耳边传来萧素素的声音,气急败坏的:"灿灿,灿灿,你快看学校论坛!"

苏灿灿回答,声音很平静:"看到了,我正准备删了它。"

这才留意到边上的手机在震动,是王滢的号码。苏灿灿也不接,就让它继续震动。

萧素素叹气说道:"我们系的那群人!居然不看论坛,让那种帖子存活了半个小时!还有那个版主,叫什么'一帘幽梦'?居然都不管事!"

苏灿灿叹了一口气,说:"别说了。也不怪大三大四那群同学,我记得江南五省软件大赛就要开始了,他们现在肯定是在拼命准备呢,没空看八卦,也是正常的。"

萧素素苦笑说:"我才给罗浮打电话呢,狠狠地将罗浮骂了一顿!"

苏灿灿笑了笑,说:"没事。老师划定期中考试的范围了没?我这两天逃了几节课,你告诉我一下。"

萧素素就将课本抱过来了。

却听见萧素素的电话疯狂地响起来,萧素素打开,接听了一声,眉头却皱起来了,说:"灿灿,你的电话。"

苏灿灿接过,就听见王滢那着急的声音:"灿灿,灿灿,你到底怎么一回事!学校论坛上的事情你知道不知道?学校论坛你别看了,已经被版主删除了,但是那些造谣的,已经将这个帖子挂上各大门户网站的论坛上了!你去看看……我都急死了,你一直都不接电话!"

苏灿灿的脸一下子沉下来……各大门户网站!

苏灿灿对萧素素笑了笑,说:"有一点小意外,我先回自己的房间一下。"转身回房,打开了自己的手提电脑。迅速打开了QQ,向唯一的好友求助："'老羊'，帮帮我……我被人编造了谣言，传遍了整个网络！"

"老羊"不在线。

苏灿灿打开了搜索引擎，输入了"冰美人"、"被包养"几个关键字。果然不出所料，后面是密密麻麻的一堆网页。

苏灿灿手足冰冷。

她这才想起，玲玲爸爸，是一家电脑公司的部门经理。

只要是圈子里的人都知道，网络上充斥着一支水军队伍，只要有钱都能买到水军帮你转发帮你顶贴，这叫作病毒式传播。

几个小时，就能将一件没影的事炒成热帖。

苏灿灿两手捂着脸。脸也冰冷，手也冰冷。

这是一张网，一张看不见的大网。

短短几个小时，事情就已经到了不可挽回的地步。苏灿灿抓起手机，给玲玲爸爸打了一个电话："黄经理……你到底想要怎么样？"

玲玲爸爸的声音带着一点兴奋："小苏老师，你给我打电话了，是不是改变主意了？我的意思你当然知道，我想要你做玲玲的继母！"

"只要我答应你，你就能将网上的那些龌龊的话都删除？"

"网上的龌龊？什么事儿？"玲玲爸爸的声音有些迷惘，随即清晰起来，"网上有什么话？"

"你自己做的事儿，别装傻！我是一个弱女子，但是你别忘了，逼急了狗还跳墙呢，我被逼急了，咱们就玩一个鱼死网破！"

苏灿灿有些颓然,捂着脸,眼泪一串串落下。

电话疯狂震动,发出嗡嗡的声音。

苏灿灿看了一眼电话。是超然的号码。超然的声音有些急切:"我与江南论坛的老板打过电话了,他答应删除那个花边帖子。其他的我会帮忙想办法……灿灿,你千万看开一些,网上这些虚假新闻太多了,大家都看过就忘记,不会放在心上的,你放心……"

苏灿灿声音很爽利:"是的,我才不会放在心上呢,这种事儿,谁当真就傻了。谢了,哥们儿。"

梁超然挂掉了电话。

一种浅浅的温暖笼罩了苏灿灿,但是更大的一种无力却从心底升起来……梁超然能删一个网站的虚假帖子,但是其他那么多的网站呢?

最起码几百个网站啊。

电话还在震动,是王滢的:"刚才忘了说了,你千万别钻进死胡同里去……我给在新蓝网工作的叔叔打电话了,我叔叔说明天早上员工上班就处理,一条不实新闻,没事的,过两天自然就沉下去了……"

苏灿灿道了谢。

过两天就自然沉下去了?

苏灿灿禁不住冷笑,由幕后黑手操纵的帖子,不将自己逼死逼疯，会自己沉下去？

转到电脑跟前，却看见 QQ 在疯狂闪烁。点开，是"老羊"："什么事儿？"

然后又是一句："什么事儿？"

"人不在了？"

"纤雪，到底怎么了？"

苏灿灿的心已经平静下来了。脖子上的绳索已经越来越紧，自己已经不能呼吸。

于是她脸上露出笑容，轻描淡写地回答："没事，几个家伙造谣生事，我不理他们就是了。"

那边好久没回答。苏灿灿就关了电脑，看了一会子书，上床睡觉。

只是睡梦之中，却是噩梦连连。

生活还得继续。将弟弟送到幼儿园，照常去上课。路上也听见有几个男同学在谈论"冰美人"什么的，义愤填膺，苏灿灿就装作没听见。

只是心却已经千疮百孔……苏灿灿不知道，这个世界为什么会缺少阳光，苏灿灿也不知道，为什么命运就是不对自己露出笑脸。

上课在大教室。萧素素已经给苏灿灿占好了位置，但是苏灿灿却走到后面的角落里。

第一次，上主课的时候，苏灿灿坐在角落里，几乎想要将自己的身子蜷缩到窗帘的后面……苏灿灿觉得，整个世界都是嘲笑的面孔。

老师是一个不到30岁的帅哥，拎着一台手提就上了讲台，也不开电脑，直接就开讲："昨天各大门户网站论坛上都出现了一种新型病毒，挺厉害的，它的传播方式也很特别，我今天重点分析一下。"

却听见下面有学生接嘴："姜老师，您要讲'冰美人'？"声音挺兴奋。

有几个男生就往苏灿灿这个方向看过来，只是看了一眼，又将头转过去。挺尴尬。

苏灿灿浑身发抖，她想要站起来大声责骂，但是……浑身竟然没有任何力量。

边上有一个男同学，看见苏灿灿的尴尬模样，不好意思地挠挠头，低声说："那个，他们说的不是你……"

苏灿灿愣住。

下面有几个男同学却是兴奋起来了。

"是啊是啊，冰美人病毒，我都差点中招了，我同寝室的那个英文系男生，主板被烧成了糊……"有几个学生，显得有几分尴尬，但是更多的学生，不大认识苏灿灿的学生，却显得很兴奋。

"这病毒太牛了，老师，先告诉我们这个病毒怎么做出来的吧？"

姜老师叹了一口气："你确定要我告诉你这病毒是怎么做出来的，而不是告诉你怎样杀掉这个病毒，不是告诉你到哪里去下载这个病毒的专杀？你说我怎么放心向你们传授这些病毒知识？"

哄堂大笑。

苏灿灿这才隐隐有些明白过来。

这些人说的，貌似是一个病毒，不是自己。

想想也是。自己在系里的人缘不算坏，今天打开手机一看，未接电话有一大摞，大多数都是同学的电话，想来都是打电话来安慰的。总不至于一个晚上过去，这群同学全都落井下石了。

这，到底是怎么一回事？

姜老师打开电脑，连上大屏幕，笑着说道："我就知道你们这群小鬼对这个更感兴趣……不过我重点要介绍的是如何根据这种病毒的内核制造专杀工具。"

这话一出来，整个教室的同学都是愣了一下，就有同学迫不及待地问："老师，专杀出来了？"

姜老师笑着点点头，说："昨天我们系高年级的几个同学一起，已经将专杀做出来了。只不过我们虽然快，放病毒的高手动作更快，昨天晚上 11 点，他就通过网站的站内信传话给几个门户网站，告诉他们删除某个网页就能阻止病毒的进一步传播。各大网站都慌忙将网页删除了。现在除了几个小网站上还挂着'冰美人'外，大多数网站都已经删除了。"

……

这节课，苏灿灿没有仔细听，她的心中，是一片迷惘。冰美人，病毒？

好不容易熬到下课，苏灿灿立马冲向机房。打开电脑，打开浏览器，输入"冰美人"三个字，立马刷出了一大堆新闻：《网页惊现病毒"冰美人"，烧你主板没商量》、《病毒"冰美人"已经初步遏制，广大网友请勿点击"冰美人"相关网页》、《网络惊现新型病毒"冰美人"，制造者只求破坏》……

再去寻找那个造谣的帖子，翻了几十页新闻，却一个字也找不到了。

似乎昨天晚上那帖子根本没有存在过一般。

苏灿灿点开新闻，终于明白了大概。昨天晚上 8 点半左右，一个编造出来的大学生被包养的八卦新闻出现在网络上，在短短一个小时之内，扩散到各个大门户网站的论坛区，并被数以百计的小网站转载。这种八卦新闻是很多人喜闻乐见的，因此每个转发的帖子都有不少回帖。

到了 11 点左右，悲剧发生了。

访问过那个八卦新闻的电脑，绝大多数都出现卡顿、死机现象！

死机还是次要的。其中有一部分电脑，甚至连主板都被烧了！

病毒烧主板，很少见，但是绝非不可能。这种病毒，往往是通过快速地复制，消耗电脑的大量计算功能。主板无法承受这么快速的运算，质量差一点，就出现超高温，然后就出现被烧现象。

发现病毒之后，几大网站再也待不住了。别的办法没有，删除被挂了病毒的造谣网页还是做得到的。忙活了几个小时，绝大多数网站上的病毒都被删除，现在网络上，已经一片太平景象。

现在……除了本校的少数人，谁还记得"冰美人"曾经传出被包养的谣言？大家记得的，都是一种极端凶残的病毒，曾经烧毁了多少人的主板。

手机又震动起来，看见是一个陌生的号码。苏灿灿接听了，对面是玲玲爸爸的声音："灿灿同学，灿灿同学……你听我说，我是想要向你求婚，但是昨天晚上在网上乱说的人绝对不是我，第一我没那个时间，第二我如果打算在网络上捉弄你的话，绝对不会将我自己的车牌号贴得满世界都是，你说是不是……"

因为担心苏灿灿挂了电话，玲玲爸爸的语速放得极快。

苏灿灿终于听得有些明白了，原来玲玲爸爸是在向自己解释，昨天打算用网络淹死自己的人不是他。虽然还留着一些羞辱感，但是苏灿灿绝对不是不明是非的人。她终于说道："你慢慢说。"

玲玲爸爸很明显地松了一口气，说道："灿灿同学，昨天我将你送到学校门口的时候是 8 点 37 分。我向你求爱，你拒绝，然后你回学校，我回家。如果我要上网发帖，最起码要到 8 点 50 分之后才有时间。可是就网上找出的部分帖子显示，最早出现的帖子，时间是 8 点 43 分，也就是说，那个人预先就将稿子差不多写好，等拍了照片之后就立马上网，然后扩散。这绝对是有预谋的。"

苏灿灿的声音里听不出喜怒："你也可以让人预先将稿子准备好，一拍到照片就立马扩散。"

"我怎么预谋啊，灿灿同学。"玲玲爸爸的声音都带着哭腔了，"我也是被人算计了，我昨天还在想着你会不会欢天喜地地答应我！我如果用了这种手段来逼你，玲玲知道了还不与我断绝父女关系？我是想要和你过日子的，私下手段可能粗暴一些，但是绝对不敢用这么卑鄙的手段……"

"停停停。"苏灿灿打断了对方的话，"玲玲爸爸，你说爽快一点吧，到底发生什么事儿了，你这么着急一定要给我打电话？"

"那个天杀的将我的车牌号放上去了，然后我的手机号码被人查出来了……现在也不知是哪里的男生，不停地给我打电话，打两下就挂，我的手机都没法用了，可是我联系业务得靠着那只手机啊……"

"你可以屏蔽骚扰号码啊。"苏灿灿实在有些不明白，就这么一点小事，居然特意打电话给自己？

"有好多号码。实在屏蔽不过来啊。我去电信局查了，说信号都是来自你们学校这一块。要不……你帮我在学校说一下？说做那事儿的人不是我……"

"玲玲爸爸，我不知道是谁给你打电话，这事儿也没法说啊。你还是换号码吧，与你的客户打电话联系一下。"

苏灿灿说着，利索地挂掉了电话。却看见前面几个男生回过头来，看着苏灿灿笑，罗浮还做了一个胜利的手势。

苏灿灿明白过来,就问罗浮:"这事儿是你们做的?"

罗浮嘿嘿一笑,说:"昨天我们都在电脑教室里,断网学习,不知道发生了这么恶心的事儿。等晚上回宿舍才知道。哥们儿几个一分析,知道那个车主定然不是一个好货色,别的事情咱们干不了,根据车牌号查车主还是不成问题的,张扬就查出了两个号码,大家于是顺路给你出口气。大家轮番上阵,不耽误上课的。"

说话的时候,罗浮后面的一个男生扬了扬手中的手机。

苏灿灿忍不莞尔一笑,说:"好了,这事儿也费神,这事儿就到此为止吧,别浪费时间了,你们还要准备比赛呢。"

一群小伙子嘿嘿笑着答应了。

手机又震动起来,苏灿灿看了一眼,叹了一口气,接起来,问道:"大经理,您现在忙着了,怎么有这么多美国时间来在这里浪费?我与你说,您还是换号码吧,我刚才问了几个我认识的同学,都说没有骚扰过你!"

苏灿灿绝对是好人,做好事不留名的好人。

玲玲爸爸的声音气急败坏:"灿灿同学,不是这个……我说,我错了,我不该对你胡思乱想,你……告诉你的同学,请他们好歹放过我们公司的网站好不好?我也是受害者啊,我都被领导批评了,再这么下去,我的工作都要泡汤了……"

苏灿灿叹气:"我们都是学生,又不是黑客!学校里也不培养黑客!你们网站被黑,也许是你们生意的竞争对手干的,找我们做什么?"

苏灿灿挂了电话,笑着问罗浮他们:"天阳电脑的网站被黑了,你们知道吗?"

一群人都是禁不住笑起来。就有人笑着说:"搞电脑的,自家网站被黑,看样子也有好一阵了,居然还没有夺回来,脸都丢到太平洋去了。"

罗浮拍打着大腿:"谁干的?真真解气!"

一群人都是大眼瞪小眼。边上一个男生看了一下四周,说:"昨天的人都在这儿……张扬呢?"

罗浮说:"张扬上节课闹肚子,请假去卫生院打针去了,不是张扬,他也没这个本事!"

苏灿灿问罗浮:"你说张扬生病了?去哪儿打针?"

罗浮说:"还能去哪儿,多半是校卫生室呗。放心,不要紧的,我问他要不要人陪着,他摆手说不要。"

苏灿灿伸手关掉电脑,说:"我去看看。"

后面传来一个男生的声音:"苏灿灿同学啊,我也生病了,我头痛,我肚子痛,要不,你陪我去看病好不好……"

苏灿灿回头,笑靥如花:"成,我陪你去精神病院,好不好?"

那男生缩了缩脖子。

校卫生室里挂水的人还真不少,但是没有张扬。询问了一下护士,护士回忆了一下,说:"的确有这么一个人来过,但是拿了药就走了,估计是回宿舍休息去了吧。"

苏灿灿就向男生宿舍区走去。走到半路,手机震动,是幼儿园老师的声音:"请问,你是苏光华的家长吗?光华小朋友发烧了,你过来,将他送到医院去看看好吗?"

好心情陡然之间烟消云散,苏灿灿三脚并作两步冲到了幼儿园。向老师道了谢,抱起苏光华,再度冲向卫生室。

苏光华脸都烧得红红的,却依然很乖巧,小声地对苏灿灿说:"姐姐,我生病了,我头晕,但是我不哭。"

苏灿灿努力点头,说:"光华很乖,光华不哭。"

苏灿灿真的没想到,苏光华的发烧,反反复复竟然烧了一个多星期。从校卫生室转到滨海市第二人民医院,打了整整7天点滴,却依然不见起色。

好在同学们都知道苏灿灿单独带孩子的辛苦,大家轮班过来帮忙。萧素素、梁超然与张扬,更是其中主力。王滢与梁超然向来是同进同出的,不过她手脚比较笨,很多事儿插不上手,也就是陪着苏灿灿说话解闷罢了。

第7天的时候,张扬陪着打吊针的苏光华听故事的时候,医生将苏灿灿叫到了他的办公室,给了苏灿灿一张化验单。

上面密密麻麻的字看得苏灿灿眼睛发花。

戴着眼镜的男医生还很年轻,不到30岁,也许是生离死别见得还不够多，他的声音里竟然带着一些悲怆："是白血病。"

苏灿灿的身子一下子就软倒了。

幸运的是，病发现得还算早。

更幸运的是，苏灿灿与这个同父异母的弟弟，配型竟然配上了。

医生们初步估计，前期调理加上骨髓移植手术，需要三十七八万。

苏灿灿当然没有钱。

萧素素将所有的生活费都拿出来了，王滢与梁超然也送来了2000块。

在张扬的号召下，计算机系的宅男们，各出解数，不但自己掏腰包，还帮忙到处募捐，7天过去，竟然帮忙筹集到了将近15万元。

要知道他们的募捐对象，大部分都是学生。能在学生中筹集到这么大的数额，已经是极其难得了。

小姨家中也不宽裕。听闻了消息，亲自给苏灿灿送来了5万元，那分量，让苏灿灿拿着都觉得有些沉甸甸的。

但是数额虽然不少，距离37万的手术费，还有一个较大的缺口。

看着昏睡的弟弟，看着每天都要产生的费用清单，苏灿灿一筹莫展。苏光华是非常懂事的，大多数时候，他都是安安静静地休息；只有少数时候，他才会担心地问苏灿灿："姐姐，我会不会死掉？"

不等苏灿灿回答，他就立马自己回答了："我不会死掉，我还那么小，怎么会死掉呢？阿姨说只有好老好老的人才会死掉，所以阿姨是不会死掉的，光华也是不会死掉的。姐姐，你说对不对？"

苏灿灿再也忍不住，抱着苏光华，扑簌簌地落下了眼泪。

张扬这两天没来医院，在医院给苏灿灿帮忙的是萧素素。至于梁超然与王滢，因为学业的关系，已经是十多天没来了。

萧素素放下手中的饭盒，微笑着告诉苏灿灿："同学们商量着，是不是去帮你到一些电脑公司借一笔款子。滨海市有一家电脑公司，觊觎我们系的两位同学已久，他们也立马要毕业了，要么索性就与他们签约，反正也是要找工作的。你放心，钱的事情很快就能解决的。"

苏灿灿有些涩然，说："只是普通同学，为了我与电脑公司签卖身契，我怎么能安心？"

正在这时，苏灿灿的手机响起了短信提示。

萧素素笑着说："不知是不是银行转账的提示？说不定钱已经凑够了……"

苏灿灿叹了一口气，说："如果真的是凑够钱，那真的是谢天谢地了……"

打开手机，看着短信，真正怔住。

果然是转账提示——信息显示，就在刚才，有人通过网络给她的银行账户转了203521元，现在的账户余额是36万元。

加上存在医院账户里的 2 万余元，手术的第一笔费用，已经足够。

幸福来得太过突然，苏灿灿抱着苏光华，抱着萧素素，痛哭出声。

第十一章 筹款，天阳消息

只是，萧素素回学校询问，得到的结论却是，这笔钱不是计算机系那群家伙筹集到的。虽然说有两个师哥定下了借款计划，但是还没有实行。

苏灿灿跑去银行查账，但是查到的汇款人是一个陌生的名字，来自遥远的漠河省。苏灿灿不记得自己有什么人际关系在漠河省。询问同学，也没有人说起自己的什么人在漠河省。

猛然之间想起了那个好久都没上的QQ，想起了自己唯一的好友。苏灿灿打开了QQ，问了一句："我账号上多了好多钱，是你汇来的么？"

好久没回话。苏灿灿也只能将这事儿给放下了。

萧素素告诉苏灿灿说："前几天，我们将你的情况整理成稿子，发了几个QQ群，还上了几个非正式的论坛。也许是那稿子被人看到了，所以就给你汇来了钱。"

苏灿灿有些不确定地问："网上这种求助的稿子不是很多么？大家都不相信了。人家怎么可能就信了这么一个消息，而且汇来了这么一大笔钱？"

张扬叹气："好了好了，钱到位就好，别的就别多想了，多半是慈善人士做的，咱们现在要紧的，就是养好你的身子，好早点给弟弟做手术。"

苏灿灿点头。医生已经给苏灿灿检查了身体，定下了动手术的日子，就在一周之后。张扬就告诉萧素素："罗浮的女朋友和张力的女朋友明天来帮你调班，三天后就是计算机软件大赛的日子，我们大三大四的都要在现场，估计没空过来了，不过我已经与大一大二那群人说好了，他们有空会过来看看。软件比赛是三天，比赛一结束我们就过来，能赶上手术，你们放心。"又笑着说："最好能获个奖，同学们说好了，奖金就给光华弟弟做后续的治疗费用。"

苏灿灿笑着说："那就却之不恭了，只是受之有愧。"

张扬嘿嘿一笑，说："这不是你一个人的弟弟，是我们整个计算机系的弟弟呢，他的身体大家都关心着。"

苏灿灿垂下了头，片刻之后才抬起眼睛，说："张扬……我知道，系里其他同学这么热心，都是看在你的面子上。不管怎样，我欠你太多了。"

张扬扬起一个调皮的笑容："欠我太多了？你是不是打算以身相许？我说啊，千万别，要知道我是滨海大学第一校草，第一校草啊，如果这么轻易就与你好上了，全校园多少女生要闹自杀啊，这么严重的后果，我可不敢……"

苏灿灿瞪了张扬一眼，说道："想得美！"

却忍不住莞尔。

张扬去了，苏灿灿却想起一件事，就问："素素，这次计算机大赛是天阳电脑赞助的？他们会不会特意卡咱们？"

萧素素笑起来，说："你以为你那破事儿很要紧？你那个学生家长很了不起？你那学生家长也就是销售部的一个经理，充其量也就是黄家一个跑腿角色罢了。天阳电脑的事儿，他说不上话的。"

苏灿灿下意识地问了一句："黄家？"

萧素素点点头："是黄家啊，黄家是滨海市最有钱的家族之一了。天阳电脑公司是他家给小太子闹着玩的，但是有钱好办事，才两年工夫他们就吃下了江南五省好大的市场份额……"

不知怎么的，苏灿灿的声音有些发颤了："他们家的小太子……叫黄天阳？"

苏灿灿觉得，自己的猜疑很没道理，当初在江南市开小网吧的青年，不可能是一个大家族的太子，自己不是灰姑娘，自己不可能随随便便离家出走一番就能遇到一个白龙鱼服的超级人物。

更让人觉得匪夷所思的是这个超级人物还曾经很认真地教自己学

习计算机技术,甚至还帮自己对付小流氓,甚至还弄得自己骨折……

这样的情节只适合出现在言情小说里,苏灿灿觉得自己的生活寡淡无味,绝对不可能出现这样的情节。

萧素素点点头:"是叫黄天阳。你知道?这个天阳电脑,就是用他自己的名字起的。"

苏灿灿只觉得头脑发晕。然后她告诉自己,这多半是同名同姓而已。毕竟这个世界上姓黄的人很多,天阳这个名字也很俗气,现在学电脑做电脑生意也是年轻人的大热门。

所以这一定是同名的缘故。

萧素素注意到了苏灿灿那一瞬间苍白的脸色,当下问道:"怎么了,身子不舒服?"

苏灿灿点点头,说:"这几天没睡好,所以有些犯恶心。不过不要紧,休息一下就好了。"

萧素素有些担心,说:"还是得去询问一下医生,这几天得将身子调理好,不能生病。"又想起一件事来,笑着告诉苏灿灿:"说起天阳电脑,倒是忘了告诉你了,前些日子我看见了天阳电脑招聘实习生的广告——我就顺路去报名了。灿灿啊,你别用这么纯洁这么无辜的眼神看着我成不成?我不是叛徒啊,你与学生家长那么严重的深仇大恨我记着呢,我只不过是前去报名凑个热闹,如果成功了也顺路可以给你做个间谍是不是?"

苏灿灿哭笑不得:"别说得这么严重啊,做间谍?我只是觉得好奇啊，你又不缺钱，现在我们也才大二，你忙着去实习？"

萧素素讪讪地笑了笑："凑热闹，凑热闹而已，一般来说，人家也看不上我，再说我每天顶多也就打半天工，我不会被雇佣的……"

苏灿灿笑起来。

窗外阳光灿烂。

手术很成功。

隔着玻璃，看着病床上的苏光华，苏灿灿没来由地想哭。

因为参加比赛的软件很多，软件比赛延期一日。所以苏灿灿动手术的时候，张扬和他的死党们都没来。

动完手术，打完了针，萧素素拜托同病房的病友家属帮忙照顾一下苏灿灿，就赶回学校了。苏灿灿有些虚弱地躺在床上，心神却不由地一阵恍惚。

——据说今天下午三点是颁奖典礼，不知张扬和他的同学做的那些个软件能不能获奖？

——据说今天下午三点是颁奖典礼，不知天阳电脑派了什么人过来颁奖？

许多纷乱的记忆在头脑里混杂着，相互挤压着，蒸煮煎熬，变成了一锅子怪味汤。

苏灿灿知道，这么大的比赛，现在网络上一定有各种新闻。如果自己去翻翻校园论坛，一定能在校园论坛里找到颁奖图片，如果黄天阳到场的话，自己一定能认出来。

电脑就搁置在病床边上的柜子里……因为萧素素怕无聊，就将自己的电脑搬过来了。

只要一伸手，就能拿到电脑，只要摁一个键，就能将电脑打开，只要输入几个字母，就能打开学校的论坛，只要打开学校的论坛，多半就能看到颁奖的现场直播。

但是苏灿灿心中有些发虚。

苏灿灿欠了黄天阳一个交代。

苏灿灿曾经下定决心，只要能找到黄天阳，自己一定要给他一个交代……关于他最后的那个提议，自己要么答应，要么拒绝。

自己莫名其妙地失踪，非常不应该。

苏灿灿看着自己，只是堕落在泥潭里的一根草。而自己的猜想如果确实的话，黄天阳，他是站在云端俯瞰众生的人物。

在被关在补习学校的那些个日日夜夜里，苏灿灿也曾经想过，如果能与黄天阳重逢，自己或者应该答应黄天阳最后的那个请求。只是这种想法，一冒出脑海就被苏灿灿硬生生地摁下去，那时候的苏灿灿，只想着读书读书读书，考上最好的大学。

但是苏灿灿不能不承认，自己曾经胡思乱想过。

再后来，自己又遇到了一堆糟心的事儿。那时自己曾经警告过自己，从此之后，要做一个空心的人。所以自己拒绝了张扬，也拒绝再将黄天阳想起。

可是直到这些天，苏灿灿才知道，原来黄天阳并不是搁置在自己脑海里的一块石头，自己想要将他扔哪儿就扔哪儿。黄天阳是一棵草，而且是生命力极强盛的一棵草；只要给这棵草一点点空间，给它一点点机会，它就会蔓延生长，将苏灿灿的整颗心全都挤得密密麻麻郁郁葱葱。

电话响了起来，是萧素素的声音："灿灿，灿灿，你现在没打针，不需要照顾吧？我在等颁奖典礼结束，我等下给你送饭菜过来……"

苏灿灿笑着回答："没事，你不过来也没事，等下我自己去医院食堂要点吃的也成。光华在无菌病房里，不用我照顾，我这么大的一个活人会饿死么？要不，你将颁奖典礼现场的照片给我传两张过来……"

萧素素笑着叫道："别自己一个人乱跑，你刚刚抽完骨髓身子虚！话说今天来了一群帅哥啊，我眼睛都发亮了，新闻系的王滢——就是你那闺密王滢，占着黄天阳在做采访呢，等下我也凑上去要个签名，的确很不容易啊，据说天阳电脑刚刚开业的时候，黄天阳手里才拿到100万的启动资金，可是才两年工夫，公司的价值就起码一个亿！才二十几岁年纪啊二十几岁！这样的传奇人物，我一定要弄一个签名过来……哦，灿灿，你刚才是要我做啥？是要我传一张颁奖典礼现场的照片过来?话说,我还是传一张黄天阳的照片过来吧,黄天阳太帅了,哈哈,我与你说,我一定要想办法钻进他们公司做实习生……"

萧素素叽叽喳喳地说话,声音清脆悦耳。

萧素素挤在外围拍照片的时候,王滢举着话筒在对黄天阳做采访。

这次比赛规模比较大,影响也比较大,好几个参赛的大学都派出了自己的记者团队;滨海市的当地媒体,大的小的,也来了好几十家。黄天阳的面前,长枪短炮,密密麻麻。

原本,单独采访这样的美差,是怎么也轮不到王滢的。

黄天阳之前也说过,回答完10个问题,他就不接受任何采访。这种中规中矩的比赛,让记者们问10个问题,该问的问题也差不多问完了,该做的宣传也差不多可以做完了。

但是不知怎么的,回答完问题的黄天阳,并没有抽身离开,眼睛却转向滨海大学学生采访团队:"滨海大学的同学,如果还有问题的话,你们可以单独采访……哦,你们留一个代表吧,就那位女同学吧。"

黄天阳说话有些急促,与之前公式化回答的有板有眼相比,这几句话甚至有些语无伦次。于是有些资深的记者,就相视而笑,有些事情,自动脑补成功。

王滢也没有想到竟然有这等好事。很多事儿,她也在一瞬间脑补成功。但是她绝对不肯放弃这么好的采访机会,至于其他的……反正黄天阳是黄氏集团的太子爷,有的是钱,有什么好担心的?

但是让王滢失望的是,黄天阳竟然没有与她另外约时间,而是直接将她带到自己的临时办公室。这是滨海大学的学生处办公室之一,今天借给天阳电脑使用一天,其实也就是借一把椅子给黄天阳坐一坐,借一张桌子给黄天阳搁一下东西罢了。里面有几个大柜子里搁着学生处的资料,不断地有学生进进出出。

根本没有王滢预想中的两人私密空间。

好吧,王滢只能想着,也许是大少爷不想要吓坏自己,他打算循序渐进,所以这绝对是好事。

王滢就中规中矩地开始采访。却没有想到,她才拿出笔和纸,面前的太子爷就开了口:"我想,我应该认识你。你叫王滢?"

这一番惊喜非同小可。王滢将身子往前凑了凑,急切地问道:"黄先生,您认识我?"

黄天阳看着面前的女子。女子脸上的妆容非常精致,散发着淡淡的脂粉香。这不是那张素颜。他下意识地侧转了身子,却随即发现这样太失礼,于是就又将身子转了回来,点了点头,说:"我记得你。你的男朋友好像叫梁超然。"

居然知道我的男朋友叫梁超然。王滢心中浮起一种说不清的滋味,脸上却带着得体的笑容:"您是因为认识超然,所以认识我?"心中不由猜测,难道是梁超然的父辈认识这位太子爷?

黄天阳的声音很平缓，很有磁性："王小姐，你是不记得了。差不多三年前，在江南市的一条小弄堂里，我帮着你们打过一架。"

"你……"王滢猛然跳起来，随即发觉自己失态，又赶忙规规矩矩地坐下，声音却不可避免地带着些激动，"你……就是那个帮我们打架的年轻人，与苏灿灿一起的……"

"是啊，苏灿灿。"黄天阳的声音里不自觉地带着笑意，"那时我在江南市开了一个网吧玩，苏灿灿在我网吧里待了一个多月。后来我们就失去联系了……你知道苏灿灿现在在哪里？几年没见，有些想她了。"

男子的声音是平和的，就像是叙述着极寻常的一段友情。

王滢迟疑了一下，说道："我当然知道她在哪儿，但是没有征求过苏灿灿自己的意见，我不能将她的地址告诉你。"

黄天阳目光里露出询问的意思。王滢有些慌乱地解释："我知道你只是好意。但是……怎么说呢，你地位很高，而灿灿，已经有了自己的男朋友，有了自己的生活。我不知道将她的电话还有地址给你，对她而言到底是好事还是坏事。我必须先问问她，抱歉。"

王滢的解释很慌乱，但是很有道理。黄天阳微微叹息了一声，说："成，要不，你现在就联系她？"

王滢就掏出手机，打了电话，将电话凑到自己的耳朵边听了好一阵子，才抱歉地对黄天阳笑笑："不好意思，灿灿估计没将手机带在身边。"

黄天阳伸手在面前的文件上扯下一张小纸条,写下了一个手机号码,递给王滢,说:"这个号码是我的私人号码,24小时开机的。你联系上灿灿,将电话号码给她好不好?"

王滢忙答应了,小心翼翼地将号码给接过来,藏到手拎包里,才说道:"黄先生,我们继续采访?"

黄天阳将手中的文件递给王滢:"采访就算了,这几份材料给你吧,你拿着,自己琢磨一下,弄一篇专访不成问题的。外面立马要开始了,我先出去了。"竟然站起身,就走人了。

将王滢一个人留在空荡荡的学生处办公室里。

因为终于得到了那个女孩的消息,黄天阳的步履很是轻捷。

外面有一个人直接冲上来:"黄先生黄先生,你给我一个签名成不成?就一个签名……"

比赛虽然放在滨海大学举行,但是评奖并不对滨海大学倾斜。

张扬他们几个人合作的一个工作软件,只得了二等奖。奖金很少,不过1万元钱罢了,不过天阳电脑开价10万元,买下了这个软件的核心代码。

苏光华的后续治疗算是有了保障。

苏灿灿只在医院里住了三天就出院了,不过虽然说是出院,却依然天天往医院跑。苏光华已经过了危险期,偏着头,隔着玻璃门,对着姐姐和张扬甜甜地笑。

看着苏光华的口型,苏灿灿皱眉,问张扬:"弟弟在说什么?怎么看不懂。"

张扬嘿嘿一笑,说:"弟弟在说:姐姐,你和姐夫结婚吧……"

苏灿灿皱眉:"姐夫?哪来的姐夫……"这才惊觉张扬又来占自己便宜,再不迟疑,狠狠又是一脚。

只是势头看着狠,下脚的时候却很轻。

例行公事一般,张扬又开始抱着脚,做出哭泣的模样。因为是医院重地不敢喧哗,否则定然鬼哭狼嚎一番。

苏灿灿看着耍宝的张扬,微微皱着的眉头不由舒展开来,略显苍白的脸上有了这么一点微微的笑意,就像是冬天夜里点燃的一朵小火焰一般,整个世界陡然一亮。

张扬抱着左脚,抬眼就看见了少女的笑容。

不由微微一怔。

金色的阳光从窗户透进来,在少女的脸上晕染出一层明亮的光辉。

秋季那温暖的风拂过,少女那齐肩的长发就显得有几分凌乱了,有几缕发丝颤抖着,横掠着,扑打在少女的脸颊上,闪耀着黑珍珠一般的光泽。

衬托得少女面如白雪,衬托得少女眸如寒星。

他竟然忘记了放下自己的左脚。

这时候,苏灿灿的手机响了。是王滢的电话。王滢的声音很轻快,先问了一下苏光华的事儿,然后就笑着问:"灿灿,我做了一件对不起你的事儿,你不会怪我吧?你还记得当初你在网吧混日子,所遇到的那位黄天阳吗?"

不等苏灿灿做出回复,王滢就接下去:"我见到那位黄天阳了。"

苏灿灿的心陡然一跳,问道:"你见到他了?"

"他是黄氏集团的太子爷,天阳电脑就是他的,这次电脑软件比赛,也是他们公司赞助的。那天我采访他,就认出他来了。我将你的事儿告诉他了,也将你的电话号码给他了。他说等下给你打电话……哦,他给你打电话了没?我本来打算立马将这事儿告诉你的,但是最近事儿多,也就耽搁了,直到今天才想起来。"

王滢将自己的电话号码给黄天阳了,王滢将自己的情况告诉黄天阳了……黄天阳没给自己打电话。

软件大赛结束已经有七八天了。

在少女那灰暗的人生里,黄天阳与梁晓晓,曾经是她生命中的一抹灿烂的橘黄色。苏灿灿也曾多次构想再度见到对方的种种场景。

苏灿灿曾经有一个心病,她固执地认为,自己还差黄天阳一个交代。自己必须给他一个交代,或者同意,或者拒绝。

但是苏灿灿怎么也没有想到,自己真的得到了黄天阳的消息,但是得到的是这样一个消息。

黄天阳已经将自己看成是空气。

巨大的心理落差，让苏灿灿不能适应。然而再仔细想想，这才是真正的生活。

生活就是如此。

当谪仙重新回到天界，他在凡间的恩恩怨怨也就在一瞬间归零。

苏灿灿就是一个零。

苏灿灿笑嘻嘻地向王滢道谢："谢啦，不过呢，桥归桥，路归路，当初我也算是帮他打工的，临走的时候却是一分钱的工钱也没拿，也算是对得起他了，所以他不想与我联系那就算啦。"

"那可不成，当初他可是对我有救命之恩的，我是要向他道谢的，我打算请他去咖啡厅喝一回咖啡……"王滢嘻嘻笑着，"你真的不打算与他上演一出灰姑娘与王子的爱情故事？嗯，或者上演一出王宝钏苦守寒窑的故事？别拿张扬来说事，我知道他与你没啥关系，就是同学罢了，你这两年没谈恋爱，刚好拿来说事……"

苏灿灿鼻子哼哼："不了，我对现在的生活很满意，对于招惹贵族公子没啥兴趣，你两个比喻很没意思，我自己做事了，再见。"

苏灿灿挂掉电话，却看见张扬正凝视着自己。没来由地有些心慌，笑着解释："一些过去的事儿，就王滢还当真。"

却听见有人笑着问道："谁还当真？什么事儿还当真？"却正是萧素素出了电梯。

她也不等苏灿灿回答，先笑着问道："弟弟今天情况好吧？"

苏灿灿笑着说道："当然好，医生说一切顺利，过一阵就能出院了。"

萧素素笑着说:"那就好,等一下我请你们吃兰州拉面!"

苏灿灿笑:"你没吃过好东西么?怎么请客就叫兰州拉面?"

"大家都囊中羞涩啊,只能吃兰州拉面。说实话吃兰州拉面我还是有些心疼的,因为街头兰州拉面的分量及不上学校大食堂的分量……嗯,顺路告诉你一声,我被天阳电脑录用了,实习生,双休日工作,给黄天阳做助理,每个月给1500块!怎样,这个薪水够高吧?更重要的是,接下来每个双休日,我都可以看着帅哥下饭了……"

"每个月工作8天,8天就给1500块?每天给200元?实习生有这么高的价位?素素,你问过具体工作没?你不会被大灰狼骗了吧?"张扬看着兴高采烈的萧素素,"我听说,大户人家的公子哥,都不太可靠……"

"张扬,我能将你的话理解为忌妒成不?"萧素素鼻子哼哼,"我虽然只是一个大二学生,做的却是高技术工种!高技术工种,当然高薪啊……"

萧素素将"啊"字拖得老长。

"张扬,你放心。黄天阳……不是那种人。"苏灿灿迟疑了一下,对张扬说道。

张扬笑着说道:"说起来,你好像与黄天阳很熟似的……你与黄天阳真的很熟?"

后面的声音,竟然不由自主地打着飘儿。

苏灿灿笑了一下:"应该不认识吧,但是我想,贵族人家的子弟,教养肯定好一些,绝对不会像暴发户人家的那些富二代下三烂。"不等张扬回答,又对萧素素说:"不过人家豪门,与我们这些普通人家相隔着金星与地球之间的距离,你别看着帅哥轻易就起了色心。"

萧素素哇哇乱叫着,冲过来要掐苏灿灿的脖子。

笑完了,一群人果然结伴去吃拉面。萧素素要了很多香菜,张扬要了很多辣子,苏灿灿喝了很多汤。

吃完了兰州拉面,苏灿灿与张扬回学校。他们没有回宿舍,而是去了机房。

为了弟弟的病,她已经耽误了不少功课。到了机房,张扬等人可以给她补课。

看着书写了一阵代码,苏灿灿的心却一直不能定下来。

黄天阳那个名字,就像是一条泥鳅,钻进了苏灿灿的心田,将苏灿灿的心拱得乱七八糟。

停顿了一下,她伸手打开了QQ。

这一阵因为弟弟生病的关系,苏灿灿已经很久没开QQ了。凑足钱的那几天,苏灿灿也曾经开了几天QQ,想要得到"老羊"的回复。但是也不知"老羊"出了什么事情,竟然一直都没有上网,等苏灿灿进了手术室,也就没有时间上QQ了,就一直没有与"老羊"联系。

算起来，也有一个多月了。

QQ在跳。"老羊"说：钱不是我汇的。

"老羊"说：之前有些事情忙，现在在了。

"老羊"说：在吗？

"老羊"说：还差钱吗？

"老羊"说：现在弟弟情况如何了，留言告诉一声。

……

那些亲切的留言，就像是一片又一片温柔的羽毛，轻轻地拂着苏灿灿的心；世界在这一瞬间安静下来，苏灿灿回复：我在了，钱已经够了，弟弟的病也快痊愈了。

"老羊"发了一个欢喜的表情。

苏灿灿又说：遇到了一件很憋闷的事情，与你说说。

苏灿灿就像竹筒倒豆子一般，将黄天阳的事儿说了。

"老羊"问：你喜欢黄天阳？

苏灿灿说：我不知道。但是被人这么无视，感觉很差。

"老羊"发了一个笑脸：姑娘，你不是地球的中心，不能强求所有的人都记住你。有钱人忘性大，你就原谅人家啦。

苏灿灿发了一个撇嘴的表情。说：不说了，我学习去了。

心情却轻松了很多。

抬起眼睛，却看见张扬正坐在自己对面，正专心致志不知看什么，嘴角勾起一个微笑。

那个画面很美。

苏灿灿只觉得，在这一瞬间，心很安逸。

苏灿灿与"老羊"聊天的时候，王滢与黄天阳就在咖啡厅里。灯光昏暗，音乐慵懒，人影迷离。王滢诚恳地向黄天阳道谢，又很诚恳地道歉："我与灿灿说了，要她来这儿，可是她不肯来。我……真的不是一个合格的说客，竟然连这么一点小事都办不好……"

也许是因为不好意思，王滢低垂螓首，离子烫过的头发如瀑布一般垂下，露出了白皙的一段粉颈。那一段柔软的弧度非常优美，那略带歉意的声音也温柔得恰到好处。

黄天阳放下手中的咖啡，说："王小姐，既然这样就算了，这事儿不怪你。"

"她……怎么能这样！"王滢抬起头，眼睛里含着泪，说，"就不说别的，就你收留她的这份情谊……她当初不辞而别已经是错了，今天得到你的消息，她居然还不愿意前来……向你道个谢就这么难吗？她……我与她一起长大的，真的没有想到，今天她居然这么无情……"

王滢的声音已经哽住了。

黄天阳用手揉了揉自己的眉尖，说："她多半有自己的想法……不见就不见，算了吧，也算是对过去的一个交代……我当初就是担心她遇到意外，现在得知她的消息，知道没有什么坏事发生，也就算了。"

黄天阳的手机响了起来，他对王滢歉意地笑了笑，接了电话："哦，居然差了30万？知道这是怎么一回事么？他自己怎么说？成，等我过来再说。"

将电话放进口袋，黄天阳对王滢点点头，说："咖啡钱我已经付了，王小姐，你如果要喝的话那就继续，我有些事儿，先走了。"

王滢站起来，说："既然这样，我也走了。黄先生，我送您，您等等我……"

黄天阳已经走下了楼梯，王滢急急忙忙追上去。也许是因为太着急了，踩楼梯的时候，王滢一脚踩空了。

整个人就滑了下去。

王滢的脚扭伤了。

她抬起眼睛，含着泪："好疼……黄先生，您能送我到最近的诊所里去吗？就耽误您半个小时的时间……"

黄天阳点点头——事实上，作为一个绅士，他实在找不到拒绝的理由。当下又打了电话，将公司的事情往后挪了。王滢非常抱歉："黄先生，真的很对不起，等下您将我送到诊所您就自己去处理事情吧，我能自己打车回家。"

黄天阳笑了笑，说："我已经将事情往后推了，也不差这么半小时。"

王滢声音温软："我能问问吗，是很要紧的事情吗？"

黄天阳将王滢扶上了车子的后座，自己打开了前门："不要紧，就是我们公司的一个部门经理挪用了30万。明天处置也是一样的。"

王滢这才放下心来。

黄天阳将王滢送到了诊所，包扎好了，又将她送回了出租屋。

王滢的屋子，以粉红色为主打色调，王滢坐在床沿上，一条腿撑着地面，另一条腿却是晃啊晃，那姿势竟然有几分诱人。她笑着邀请黄天阳："黄先生，您坐一坐再走？桌子上有瓜果……"

这时黄天阳的手机又响了起来。

黄天阳接电话，王滢就竖起耳朵来。

隐隐约约听见对面的声音带着哭腔："天阳，天阳，我真的就是挪用几天，我知道公司的规矩，绝对不敢贪污的，你不信，我都已经将刚买的那一套小房子挂到房产中介那儿去了，等中介将房子出手，我一定将那个亏空给补上！"

"你拿公司的钱去炒房？"

"不是，不是……天杀的，大侄儿，我就告诉你吧……一个天杀的家伙，钻进了我的电脑，将我的照片全都拿走了……然后他要我将30万元钱打入一个银行账户，否则他就将那些照片全都挂网上！我是要面子的，玲玲还小，我不能让她丢人啊……所以我就挪用了公司的30万，我只是想挪用几天，我已经在卖房子了……"

"什么照片？不要告诉我说是你与女人乱搞的照片！你遇到了黑

客！我们公司那么多技术员，你不会去找技术员来解决事儿，却挪用了公司的钱来接受黑客的敲诈？你就等着吧，黑客敲诈你敲顺手了，下次还会来找你！好了，你立马出门，报案！啥，怕丢脸？怕丢脸永远解决不了事情！那天之后你电脑还没有开机过？成，我立马过来，看看你的电脑里还留下什么线索！"

黄天阳打完电话，立马告辞离开。对于这些破事儿，黄天阳真的不愿意浪费时间，但是毕竟是队友。

命中注定，无可选择。

第十二章 情变,原来如此

时间不算太晚,才晚上 10 点钟。对于一个习惯于日夜颠倒的程序员来说,这个时间段正是工作的好时候。

打开了黄连生的电脑,调开了系统日志,黄天阳仔细检查了一番,果然找到了蛛丝马迹,跟着蛛丝马迹追上去,却找到了一台全是漏洞的电脑,那是对方的跳板。很显然,对方不是菜鸟。

正小心翼翼地检查这台电脑的日志,这台电脑却突然关机了。

线索到此为止。要再查探,也只能等到明天这台电脑开机再说了。

黄天阳又运行了一个小软件,检查了一下电脑的漏洞。黄连生是电脑公司的部门经理,虽然不懂电脑,电脑上配置的防火墙却是最好的,一路搜寻下来,也就找到几个漏洞。黄天阳顺路将补丁打上了,问道:"那个黑客,拿了什么照片来威胁你?"

黄连生神色有些忸怩,说:"你没结婚,看那些照片不好。"

黄天阳皱眉,说:"乱七八糟的照片,放在哪个盘?"

黄连生迟疑了一下,才说道:"f盘。"

黄天阳也没有查看的兴致,顺手又运行了一个杀毒软件,说:"希望那黑客不要留了病毒在你的电脑里。"

这时候,眼睛却蓦然定住。他将杀毒软件暂停,指着上面显示的一个文件目录,问:"这是什么照片?"

那个文件夹,名字就叫"苏灿灿"。文件夹后面的文件,全都是图片格式,显然都是照片。

黄连生略显得有几分忸怩:"是我女儿的补课老师,就是前几天的那个冰美人事件的女主角……"

"苏灿灿,冰美人?病毒事件?前几天我在国外的时候闹出的事?"

黄天阳打开了那个杀毒软件上所显示的那个目录文件夹。手指微微发颤。

然后,就像是一阵龙卷风当面袭来,各种各样的苏灿灿,像是许多石头,许多沙尘,许多树叶,扑打过来,扑打在黄天阳的脸上,扑打在黄天阳的心上。

黄天阳不能呼吸,不能站立,不能思考,不能运动。他就处在飓风的中心了,他的身子,他的灵魂,被高高地卷起,又被高高地砸落。

很显然，这些照片都出自偷拍者之手。正因为出自偷拍者之手，这些照片显得特别真实。

有低眉浅笑的苏灿灿，有张嘴欲语的苏灿灿，有皱眉思索的苏灿灿，有疾言厉色的苏灿灿。

原来，她的头发已经很长很长了。

原来，她微笑的样子，竟然也有几分温柔贤淑。

原来，她就在这里，就藏在这台小小的电脑里。

原来，她就是冰美人事件的女主角——我曾经捕捉了那个病毒仔细研究试图破解，但是我对于引起偌大风波的那张照片，却不屑一顾。

但是我真的没有想到，她就在那张照片里。

车窗户整个打开，夜风呼呼地灌进车厢里。脑子里的许多乱七八糟的东西似乎被冻住了，心情终于安定了许多。黄天阳将车子停下来，下了车，点燃了香烟，吸了一口，然后吐出了一个很圆的烟圈。

烟圈在夜空中袅袅散去，那些郁闷似乎也袅袅散去。

很没理由，黄天阳想，自己没理由记挂着当年那个倔强、好强、敏感的高三学生。

也许是那个学生眉宇之间的倔强激发了他的保护欲望吧。有那么几天，自己甚至真的动了与那个小女生谈恋爱的心思，自己甚至因为担心这个小女生的安危，一路悄悄跟踪，甚至为了这个小女生与小流氓大打出手，甚至还闹了一个手指骨折。——现在想来，这是多么不可思议的事情啊，自己完全可以用其他方式来解决问题的。

自己那时的脑子是进水了。

但是就这么莫名其妙，自己就心动了。

苏灿灿就像是压在自己心底的一颗种子。只要有土壤和水分，这颗种子肯定会发芽，这颗种子肯定能顶开上面压着的石头，这颗种子一定能找到最合适的缝隙钻出地面……

黄天阳曾经很认真地考虑了三个晚上。整整三个晚上。

两个人之间的身份地位的确是问题，但是黄天阳相信自己的家族不必用联姻的方式来壮大自己。只要自己坚持，家里人肯定也不会反对；而那女孩也表现出相当好的计算机天赋，如果好好地培养，将来也是人才。

对于人才，无论是怎样的人才，家里都不会排斥。

只是没有想到，他莽莽撞撞将话说出口后，却将那个小女生吓得不辞而别，甚至连钱包手机都没带走。

是的，黄天阳一直认为，苏灿灿的失踪，多半是被他那句话给吓走的。

心情低落的黄天阳，终于觉得留在江南市开网吧写软件的生活寡淡无味了。

在父亲第12次要他回滨海的时候，他很爽快地离开了江南市，回到了滨海。

他很决然地将江南市的一切都抛弃，就像是抛弃一件不能再穿的旧衣服一般。

但是网吧可以抛弃，记忆却不能抛弃。虽然黄天阳很长时间都不曾将苏灿灿想起，虽然黄天阳两年来也有过七八次的相亲经历，但是在看到王滢的一刹那，黄天阳发现，那些被自己搁置在角落里的影像一瞬间全都苏生过来，苏灿灿的笑脸就像是一个顽固的病毒，不停地复制粘贴，将自己的脑海全都塞满。

所以他才对王滢发出了一个不得体的单独采访邀请。虽然他知道这么一个要求会让很多人误会，但是黄天阳不在乎。

他要知道苏灿灿的消息，一刻也不能等了。

很幸运，王滢说，苏灿灿过得很好很好。

但是也很不幸，王滢说，苏灿灿拒绝与他联系。

那个倔强的女孩，那个独立的女孩，那还是一个敏感而自尊的女孩？——她居然拒绝与自己联系？

对于王滢的说辞，黄天阳心底不是非常相信。但是王滢诚恳的语气和晶莹的泪光，由不得他不信。

现在，不用王滢给电话号码了，苏灿灿的电话号码，就记在自己的手机里。

只要一个键就能将苏灿灿的电话号码调出来，再一个键就能将电话打出去。

但是黄天阳没有动。他的脑子乱糟糟的,需要冷静一下。

王滢说,那个女孩,已经有男朋友了。

黄连生说,那个女孩,对有钱人有一种天然的排斥。

就在那个晚上,深夜 12 点,黄天阳站在滨海市的街头,一支接着一支地抽烟。

不要试图与娱乐小报讲理。作为滨海市最有价值的单身汉,黄天阳已经很久很久没有帮助娱乐小报创造价值了。

但是幸运的是,这一回爆料人很给力,这一回的狗仔队也很给力。拍出来的照片非常清晰,画面中相互搀扶的青年男女,长相也够有型,怎么看怎么赏心悦目。

但是配合上"天阳老总疑包养女大学生"之类的标题,这张照片就不怎么和谐了。

当这个内容广为流传的时候,黄天阳却什么也不知道。正值周末,他关闭了手机,躺在公寓的席梦思上,顶着两个黑眼圈,睁大眼睛看着天花板,正处在完美的失眠状态中。

梁超然是很少看这些八卦论坛的,但是自有同学将信息转发给他。

梁超然的目光就定住了。嘴唇哆嗦了片刻,他拿起了手机,拨通了电话。

电话没有人接听。

梁超然再也坐不住了,当下直接冲向王滢所在的小区。

王滢租住的房子,就在学校的边上,很近。

王滢并没有开门,站在窗前,对楼下的梁超然说:"超然,今天你太激动了,咱们不适合谈话,等过两天,你心情平复了,咱们再来谈这个事儿,成不成?"

梁超然举起拳头就砸楼道的大门:"你是要变心了吗?如果不是想要变心,你今天怎么不敢开门?"

站在窗户前,王滢的声音依然很冷静:"超然,不是变心不变心的问题。你这么激动,我怎么敢让你进来?你还是先离开吧,再闹下去,邻居们听见了,就成了笑话了。"

梁超然恨恨地叫道:"笑话?你都被人包养了,你还怕被人笑话?你给我一句话,你是不是打算傍人家有钱人,打算将我给甩了!"

王滢哼了一声,说:"即使我真的将你给甩了,也不是什么大错。我们俩男未婚,女未嫁,算什么未婚夫妻?你以为我不知道,你心心念念想着的是苏灿灿,不是我!你给人家写了一大堆情书,可惜啊,人家根本不理你,人家将你的情书一把火给烧了!梁超然,要说变心,是你先变心的!"

梁超然的嘴唇哆嗦,说:"果然是傍上有钱人……网上说的话果然是真的……"又是一拳砸在防盗门上。

第十二章 情变,原来如此

张扬赶到的时候，梁超然正坐在派出所的小板凳上。他耷拉着脑袋，脸上一片颓然。T恤衫上有很多脏污，脸上还有些血痕，那是与小区的保安发生冲突后留下的痕迹。

看见张扬，梁超然露出一个苦笑："不好意思，这事儿只能找你。我不想让其他同学知道这事儿。"

张扬重重地叹了一口气："是因为报纸上的事情，与王滢起了冲突？你也太冲动了，大丈夫何患无妻，这样一个女人，分了也就分了。"

梁超然有些诧异："你居然劝我们分开？"

张扬叹了一口气，说："强扭的瓜不甜。咱们先交了罚款，出去慢慢说。"

刚一开机，电话就剧烈地震动起来。是自己助理的电话。黄天阳终于坐起来，接听了两句，脸色蓦然之间变得凝重。

他直截了当地吩咐："召开记者招待会，就说我与王滢之间，是普通朋友关系。昨天是因为王滢腿脚扭伤，所以送她回家。如果还有任何媒体捕风捉影，追究法律责任。"

才挂上电话，电话又响了起来。是王滢略带着哭腔的声音："黄先生……我的名誉全毁了……"

黄天阳叹了一口气，只能安慰："没事，过两天他们就消停了。"

"我的男朋友与我绝交了……"王滢的声音令人听着心碎，

"我……活不下去了,人家肯定会说我傍大款没傍成,反而丢了男朋友……"

黄天阳继续叹气,这叫什么事儿?

"黄先生,您是好人……谢谢您的倾听……即便我去了另一个世界,我也会记得您的……"

黄天阳正打算继续安慰,听到最后一句,声音却不由发紧:"你说,你要自杀?"

回答他的,是哽咽的低泣声。

黄天阳站起身,穿上拖鞋,说:"王小姐,这事儿,是媒体的错,不是你的错。你如果真的觉得活不下去了,真的打算自杀的话,我建议找市中心的那座钟楼往下跳,或者到市中心的那座新江桥往下跳,成不成?好歹围观的人多一些。我再通知几个相熟的媒体,让他们到现场来拍一些图片或者视频,尽可能将这事儿的影响闹大。你既然付出一条命的代价,咱们也不能让那些无良媒体好过,是不是?"

黄天阳的声音,淡漠而疏离,却彬彬有礼,无可挑剔。

电话那边的哭泣声,不知何时停止了。

片刻之后才传来咬牙切齿的痛骂:"黄天阳,你神经病,你铁石心肠!"

黄天阳声音很淡:"谢谢夸奖,王小姐,这事儿就到此为止吧。不要试图用这种方式来吸引我的注意力,我这个人,这种手段看得多了,也就免疫了。"

第十二章 情变,原来如此

那边传来一声巨响，是有人砸了电话。

黄天阳拨了另一个电话，云淡风轻地吩咐："派几个人去那个小区看看，刚才有人威胁我要自杀，可别让人真的自杀了。"

梁超然身上并没有受多大的伤，但是现在这副形貌显然不适合直接回学校。张扬就将梁超然带到了自己的居所。他与王滢一样，也在校外租了屋子。

不等张扬开门，门就打开了。戴着大口罩的苏灿灿，手中拿着扫把，抱怨说："这是人住的地方吗？方便面盒子我都收拾了七八个，有几个都长绿毛了！"

看见这样的场景，梁超然不由怔了一怔，脸色就有几分不自然。

张扬略略有些尴尬，说："不要误会，我们没有同居……她只是过来帮我打扫，就是打扫……"

苏灿灿扑哧一笑，说："你越解释，人家越要说，此地无银三百两！"

昨天吃饭的时候，张扬无意之间提起自己经常吃泡面。苏灿灿听在耳朵里，今天离开医院的时候就绕道到了张扬的出租屋。见到满地狼藉的东西，当然要帮忙收拾收拾。然后张扬接到了梁超然的求助电话，赶去派出所，苏灿灿就一直没有离开。

苏灿灿已经做了晚饭。梁超然连中饭也没有吃，却依然没有什么胃口。

张扬忍不住将手中的碗一放，说："超然，摆出点男人应该有的样子来！丢了一个女人就丢了魂？我说呢，现在就看清了她的真面目，那是你的幸运！"

听张扬这么说，苏灿灿不乐意了："张扬，什么叫'看清了她的真面目'？王滢是一个好女人，今天的事儿，我看多半另有缘故，只要将误会解释清楚，不就结了？"

梁超然闷闷地说："不是误会。"说了这两句，他又不说话了。

苏灿灿怒道："什么叫不是误会？我们几个人也算是一起长大的，你与她是真正的青梅竹马！这样的感情多么深厚？超然，你的性子我也知道，多半是脾气大了，口不择言了，就将事情闹僵了，是不是？等一下去给王滢打一个电话，放下身段道个歉，再买一束玫瑰花去，天大的事儿也没了！就这么办！"

梁超然说："我不道歉。我没错。"

"你没错啊你，你居然长了性子了……"苏灿灿真正怒了，将筷子一放，数落起来，"你有本事再说一句不道歉？那些论坛小报什么的，你又不是不知道，最擅长捕风捉影，我上次差点被这些论坛新闻整死！你是她的男朋友，你不理解她，你还跑到人家住的地方去砸门了，将她的脸都丢光了，还将脸丢到派出所去了！你还有本事在这儿甩性子，说什么不道歉！"

苏灿灿大发雷霆，梁超然就不再接嘴。当下就低头，有一口没一口地吃饭。

张扬迟疑了一下，终于说道："灿灿，谈恋爱是他们自己的事儿，你还是少干涉一些。"

苏灿灿冷笑了一声，说："王滢是我的好姐妹，我不能看着你们欺负她！"

张扬叹了一口气，说道："你不能看着超然欺负王滢？算了，王滢欺负你的时候……"

但是张扬的话没说下去，因为苏灿灿怒火熊熊，截断了张扬的半拉子话："王滢什么时候欺负我了？我怎么不知道？"

就在这时候，传来了门铃的声音。

张扬起身就开门。苏灿灿继续教育梁超然："不好意思开口，那就给王滢发一个道歉的短信……"却听见门口传来张扬的声音："王滢，你到这里来有事吗？"

苏灿灿听见了，就叫了起来："王滢，你先进来再说。"起身去了门口。

梁超然就面色阴沉地坐着。

门外传来王滢那温柔似水的声音："灿灿……你在这里？你知道超然……去了哪里吗？我打他电话，他关机……"

苏灿灿笑着说道："人就在这儿呢，先进来再说。我正在教育他。"

王滢温柔地笑："谢谢你，灿灿，谢谢你，张扬。我们之间闹别扭，给你们添麻烦了。"

苏灿灿笑着将王滢拉进来。却听见张扬闷闷地说道:"灿灿,这是我租的房子,你比我还像主人了。"

苏灿灿回头,瞪了张扬一眼,说:"少来占我口头便宜。我这样做错了吗?"

张扬叹了一口气,说:"没错。"

王滢眼睛往里面看去,却见饭桌前梁超然像一块石头一般坐着,也不抬眼看自己。王滢脸上顿时就蒙上了一层阴翳,咬着牙,说:"超然,你到现在还不理解我吗?"

梁超然抬起眼睛,瞟了一眼王滢,说:"我们之间已经到了这个地步了,说什么理解不理解,你以为还有意义吗?"

王滢站着,咬牙说:"今天早上,我不给你开门,是我不对。我说话气你,也是我不对。但是……我受了这么大的委屈,你不前来安慰我,却是气势汹汹地来问罪,我……心里委屈,你知道吗?"

说着话,王滢的鼻子一酸,眼泪就下来了。

梁超然再度抬起眼睛,看了看王滢,说:"咱们的事情,今天早上你已经说得很清楚了。咱们男未婚,女未嫁,你爱与谁交往就与谁交往,谁也没资格管着谁。从今天起,咱们断了吧,爸爸妈妈那边,我去说。"

"你……想甩了我,你……没门!"王滢大踏步走进门来,只是脚步却有些不灵便。苏灿灿就问:"王滢,你的脚怎么了?"

梁超然扶着王滢在沙发上坐下,说:"你的脚……"

王滢坐下来，含泪说："昨天脚扭伤了，刚好遇见了之前有一面之缘的黄先生，他就主动将我送到诊所，又将我送到了家。结果今天你来的时候，我行动不便，开门慢了一点点，你就在楼梯底下胡说八道。我也是有脾气的，就顶上了。现在我想明白了，到处找你，你居然不肯理我……"

苏灿灿忙问道："你脚扭伤了？你脚扭伤了，怎么不乖乖养着，要跑这么多路，万一伤上加伤怎么办？将鞋子脱掉给我看看。"

王滢虚弱地笑道："也没什么，昨天医院包了膏药，今天已经不大疼了。过几天也就好了。"

苏灿灿就抬眼看着梁超然："超然，你看见没？人家王滢哪里是你想的那种人！"

梁超然看着王滢的脚。王滢已经将鞋子脱下来。她的脚上果然包裹着，只是勉强塞进鞋子里。梁超然脸上掠过一丝挣扎，却终于说道："算了，灿灿。我们的事儿，你不用费心了。王滢，你也不用解释了，咱们好聚好散，不管怎样，同学情分还在。"

苏灿灿又要发怒。张扬却是点头说："灿灿，这事儿，是王滢与超然的事儿。"

苏灿灿就将怒气转到张扬身上了，说："张扬，宁拆十座庙，不坏一家亲！"

张扬看了看眼泪汪汪的王滢，又看看闷声不响的梁超然，说道："超然，我支持你。王滢，你做的也够了，算了吧，我不能看着超然跳入火坑。"

王滢的眼泪扑簌簌落下，坐在沙发上，哽咽说："张扬，你这是什么意思？"

苏灿灿就跳起来："张扬，你胡说什么？"

张扬也不理睬苏灿灿，转身进了自己的卧室，然后拿着一叠打印好的文档，递给苏灿灿，但是没等苏灿灿伸手来接，却又转了一个方向，递给梁超然。

梁超然有些诧异地看了张扬一眼，接过了文档。苏灿灿怒道："神神秘秘的，到底是什么玩意儿？"凑过去看。

王滢眼睛看着这边，肩膀一抽一抽，眼神有些复杂，却没有走过来。

苏灿灿本来想要丢下手中的文档去安慰王滢的，但是看了几眼之后，她的眼睛再也挪移不开。

一种冰冷的感觉，从心底慢慢涌上来，一寸一寸，将苏灿灿的双脚冻僵了，将苏灿灿的四肢冻僵了，将苏灿灿的整颗心都冻僵了。

苏灿灿想要笑，她想要批评张扬编造的文章太拙劣，里面那么多错别字也不知道改正过来。

苏灿灿还想要笑，她想要向张扬表示说这个玩笑一点也不好玩，她绝对不会上当。

但是苏灿灿却一点也笑不出来，一个字也说不出来。

苏灿灿就像是一个老式的电脑，启动了一个大软件时候，遭遇卡顿；苏灿灿很想中止进程，但是却发现自己已经无法中止。

她机械而迟疑地，一个字一个字地，看下去。文档里的字，冰冷无情，像一枚又一枚的针，戳进了她的心脏，一瞬之间，千疮百孔。

文档中的女主角，不知何人；但是文档当中，却是频繁地出现"超然"、"灿灿"这类字眼儿。

"超然喜欢灿灿，我知道的，灿灿也喜欢超然，我也知道的。我想知道，夹杂在他们中间，我到底应该充当一个怎样的角色？"

"今天，我在'灭绝师太'跟前提了一嘴，说年级段前几名那个梁超然，好像与人谈恋爱。"

"今天做了一件很得意的事儿，我挑唆灿灿去向超然求爱……不知灿灿到底有没有这个胆子？希望她大胆一些，那样我在'灭绝师太'跟前埋下的伏笔才有用，嘿嘿。"

"今天回家的路上，超然与我说了三句话，与灿灿说了13句话。我真的想不明白，为什么超然就喜欢灿灿？我外貌比灿灿漂亮，我性格也比灿灿温柔，为人处世我比苏灿灿更成熟，但是为什么，从小到大，所有的人都叮嘱我：要听灿灿的话？就因为灿灿比我大了几个月？就因为小时候苏灿灿很能打架？"

"我要将梁超然抢过来。"

"苏灿灿的父亲出事了，这真的是一个好消息。"

"我告诉梁阿姨超然与灿灿在早恋。告诉她超然这次退步三个名次，就是因为早恋的缘故。梁阿姨很生气，我很高兴。加上苏明德的事儿,苏灿灿,咱们两个人的竞争,你已经提前退出了。"

"我告诉超然灿灿在与一个网友网恋,是一个在游戏中的网友,他们甚至在游戏中结婚了。超然从来不玩游戏,他对我的话半信半疑。"

"超然终于有些相信了。话说要不动声色地造谣,真的是很为难的事儿。"

"今天,超然向我求爱了。我看见了苏灿灿的脸色,她的脸色有些苍白,真的很好。"

……

那边,王滢还是抽着肩膀低泣。看着那叠文档,梁超然的面色,也慢慢地失去了血色。

片刻之后,梁超然终于断然下了结论:"张扬,这些文章……是假的吧?"

张扬说:"你是她的男朋友,应该知道,她有在网络上写日记的习惯。"

梁超然说:"我不知道,我不确定。你这些东西从哪里弄来的?"

张扬说:"我进了她的QQ空间,这些都是她的私密日记。"

这边几个人在说话,王滢的头终于抬起来了,一瞬之间,王滢的脸色也苍白得吓人,她动了动嘴唇,却没有发出声音。

梁超然的脸色苍白得可怕,他终于说道:"张扬,我知道你电脑技术很好,但是你不能破解同学的QQ空间。"

但是他没有质疑这些资料的真实性。

苏灿灿这台老式的电脑,终于挣脱了卡顿的现象。她挣扎着,终于也说道:"张扬,你做得不对。"

就这么一句话,就像是救命的仙丹一般。被三个人冷落在沙发上的王滢,终于也发出了声音:"你们看的是……什么东西?是我的QQ日记?……不,我没有在网上写日记的习惯。张扬,你不能陷害我!"

张扬目光转向王滢。那目光有几分冰冷,王滢的目光不由闪烁了一下,垂了下去。

她不敢与张扬对视。

张扬捡起苏灿灿看过的一些文档,放到王滢的面前。

王滢睁大惊惶的眼睛往文档上看去。然后她尖叫:"不是我写的,肯定不是我的写的,张扬,你撒谎,你伪造了我的日记……"

张扬没有回答她,但是眼神里却是毫不掩饰的厌恶。

四周的空气,冷得像是结了冰。4个人就被冻僵在冰窟里了,谁也不能发出声音来。

张扬看着王滢,却是对苏灿灿说道:"灿灿,我之所以要进王滢的QQ空间,那是因为我看见,超级无聊与雄霸天下,用的是同一个IP地址。那不是学校的集体IP地址。"

简简单单一句话,似乎是一个闷雷在苏灿灿的头顶上爆炸,苏灿灿脸色苍白,半天没有声音。

张扬说:"有人删了学校论坛上的那个帖子,但是删除得并不彻底。那天晚上我登陆了管理员后台,在后台恢复了数据,看了一下那个帖子,一错眼就看见了好几个完全相同的 IP 地址。其中一个是发照片造谣的发帖人'超级无聊',另一个是反反复复在与人争辩的'雄霸天下'。因为'雄霸天下'报出了自己的真名,于是我就多看了一眼。我顺路进了电信的后台看了看,果然指向了王滢所在的小区。"

苏灿灿整个都僵硬了。

王滢的嘴唇颤抖,终于尖叫起来:"你撒谎!"

可是其余几个人都没有理她。

王滢浑身颤抖,蜷缩在沙发里,只发出一个声音:"你撒谎,没有的事儿,你撒谎,我怎么可能陷害灿灿……"

好久好久,苏灿灿才说道:"也许是有人用那个 IP 地址做了跳板。"

王滢陡然之间来了力气,说:"也许……是有人用我的电脑做跳板发言,就是为了陷害我!"

张扬摇了摇头,说:"也许是吧……但是如果她是一个有脑子的人,就不会将你的家庭情况宣扬得满世界都知道。"虽然王滢插了一嘴,但是他根本没有理睬王滢,这话依然是对苏灿灿说的。

王滢……是没脑子的人吗?

苏灿灿不知道,她只是非常疲倦。

梁超然拳头紧紧攥着,说:"原来……一切都是她捣鬼……"声音涩然,却是再也说不下去了。

王滢尖利地大叫起来:"张扬,张扬,你是在撒谎!你这是要离间我与灿灿之间的感情!"她想要扑上去,去抓张扬的脸。

只是张扬伸手,抓住了她的拳头。

苏灿灿抬起眼睛,看着王滢,声音机械而僵硬:"不是张扬陷害你。"

王滢还要挣扎,怒骂,但是苏灿灿那冰冷的几个字,竟然将她定住了。

王滢缓慢地转过头,就看见苏灿灿的眼神。

苏灿灿的眼神并不凛冽,也不愤怒。她的眼睛,就像是一片荒漠,没有任何生机。

王滢生生地打了一个寒战,随即又是一种巨大的愤怒弥漫上来,她叫道:"苏灿灿,你什么意思?"

苏灿灿说:"文档里面写了很多事情,你知我知,除你我之外谁也不知。"

这句简简单单的话,却像是一枚针。一针下去,王滢就像个鼓胀的皮球,以肉眼可见的速度,迅速地干瘪下来。她终于说话了,声音干涩而难听:"你宁可相信张扬也不相信我。"

张扬看着王滢,说:"后来我又看了一下那张照片的角度。拍摄者当时应该是站在学校边上的那条巷子里。你出租房所在的小区侧门,就在这条巷子里。从拍摄的位置回到你的出租房,大约只要三分钟时间。"

王滢死死地盯着张扬，嘴唇发白，却没有声音。

"我还听说，灿灿得了好差事之后，曾经将事情告诉你。你当然知道她每天晚上下班的时间。"

王滢没有说话。

张扬说："这只是我的推断，不能作为证据。但是王滢，你不知道，学校门口和你小区门口，都是有监控的。我就进了有关部门的服务器，调出了当时的录像。果然，你从8点13分走出了小区的侧门，却一直没有出现在学校的大门口。等到8点40分，你再次回到自己小区的门口。从你小区侧门到学校门口这一路都是围墙，并没有任何店铺或者人家可以让你消磨时间。"

王滢脸色惨白。

张扬摇摇头，说："其实我还是不大相信。后来我终于又进了一次你的电脑，在回收站里找到了那张帖子的原始文档，发现文字编辑是发帖时间的七八天之前。也就是说，你早就做好了陷害灿灿的准备，即便灿灿学生的那个家长黄连生，没有对苏灿灿动手动脚，你也会拍下灿灿下豪车的镜头，毁坏她的名誉。那个文档我搬过来了，上面还记录着'作者雄霸天下'的字样，你要不要看看？此外我还在你的QQ里，找到了你与水军交易时候的聊天记录，为了雇佣水军将苏灿灿淹死，你花了1200元钱，是不是？"

王滢咬着牙齿，咯咯作响。却没有反驳。

苏灿灿缓缓地坐下来。心已经在一瞬间荒芜了，苏灿灿已经不会思考。

王滢咯咯笑起来，声音尖利难听："既然你早就知道了，那你为什么一定等到今天才说出来？"

"有了确凿的证据之后，我就想要告诉灿灿了。但是又碰到了光华的事儿。我不能让她承受打击，就忍了下来。"张扬的声音里含着淡淡的怜悯，"若要人不知，除非己莫为。我真的不知道，灿灿将你看作是好姐妹，你们是一起长大的，你为什么要这样陷害她？从你的日记里看，你也不爱梁超然，为什么一定要将梁超然抢到手里？"

王滢咯咯笑道："果然是怜香惜玉，不过你问的，灿灿肯定知道，你又何必问？"

苏灿灿僵硬地摇摇头："我不知道。"

梁超然的面色灰白，这时候猛然叫起来："你说，你说！"

王滢就扶着桌子站着，脸色苍白，但是却是笑着，真正地笑着："小时候，当我们之间有争议的时候，你都听灿灿的，不听我的。我就想，什么时候才能让你听我的就好了。再后来，我们都长大了，你也有主见了，但是你还是听她的，不听我的。再后来，我知道灿灿暗恋着你，你也暗恋着灿灿，这让我更不高兴。我比灿灿漂亮，比她聪明，你居然喜欢她不喜欢我！我想要让你知道你是错的，我想要将你抢过来。"

苏灿灿不知该怎么说话，她只是单调地重复："你怎么可以这样，你怎么可以这样!"

似乎成了复读机了。

王滢也不理睬苏灿灿,依然看着梁超然:"后来我终于将你抢到手里了,但是让我不高兴的是,她居然也复读,考到了这所学校!而且分数还那么高!而且她虽然装作了冷冰冰不理人的模样,却得了一个冰美人的外号,那么多男同学将她看作梦中情人!这不公平,所以我一定要让所有的人知道她的真面目,让所有的人知道,她苏灿灿是一个贪污犯的女儿,她的家庭情况很糟糕,更重要的是,你与我订婚了,却依然暗恋着她!"

苏灿灿不知该说什么,也不知该想什么。似乎有一万匹马在自己的心头狂奔而过,自己的心里,只剩下了一片被践踏得一塌糊涂的土地。

苏灿灿这才深刻地相信,她是命运的眼中钉;生活是一个巨大的沙坑,当她努力提起一只脚的时候,却发现自己的另一只脚陷入更深的流沙里。

王滢就冲着梁超然笑:"其实是你害了苏灿灿,是不是?如果你不偷偷给苏灿灿写情书,我就不会想着要将她的名声搞坏了,是不是?"

梁超然只能发出一个声音:"疯子!王滢,你真的是疯子!灿灿是我们的同学,是你的闺密啊……"

"疯子?我就是疯子。"王滢抬起头,高傲得像个女皇,"好了,既然你现在什么都知道了,肯定不会与我言归于好了。既然这样,我就走了,你们继续吃饭。解决了一个大问题,你们的胃口一定很好,可以多吃一点。顺便问一下,超级黑客全能王子张扬同学,你既然自诩为苏灿灿的保护神,那么苏光华的医药费,是你帮忙解决的吗?灿灿啊,我觉得,你与黑客谈恋爱,真的是一件危险的事儿。"

苏灿灿终于找到了自己的声音:"王滢,我的事儿,不用你关心。"

王滢就大步走掉了,她的步履很稳健。

虽然还有些不自然,但是绝对没有之前那么夸张。

苏灿灿再度颓然坐下……她的眼泪,无声无息地落下来。

第十三章 真相,如此温暖

太阳一寸一寸地落下,黑夜一寸一寸地降临。苏灿灿终于平复了心情,抬起眼睛,却看见了梁超然。

梁超然就坐在自己的对面,眼睛里有些忧郁的东西。

梁超然张了张嘴,却没有发出声音。苏灿灿就问:"你在这儿。张扬呢?"

梁超然说:"他去学校了,叫我陪着你,让你安静一下。"

苏灿灿站起身来,说:"哦……我也回学校去吧,今天下午本来有课,我都没请假。"

梁超然也站起来,说:"不用着急,我已经打电话给萧素素,她已经帮你请假了。你弟弟的事儿学校老师都知道,只要你不挂科,没人与你计较上课不上课的事情的。"

苏灿灿说:"时间不早,我们也要早些回学校的。"

苏灿灿起身出门,却听见后面传来梁超然艰难的声音:"你……是怕与我单独在一起吗?"

苏灿灿转过身来。

外面的路灯亮了,透过窗帘,流泻在小小的屋子里。世界顿时明亮了许多,但是梁超然的眼睛,依然浮动在幽幽的雾气里。

梁超然整个人,都像是站在幽幽的雾气里。

青年男子,身材已经非常挺拔,他立在那里,就像是一棵树。

苏灿灿精神有些恍惚。她知道自己不能再看了,于是她转身。

然后,她的身子被抱住了。

她听见了男子说话,声音像是呓语:"原谅我,好不好?"

原谅我,好不好?

很轻松的6个字,从小到大,苏灿灿曾经听梁超然说过无数次。

从开裆裤时代就积淀起来的情感,不是简单的数学累积,也不是简单的银行利率,这是一种几何的倍数,从平方到立方再到四次方;当它终于到了爆发的时候,那种冲击力,就是苏灿灿那般强悍的心脏,也不能承受。

苏灿灿应该很轻松很大度地笑:没事儿。

苏灿灿应该跺着脚发怒:原谅原谅,我偏生不原谅!

可是,那些话,就沉甸甸地坠在苏灿灿的舌尖上,她想要开口,她却发不出声音。

青年男子的双手，搂着苏灿灿的纤腰。青年男子的胸膛，就贴在苏灿灿的后背。

苏灿灿能感受到他的胸膛，苏灿灿也能感受到他的心跳。

苏灿灿的发梢，就掠过那青年男子的鼻尖，那青年男子的呼吸，就落在苏灿灿的肩颈里。

灯光很安静，温柔而多情地在两人身后拉出两条纤细的身影。

苏灿灿有些恍惚，她头脑中掠过了一个相同的景象，那年她正直花季，那年他也很年轻。那年她就是这样，从后面抱住了他的腰身，那次她很想要将一句话说出口，但是她最终却没有说出口。

只是，一切都不同了。

同一个人不可能两次踏进同一条河流。

河床依然是那个河床，水已经不再是之前的水。

苏灿灿依然是那个苏灿灿，心境却不再是当初的心境。

苏灿灿听见梁超然的声音："原谅我，好不好？"

苏灿灿的声音很平静："你先松开。"

梁超然的手，就像是陡然枯萎了的树藤。他终于松开了苏灿灿。

昏黄的灯光下，青年男子的眼神，有些憔悴。

苏灿灿深深吸气，告诉梁超然："不是你的错，无所谓原谅不原谅。我们是同学，是朋友，不是吗？"

就像是一阵冷风，吹熄了青年男子眼中的一点点希冀——他的声音里含着痛楚："可是，当初我喜欢你，你也喜欢我。"

苏灿灿凝视着面前的青年男子，声音坚决而肯定："当初是的。但是现在不同了。你不是当初的你，我也不是当初的我。"

说完了这一句，苏灿灿转身就走。

后面传来了梁超然的声音："现在不同了，是不同了……是因为张扬吗？"

苏灿灿的脚步顿了顿。但是她却没有回头。

是因为张扬吗？

苏灿灿不能回答。她觉得自己很累很累，她不想思考。

苏灿灿已经决定做一棵空心菜，但是张扬却是像那最倔强的虫子，一点点地钻，钻进了苏灿灿的空心里面，然后蜷缩起身子，变成心脏的模样——

苏灿灿知道，他想要充当自己的心脏。

只是苏灿灿的排异功能很强大。

她很感动，但是她依然是一棵空心菜。

她只是想，如果自己这辈子一定要找一个领结婚证的对象的话，张扬应该是一个极好的人选。

打开了门，却是怔了一怔。

张扬就站在门口。也不知站了多久。但是很显然，他听见了梁超然的最后一句话。

深沉的目光凝视着苏灿灿,张扬问道:"是因为我吗?"

苏灿灿想要回答,却又不知怎么回答。

就在这时,苏灿灿的手机响了。是萧素素的号码,但是里面传来的是一个男子的声音:"你是苏灿灿吗?我是黄天阳……"

那声音很温和,很有磁性,在苏灿灿的记忆里,这个声音曾经淡漠而疏离。

一瞬间,似乎是一个什么东西攫住了苏灿灿的心脏……苏灿灿的心脏停跳了整整三分钟。

那声音像是从极遥远的地方飘来,与三年前的记忆合拢在一起。苏灿灿心中有个声音在欢呼着,雀跃着,但是她却发不出声音。

那边的声音有些急躁了:"是苏灿灿吗?我是黄天阳……"

苏灿灿想要笑,苏灿灿心中应该是极度欢喜的,但是不知怎么的,苏灿灿感觉到有些慌张。

然后,她终于发出了自己的声音:"黄天阳吗,我在。"

黄天阳的声音很是着急:"萧素素受伤了。你快点来,我现在将她送到市人民医院……"

苏灿灿急了,当下就往小区外面冲,一边问道:"你现在在哪里?要紧不要紧?"

张扬在后面,问道:"发生什么事儿了?"

苏灿灿也来不及回答,或者根本没有听见张扬在后面问话,只与黄天阳说话:"天阳,我立马就来……"

径直就往楼下冲去。

冲到小区门口,刚好有一辆出租车停下来。苏灿灿就直接坐进去,吩咐司机:"市人民医院,快!"这才想起张扬就在后面,就冲着外面叫了一声:"你一起来不?"

张扬在后面,只听见"黄天阳"、"天阳"等字眼儿。心已经有些沉下去了。听见苏灿灿招呼,心中就有些苦涩的滋味,说:"我先到楼上去看看超然,先将门给关好。"

还没有等张扬将话说完,出租车就冲出去了。

梁超然下了楼来,看见张扬,问:"灿灿呢?"

张扬叹了一口气,说:"好像是黄天阳来了一个电话,灿灿就急火火地上出租车去了,一句多余的话都没说。"

梁超然有些诧异地问:"黄天阳?天阳电脑的那个?灿灿认识他?"

张扬扬起眉毛:"当初灿灿离家出走,就住在黄天阳的网吧里。黄天阳是她的恩人呢。"

梁超然有些明白了,沉沉地叹了一口气,终于说道:"好了,张扬,我现在也不忌妒你了。原来在钱面前,一切都免谈。"

张扬勉力笑了一下,说:"也许吧,不过我现在也不太悲观,灿灿不是要钱的人,这事儿说不定还有其他原因。"

梁超然哈哈一笑,说道:"得得得,女人都是这样的,王滢看到有勾搭黄天阳的机会就对我恶声恶气,苏灿灿听见黄天阳的电话就立马跑出去。我同情你啊,老同学。"

几年过去了,苏灿灿怎么也没有想到,自己竟然在这样的情况下看到了黄天阳。

苏灿灿怎么也没有想到,自己再度看见黄天阳,黄天阳竟然是这般狼狈的形貌。

衬衫被撕破了,胳膊上有血迹;右手已经被严密包裹了,竟然是受伤了。

他正在走廊上来回踱步,边上有两个穿着夹克衫的年轻人,毕恭毕敬地陪着;那边角落里还有两个警察,正低头说着些什么。

苏灿灿心一沉,几步跑上去。

很多年前,黄天阳也曾经设想过再见苏灿灿的场景。

他曾想,再度见面的地点,应该选一个有情调的咖啡厅,再不济也要选一个有柳树的公园。

他也曾想,再度见面的时候,她一定已经长发飘飘,他也一定不会邋遢。

他也曾想,再度见面的时候,他们一定会相互给对方一个拥抱,最温暖的拥抱。

他还曾想,再度见面的时候,她或许会落泪,他一定会用最温柔的语言来安慰。

但是黄天阳怎么也没有想到,两人的重逢,就在医院的急诊室外面。

没有浮动的光影,没有婉约的音乐,没有拂动发丝的垂柳。

她已经长发飘飘,他却是浑身狼狈。

他没有想到,重逢的时候,她没有激动,他也没有激动。她脸上只是着急,并没有落泪,根本不需要他的安慰。

苏灿灿说道:"你受伤了!严重不?怎么一回事?素素情况呢?"

黄天阳勉力笑了笑,说道:"她在做手术,医生说没有生命危险。但是……"声音却喑哑了下去。

边上一个年轻人,急忙对苏灿灿说道:"您就是萧素素的同学吧?请您放心,我们黄总说了,无论多少钱,我们负责到底……"

苏灿灿一把将那年轻人推开,眼睛看着黄天阳,厉声问道:"我要知道,到底怎么一回事!"

黄天阳苦笑了一下,说:"这几天下午我都去酒吧喝酒。在酒吧遇到了在那里唱歌的……萧素素?是这个名字吧?就是你的室友。我点过她的几首歌,因此认识了。"

苏灿灿愣住了,问道:"你遇到素素,是因为素素在酒吧里唱歌?之前你不认识素素?"

黄天阳点点头,说:"就是这样。我顺口问了一下服务生,说素素是最近几天才去唱歌的,只唱白天,很受欢迎。"

苏灿灿长长地吐了一口气。她知道原因了。

萧素素将所有的钱都给了苏光华治病，但是她的母亲不肯给素素追加生活费。萧素素必须找工作。她找不到工作，就到酒吧唱歌。为了安全，她只唱双休日的白天。怕其他人反对，也是怕苏灿灿内疚，她编造谎言说是去天阳电脑上班。

理清了这些事情，苏灿灿觉得有些沉重。却听黄天阳继续说下去："我喝了一点酒，就有些小脾气。走路的时候与人撞了一下，就吵架了。对方就砸了一个酒瓶子，拿着尖口对着我戳过来。我有点酒意，反应比较慢。素素同学就在边上，她尖叫着推了我一把。那半截酒瓶在她的脸上划了一道口子……"

黄天阳的陈述并不激烈，苏灿灿却是不由自主地捂住了嘴巴。

萧素素——那么漂亮的女孩子，脸上划了一道口子……

苏灿灿抓住黄天阳的胳膊，问道："不要紧是不是？不会留疤痕是不是？"

黄天阳摇摇头，说："伤口……挺深的。等伤口好了，我们再想办法给她做手术。现在等医生出来再说吧。"

苏灿灿的眼泪就忍不住下来了。她说："她是很要美的一个女孩子。现在这样子……"

黄天阳将头垂下去，说："都是我的错。我从她的手机里找到了你的电话号码，就给你打电话了。进手术室之前她还安慰我说不要紧。"

苏灿灿苦笑了一下，说："她就是这样的一个人，不肯让别人担心的。再说，她还喜欢着你，更不愿意让你担心了。"

黄天阳有些诧异地抬起头："我……之前与她认识？"

苏灿灿说："那天你来我们学校颁奖，她追着你要了一个签名，这几天都拿着那个签名当宝的，你将她忘了。"

黄天阳苦笑了一下，说："那天我有心事，别的事儿都没在意。"

那天他的确有心事，因为看见了王滢，想到了苏灿灿。

接下来两个人之间都没有话了。

夜已经深了。

那两个下属模样的人走了。警察也走了。护士也不出来了。长长的走廊上只剩下了两个人。

迟疑了一下，黄天阳又说道："前几天王滢与我说过一个事儿。"

苏灿灿说："王滢？"想起今天的事儿，没来由地一阵恶心。

这才想起来，王滢与自己交代过有关黄天阳的事儿。王滢说，她将自己的电话号码给黄天阳了，黄天阳却一直没有联系自己。现在看来，王滢这些话，也是信不得了。

黄天阳说："你的朋友王滢，当初你跟踪她半天，我跟踪你半天，认识她的。前几天王滢与我说，你已经有了男朋友，你拒绝与我联系。我等你给我打电话，没等到。"

苏灿灿半晌无语。片刻之后才说道："我还没有男朋友。"

黄天阳点点头，说："我让人去学校问了你的同学。我已经知道了。你与你的同学张扬走得比较近，但是他不是你男朋友。"

苏灿灿点点头，说："是。"

黄天阳将眼睛转向走廊的尽头。走廊的尽头是窗户，透过窗户，可以看见外面的一方黑色的天幕，和黑色天幕上的星星。

很遥远，却又非常切近。

黄天阳的声音有些悠远："三年前我问过你的那句话，你还没有给我回复。"

黄天阳终于将这个问题再度问出了口。许多人的面影在苏灿灿跟前走马灯似的闪过，梁超然，黄天阳，张扬。

然后，其他面影全都消逝，只剩下一个面影定格在那里。

苏灿灿沉默了一下，终于告诉黄天阳："你是一个很好很好的人，如果是三年前我没有被妈妈带走，我想，我会答应你。"

黄天阳问道："那现在呢？"

苏灿灿说："现在不行了。"

黄天阳问："因为我太有钱？"

苏灿灿摇摇头，说："有钱不是你的错。"

黄天阳又问："因为你的家庭关系，你自卑？"

苏灿灿摇摇头，说："我不是一个自卑的人。"

黄天阳询问的目光就落在苏灿灿的脸上。

苏灿灿注视着黄天阳，声音诚恳："我只是突然觉得，我心里应该有人了，我不能答应你。"

黄天阳就静静地看着苏灿灿，片刻之后突然笑起来，说："我原来还在想，万一你与我一般，几年了都没放下对方那该怎么办。我欠了素素这么大的一份情谊，我总要给她一个交代的。现在既然你放开了，那就没事了……"

黄天阳如释重负地笑起来。苏灿灿也如释重负地笑起来。

笑着笑着，黄天阳泪流满面。笑着笑着，苏灿灿也泪流满面。

黄天阳就伸手，拂去了苏灿灿脸上的泪珠。

男子的声音，就像是呓语："从今天之后，你要过得好好的。"

苏灿灿点头："从今天之后，我一定过得好好的。"

黄天阳就转身，眼睛看着手术室了。

他的脸上挂着很清很淡的笑容。

心终究是缺失了一块了。虽然是预料之中，虽然自己的表现也很平静，但是黄天阳知道，自己的心，终究是缺失一块了。

或者，人的心脏会如胃一般，有极强的再生能力吧，黄天阳想。缺失的那一块，会慢慢地生长出来……或者用其他东西弥补。

黄天阳看着手术室，精神有些恍惚。

萧素素的手术很顺利，只是脸上缝了 23 针。当她从麻醉中醒过来，已经是第二天早晨。

看见苏灿灿那略略有些红肿的眼睛，萧素素就笑起来："……得得得，别哭了，应该没什么……我们学电脑的，又不靠着脸吃饭。只是要请假了，你帮着我到老师那里瞒着点。"

只是半边脸孔包扎着,那笑容让人看着有些苍凉。

麻醉药药效还没有全过,萧素素的声音有些含糊。苏灿灿满心悲怆,听见她这么含含糊糊说话,又不由生气,说:"你给我闭嘴!还说没啥,连话都说不清楚了!"

黄天阳在旁边,笑着说道:"灿灿,素素同学说得对极了,我们都是学电脑的,又不靠脸蛋吃饭。不过,素素小姐,你如果没意见的话,从现在开始,让我来负责解决你的吃饭问题可好?"

萧素素没有想到竟然听见男子说话,当下有些诧异地转过脸来。苏灿灿忙说道:"小心着,我来帮你。"

萧素素这才看见了黄天阳,当下扯了扯嘴角,说:"……不敢……不敢,我……没水平的,报个实习生……你们也没看上……"

黄天阳微笑着说道:"公司的事情慢慢说。如果你愿意,我想,我们可以试着交往,如果你觉得我还合适的话,我想做你的长期饭票。"

黄天阳的声音放得很慢,他的声音很温暖很明朗,就像是外面的阳光。

萧素素很诧异。黄天阳的声音依然很慢:"你可以慢慢想。这不是报恩,我只是想,难得有一个愿意为我挡刀子的女孩,如果我放过你,那真的是傻瓜了……"

萧素素的声音,有些慌乱:"我都毁容了……"

黄天阳说:"我们谈恋爱是想着过日子的,我们又不靠脸蛋吃饭……"

苏灿灿慢慢地走出去。

后面两人在说什么,她已经听不到了。一种软软的东西充溢了她的胸膛,她想要找个人交流一下,想要说一说。

于是她摸出了手机。却不由苦笑。手机已经停电关机了,她居然一点都不知道。摸手机的时候,又摸出了一串钥匙,那是张扬屋子的钥匙。

之前张扬出门接梁超然,就将钥匙交给了苏灿灿。后来闹出了很多事情,自己急急忙忙往医院赶,也没有将钥匙还给他。

今天正是周日,没有课。张扬也不会去学校。苏灿灿就绕路去了张扬的屋子。

敲了敲门,没人。隐隐约约听见里面似乎有音乐的声音,难道这家伙在听音乐?

苏灿灿拿起钥匙,直接开门进去。

客厅里没人,但是书房的门却开着,音乐的声音就是从那儿传出来的。苏灿灿叫了两声"张扬",也没有听到回答的声音,就径直迈步走向书房。

书房里没人。音箱里正播放着音乐。电脑屏幕亮着,显然主人离开没多久。苏灿灿就好奇地往电脑屏幕前看了一眼。桌面上没有其他软件,唯一值得一提的就是桌面右下角挂着两个 QQ。

有两个QQ其实不稀罕，就苏灿灿自己，也有两个QQ。一个QQ只有一个好友，另一个QQ，则将一堆同学朋友都加了进来。

其中一个QQ正在跳动。

猛然之间，苏灿灿的心剧烈跳动起来……她从来也不曾想过要偷窥他人的隐私，但是有一个声音却在怂恿着她：看一眼，看一眼，就看一眼！

苏灿灿的手指竟然不由自主地颤抖起来。

但是她终于还是将鼠标挪到QQ上去了。

那个跳动的QQ上显示了很多信息，全都是群信息。下面还有一条是个人信息，苏灿灿也不敢点进去，急忙将鼠标挪开。

鼠标挪动的时候，光标在另一个安静的QQ划过。就这么一瞬，苏灿灿看见了一个熟悉的名字。

似乎是"吃草的老羊"？

心，就在这瞬间跳出了胸口。

苏灿灿浑身颤抖起来，她要再看看那个QQ，但是手指不听话，光标竟然一直都不能对准那个QQ。

光标终于对准了。是那个名字，没有看错——也许是巧合。

狠狠地点下去。QQ面板打开了，正是那个熟悉的山羊头像。

好友列表打开了，与自己的QQ一般，上面孤零零躺着一个好友，头像是灰的。

夜纤雪。

苏灿灿浑身再也没有半分力气……她在椅子上坐下来,双手捂住了自己的面孔。

似乎是一阵汹涌的海啸迎面扑来,苏灿灿整个被淹没了,窒息了,不能呼吸了;似乎是安静的火山突然从地底下喷涌出来,苏灿灿整个被烧融了,变成岩浆了,没有身体,也没有思绪了,只剩下一些灼热的东西,不由控制地缓缓流淌。

世界上是不存在着太多巧合的。我的生活里的确不应该存在那么多黑客。就在张扬暴露自己黑客身份的那一天,自己就应该想到了……

苏灿灿开始艰难地回忆有关"老羊"的一切。自己在玩游戏,老羊与自己玩同一个游戏。他在游戏里说"我们成亲吧"。后来,那天梁超然向王滢求爱,那天母亲将一个男人送出家门,那天自己离家出走,那天自己删了所有的好友……就是那一天,"老羊"加了自己的 QQ。

想到这里,苏灿灿点开了"老羊"的 QQ 主页。主页上的信息显示,这个 QQ 使用时间是三年,也就是说,多半是因为自己的事儿,张扬新申请了 QQ。

"老羊"买下了自己的游戏账号,给自己汇了 3000 元钱。那时他曾经说,自己的游戏人物与他暗恋的对象设置的游戏人物一模一样……他在这里打了埋伏呢。

想到这里,苏灿灿的嘴角不由勾起笑意,只是眼角的泪花,却是再度满溢出来。

再后来，黄天阳说，"老羊"试图入侵自己。黄天阳反应及时，老羊的入侵最后一步并没有完成。

但是"老羊"多半已经得到了自己真实的 IP 地址。那时他可能还没有进入电信服务器的能力，但是他一定能判断出自己的大致方位了。所以先后才有梁超然和母亲两拨人马的出现。

再后来，母亲将自己带走了，将自己送到了补习学校，将自己全封闭起来。再然后，在这个全封闭的补习学校里，张扬神奇地出现了，他曾经嬉笑着告诉自己，他是一个超级黑客，破解了自己的 IP 地址，所以前来追寻。自己却将张扬那番话当作疯话，狠狠地赏赐了他一脚。

自己的升学宴上，李明岚将张扬当作女婿来看待，苏明德也未曾反对。据自己所知，之前的李明岚并不认识张扬，虽然急着将女儿嫁出去，但是这般热情未免让人感到不自然。现在才知道，原来李明岚早就认识张扬了——所以她对张扬非常认同。

自己进的那个补习学校，说不定也是张扬在后面推动。自己的补习班主任就是张扬的舅舅，想起来也的确巧合。

果然是有心计的男人啊，就在这里等着我呢。

苏灿灿想着，又狠狠抹了一把眼泪。

原来，阳光不在窗外，阳光就在我身边。我灰暗的生命之花啊，就因为有了你，才能如此灿烂地开放。

苏灿灿就想起那电脑与书信的双重补课了,不由嘴角露出微笑。自己出题给自己做,他就不怕人格分裂?

苏灿灿点开了"老羊"与自己的对话框,她要看看老羊与自己的聊天记录。因为她总是在学校的计算机教室里上网,根本没有留下任何聊天记录,很多记忆,都有些模糊了呢……

然后她怔住。

聊天记录里,最下面几条:

你在哪里?

你在哪里?

你什么时候回来?

你在哪里?

……

密密匝匝的一连串"你在哪里",就像是一记记的拳头,擂打在苏灿灿的心上,苏灿灿胸口憋闷,不能呼吸。

她直接翻页。

再翻页。

终于找到了上一处的聊天记录。从昨天晚上9点半开始,每隔三五分钟,他就问一声"你在哪里"。

他彻夜未眠。

苏灿灿这才想起来,自己根本不曾与张扬说过自己将要去哪里。他心中着急,偏生自己的手机停电。

或者他还曾模模糊糊听到"黄天阳"三个字吧，他……会不会因此误会？

苏灿灿想要笑，又想要哭。

她知道自己已经掉进一个温柔的陷阱里去了，陷阱外面守候着的猎人，虎视眈眈，蓄谋已久。

但是她却贪恋着陷阱的温柔，竟然生不出任何反抗的心意。

原来生活是由很多很多的陷阱组成的……或者温柔的陷阱，或者残酷的陷阱；那么多的陷阱，总有一个，会让你无力挣扎，会让你无力反抗。

面前这个陷阱，并不算很深。苏灿灿知道，自己应该有能力挣扎出来，她肯定能做成一株空心菜。

但是现在的问题是，苏灿灿不想跳出来。

爱情是一场灾难，不来临也就罢了，它一旦真正来临，对于其中的主角，无论男女，都是覆顶之灾。

苏灿灿已经被淹没了。

张扬拎着豆浆油条推门进来的时候，看见的就是少女坐在电脑桌前那无比美丽的剪影。

那是早上7点，最美丽的阳光，流泻在少女那纯黑色的头发上，反射出一种柔软的光泽来。少女的眼角有着泪痕，少女的眼角有着最美丽的笑意。

一个晚上的失眠，一个晚上的胡思乱想，在这瞬间，全都消失了；一个晚上的疲惫，一个晚上的怨艾，在这瞬间，尽数被抛到九霄云外——

少女出现在这里，说明自己昨天晚上的猜测全都是错的——

张扬想要质问，但是开不了口。张扬想要走上前去，但是脚竟然僵硬了。

然后，少年看见少女的嘴巴张开，少女的声音，像是从遥远的地方传来，就像是天籁：

"我们再考虑三个月吧——那时弟弟的病也差不多好了，那时如果你还是不认为我姐弟是拖累，那时如果你的家人也不反对，那时……我们就在一起好不好？"

少女的声音从极遥远的地方飘来，少年真的不能相信自己的耳朵。

然后苏灿灿就看见笑容从张扬的嘴角咧开，张扬就一阵风一般，冲出去了。

张扬的神色让苏灿灿吓了一大跳，以为发生了什么不好的事，急急忙忙地跟过去，却见张扬下了楼，直接蹲在楼前的草地上。

然后……苏灿灿看见了，张扬在笑。

他急急忙忙下楼，原来只是为了笑。

他怕自己在楼上笑得太嚣张了，影响住户，所以跑下楼来笑。

只是蹲在草地上,他却依然只是无声地笑……

苏灿灿看着蹲在草地上的张扬,也忍不住笑。

这也许就是幸福吧,苏灿灿想,甜蜜的感觉向海浪一般奔涌上来,一个浪又一个浪,扑打在苏灿灿的身上,全身的血液,都吟唱着一种欢喜的声音。

爱情是一种病毒,它已经全面爆发。苏灿灿这台电脑,已经宣告被它控制,并且,没有任何杀毒软件。

也就是说,无可救药。

就在这时,苏灿灿听见有车子的声音。抬眼看去,竟然是警车。

心就"扑通"了一下。

张扬收住了笑容,站了起来。

几个警察也没有留意草坪上的张扬和苏灿灿,径直就向张扬所在的那个楼道走上去。苏灿灿脸色苍白,张扬突然站起来,抱住了苏灿灿。

苏灿灿声音里带着哭腔:"你快走!"

但是张扬没有快走。他很认真地搂着苏灿灿的纤腰,他很认真地寻找着少女的双唇,他很迫切地进入樱唇的内部,寻找深处的奥秘。

苏灿灿僵硬地回应着,笨拙地回应着,人体的本能让她很快就找到了做这件事情的节奏。一种甜蜜的滋味,一种酸楚的滋味,一种苦涩的滋味,就在两人的口腔之间盘旋着;苏灿灿的眼泪滑落渗进了口腔,张扬的眼泪滑落进入口腔,两种液体和口腔里的津液混合着,变成了一种奇异的滋味。

酸楚、苦涩、甜蜜,混合在一起,那就是爱情的滋味。

张扬被带上了警车,一起被当作证物带走的,还有张扬的那台电脑。苏灿灿失魂落魄地追了几步,但是警车早已呼啸而去,扬起了一片灰尘。

这时,苏灿灿看见了王滢。她就站在小区门口的树下,扬着高傲的笑容,就像是一个女皇:"苏灿灿……你现在很高兴,是不是?我跟你说,张扬让我不好过,我也不会让他好过。他破解我的 QQ 空间密码很厉害不是?我就举报他利用黑客技术敲诈勒索,我举报他敲诈黄连生……没想到,我这么检举居然误打误撞对了,这事儿还真的就是他干的。网络警察一定在他的电脑上找到线索了,我多半还能拿到一个好市民奖,还有几千块奖金呢,嘿嘿。"

苏灿灿看着王滢,眼神之中露出了怜悯:"王滢,你别笑了,我知道你很想哭。"

王滢脸上的笑容僵硬了。

苏灿灿声音很温柔,就用王滢一贯喜欢用的那种调子:"我真的很同情你,因为我比你幸福。他也许会坐牢,但是我已经找到我的爱情了。但是你这辈子,估计是找不到真心的人了。"

王滢恶狠狠地骂:"疯子!"

但是苏灿灿已经转身离去了。

张扬从黄连生处敲诈了 30 万元，存进了几个已经休眠的银行账户。接着就用了一天的时间，反复转账转账再转账，转了几十次之后，转进了苏灿灿的账户。因为耗费了一定数量的手续费，所以苏灿灿收到的账目，是 20 万元多一点。

这种洗钱手法应该是比较安全的，但是不幸的是，他进入黄连生电脑并用弹窗的形式敲诈勒索的时候，留下了线索。而黄天阳抓住了那个地址。黄连生向警局报案，自然将黄天阳的探查结果也提交了。

而刚好这时，警察局收到了王滢的举报。虽然王滢没有证据，但是她却为网络警察的侦查指明了方向。这种调查，没有方向的时候很难找到线索，但是一旦找到方向，再去找痕迹，就相对容易了。

苏灿灿找到了黄天阳。黄天阳带着黄连生和苏灿灿前往警察局，想要销案。但是，接待他们的警察很抱歉地告诉他们：这案件不仅仅涉及敲诈勒索，还涉及扰乱经济秩序，不是简单的民事案件，不能销案。

黄天阳动用了家族的力量，也无济于事。

张扬被判了 5 年。与苏灿灿告别的时候，苏灿灿笑，张扬也笑。

与父亲案子不同的是，苏灿灿打听不到张扬服刑的地点。

尾声

花一年一年地开,花一年一年地落。

5年的时间,早就过去了。6年的时间,也过去了。7年的时间,也快要过去了。

坐在高高的写字楼里,坐在最好的计算机面前,苏灿灿依然是大学时代宅男们口中的那个冰美人。她是一群计算机狂人中技术最好的一个,也是一群狂人中生活最单调的一个。

上班,写代码,下班,接弟弟,做饭。

天阳电脑的技术部里,多得是未婚男性。但是糟糕的是,苏灿灿似乎忘记了自己未婚,苏灿灿似乎忘记了自己是一个年轻的女子。出狱回家的苏明德也曾经在苏灿灿耳朵边唠叨,但是被苏灿灿淡淡的话语给堵回去。

花季就在苏灿灿刻意地遗忘中，一个花瓣一个花瓣地凋零。

嗯，换个角度来说，这句话不对，因为苏灿灿从来未曾凋零。

因为笑多了，萧素素的眼角已经出现了细微的鱼尾纹。也许是因为嫁了人生了孩子，梁晓晓的腰身已经有些变形。

但是苏灿灿依然是 20 岁时候的模样——她的皮肤依然白皙，她的头发依然闪着光泽，她的眼神依然清澈透亮。

时光在她脸上似乎已经停驻了。

只有极熟悉的人，才会发现，时光其实还是在苏灿灿的脸上留下痕迹的。她的眼底，那看起来清澈透亮的眼底，总是缠绕着一丝忧愁，一丝极淡极淡的，却从未曾离开的忧愁。

像烟一样的忧愁，似有若无；像藤蔓一样的忧愁，将她眼睛里的笑意锁住。

熟悉苏灿灿的人都知道，苏灿灿每天一上班，就将那个 QQ 挂在电脑桌面上。但是奇怪的是，那个 QQ 上，从未有信息闪烁过。

萧素素就坐在苏灿灿的对面，很忧郁地叹息："明天我真的要嫁给他了，我真的很担心啊……"

祥林嫂式的叹息，"啊"字尾音，被拖得老长老长。

她做了几次整容手术，还是比较成功的，脸上的伤痕已经基本上看不出来了。

苏灿灿抬起头，微笑："明天你就 30 岁了，你不嫁给他，你还打算嫁给谁？这么好的男人，你有什么好担心的？"

萧素素皱眉，扳着手指头："他那么帅，红杏出墙怎么办？他家那么有钱，看不起我怎么办？他那么有能力，我帮不上他怎么办？最最关键的，我结婚了，你还单身，你怎么办？"

苏灿灿失笑。片刻之后才说道："你放心，你结婚了，我一样过日子，天不会塌下来，地不会陷进去，地球会平稳地旋转，直到咱们的地老天荒。"

萧素素继续皱眉："你听说过王滢的事儿没？据说前几天，那个富二代男友将她给甩了，她怒起来，拿着刀子将富二代给捅了，将自己也弄进监狱里去了。万一你也落到这个田地，我可怎么办啊怎么办？"

苏灿灿就微笑着看着自己的密友。

萧素素就继续认真地说道："就听我一次好不好？我给你介绍一个对象，也是玩电脑的，是网络部队里的一个军官。嗯，多大的官我现在不清楚，反正据说他才完成了一个很重大的秘密任务回来。因为工作的关系，与之前的女友失去联系了，他打算利用三个月的假期解决个人问题。人我也见过了，很帅气的，要不，我给你看看照片？"

苏灿灿低头写代码："对不起，我不感兴趣。"

"看一眼啊，就看一眼。"萧素素简直是央求了，"我在人家面前夸下海口的，说你一定会与他约会。结果你一眼都不看，我好没面子的。"

苏灿灿笑着摇头："不看。"

"真没办法啊你。"萧素素很萧索地叹息，"不说了不说了。明天晚上是假面舞会，你一定要来参加，我安排那个男生来与你偶遇，成不成？"

苏灿灿哭笑不得。

萧素素眼睛一瞪："一定要来参加！我与那男生说了，你会戴上面具！他如果能在人群中找到你，你就与他约会三分钟。如果他找不到你，这辈子他就别想再约会你！成不成？"

苏灿灿苦笑："素素，有你这么胡闹的吗？"

萧素素手一挥："不算胡闹，很正常，为了让你有一段难忘的爱情之旅嘛……"

苏灿灿继续崩溃。

萧素素与黄天阳的婚礼，非常热闹。

在化妆间里，苏灿灿一眼就看见了一件白色的羽毛衣服。与当年游戏里的自己给自己做的那件衣服，有百分之九十以上的相似度。

一瞬间，苏灿灿想起了高三那段玩游戏的日子，想起自己那个从未被修改密码的游戏账号，想起那句"我们成亲吧"。

鬼使神差一般，苏灿灿就换上了那件衣服，然后随意地套上了一个古代美女的面具。

悠扬的音乐响了起来，大厅之中，已经有穿着各种服装的妖魔鬼怪在翩翩起舞。苏灿灿微笑着看，端着一杯鸡尾酒，就坐在一个角落里，静悄悄地看着。

尾声

大厅的门打开了，有人进来。苏灿灿并没有在意。她只是看着前面的双双对对，思绪一瞬间飘向很远很远。

超然出国了，前一阵有消息说，他也打算结婚了，与一个金发碧眼的外国女人。王滢出事了，也不知后面会如何。张扬入狱了，也该出狱了，但是，他到底在哪里？

有人在自己身边坐了下来。苏灿灿下意识地往边上挪了一下，她不习惯与陌生的男人靠得太近。

但是就像是触电一般，她的身子定住了。

因为她的鼻子，闻到了一种特殊的味道——那是属于某个人的味道。

她的鼻子并不特别灵敏，但是这不是鼻子的问题，这属于身体的记忆。

苏灿灿努力扭过身子，往边上看去——

火红的衣服，与当初"吃草的老羊"在游戏里穿的衣服，有百分之九十以上的相似度。

脸上是一个古代书生的面具。

苏灿灿听见了边上的声音，温和的，带着磁性的声音："小姐……我能邀请你，跳上一曲吗？"

苏灿灿伸出了自己的手，眼泪夺眶而出。

原来，我的阳光，从未失去；我的世界，瞬间灿烂。

（全文完）